莎士比亚全集 4

[英] 威廉 · 莎士比亚 著
朱生豪 译

中国文史出版社

图书在版编目（CIP）数据

莎士比亚全集：全8册/（英）威廉·莎士比亚著；朱生豪译．—北京：中国文史出版社，2013.8（2018.6重印）
ISBN 978-7-5034-4200-1

Ⅰ．①莎… Ⅱ．①威… ②朱… Ⅲ．①莎士比亚（Shakespeare, William 1564-1616）—全集 Ⅳ．①I561.13

中国版本图书馆CIP数据核字（2018）第089838号

责任编辑：刘　夏
封面设计：李四月

出版发行：中国文史出版社
网　　址：www.wenshipress.com
社　　址：北京市西城区太平桥大街23号　　邮编：100811
电　　话：010-66173572　66168268　66192736（发行部）
传　　真：010-66192703
印　　装：三河市天润建兴印务有限公司
经　　销：全国新华书店
开　　本：880×1230　1/32
印　　张：88.5　　　字数：1800千字
版　　次：2013年9月北京第1版
印　　次：2018年8月第3次印刷
定　　价：528.00元（全8册）

目 录

William Shakespeare
COMPLETE WORKS

第十二夜

又名：各遂所愿

朱生豪　译

莎士比亚
全集

剧中人物

奥西诺　伊利里亚公爵

西巴斯辛　薇奥拉之兄

安东尼奥　船长，西巴斯辛之友

另一船长　薇奥拉之友

凡伦丁
丘里奥　} 公爵侍臣

托比·培尔契爵士　奥丽维娅的叔父

安德鲁·艾古契克爵士

马伏里奥　奥丽维娅的管家

费　边
费斯特　小丑　} 奥丽维娅之仆

奥丽维娅　富有的伯爵小姐

薇奥拉　热恋公爵者

玛利娅　奥丽维娅的侍女

群臣、牧师、水手、警吏、乐工及其他侍从等

地　点

伊利里亚某城及其附近海滨

第一幕

第一场　公爵府中一室

公爵、丘里奥、众臣同上；乐工随侍。

公　爵　假如音乐是爱情的食粮，那么奏下去吧；尽量地奏下去，好让爱情因过饱噎塞而死。又奏起这个调子来了！它有一种渐渐消沉下去的节奏。啊！它经过我的耳畔，就像微风吹拂一丛紫罗兰，发出轻柔的声音，一面把花香偷走，一面又把花香分送。够了！别再奏下去了！它现在已经不像原来那样甜蜜了。爱情的精灵呀！你是多么敏感而活泼；虽然你有海一样的容量，可是无论怎样高贵超越的事物，一进了你的范围，便会在顷刻间失去了它的价值。爱情是这样充满了意象，在一切事物中是最富于幻想的。

丘里奥　殿下，您要不要去打猎？

公　爵　什么，丘里奥？

丘里奥　去打鹿。

公　爵　啊，一点不错，我的心就像是一头鹿。唉！当我第一眼瞧见奥丽维娅的时候，我觉得好像空气给她澄清了。那时我就变成了一头鹿；从此我的情欲像凶暴残酷的猎犬一样，永远追逐着我。

凡伦丁上。

公　爵　怎样！她那边有什么消息？

凡伦丁　启禀殿下，他们不让我进去，只从她的侍女嘴里传来了这一个答复：除非再过七个寒暑，就是青天也不能窥见她的全貌；她要像一个尼姑一样，蒙着面幕而行，每天用辛酸的眼泪浇洒她的卧室：这一切都是为着纪念对于一个死去的哥哥的爱，她要把对哥哥的爱永远活生生地保留在她悲伤的记忆里。

公　爵　唉！她有这么一颗优美的心，对于她的哥哥也会挚爱到这等地步。假如爱神那枝有力的金箭把她心里一切其他的感情一齐射死；假如只有一个唯一的君王占据着她的心肝头脑——这些尊严的御座，这些珍美的财宝——那时她将要怎样恋爱着啊！

给我引道到芬芳的花丛；
相思在花荫下格外情浓。（同下。）

第二场　海　滨

薇奥拉、船长及水手等上。

薇奥拉　朋友们，这儿是什么国土？

船　长　这儿是伊利里亚，姑娘。

薇奥拉　我在伊利里亚干什么呢？我的哥哥已经到极乐世界里去了。也许他侥幸没有淹死。水手们，你们以为怎样？

船　长　您也是侥幸才保全了性命的。

薇奥拉　唉，我的可怜的哥哥！但愿他也侥幸无恙？

船　长　不错，姑娘，您可以用侥幸的希望来宽慰您自己。我告诉您，我们的船撞破了之后，您和那几个跟您一同脱险的人紧攀着我们那只给风涛所颠摇的小船，那时我瞧见您的哥哥很急智地把他自己捆在一根浮在海面的桅樯上，勇敢和希望教给了他这个计策；

我见他像阿里翁[①]骑在海豚背上似地浮沉在波浪之间，直到我的眼睛望不见他。

薇奥拉　你的话使我很高兴，请收下这点钱，聊表谢意。由于我自己脱险，使我抱着他也能够同样脱险的希望；你的话更把我的希望证实了几分。你知道这国土吗？

船　长　是的，姑娘，很熟悉；因为我就是在离这儿不到三小时旅程的地方生长的。

薇奥拉　谁统治着这地方？

船　长　一位名实相符的高贵的公爵。

薇奥拉　他叫什么名字？

船　长　奥西诺。

薇奥拉　奥西诺！我曾经听见我父亲说起过他；那时他还没有娶亲。

船　长　现在他还是这样，至少在最近我还不曾听见他娶亲的消息；因为只一个月之前我从这儿出发，那时刚刚有一种新鲜的风传——您知道大人物的一举一动，都会被一般人纷纷议论着的——说他在向美貌的奥丽维娅求爱。

薇奥拉　她是谁呀？

船　长　她是一位品德高尚的姑娘；她的父亲是位伯爵，约莫在一年前死去，把她交给他的儿子，她的哥哥照顾，可是他不久又死了。他们说为了对于她哥哥的深切的友爱，她已经发誓不再跟男人们在一起或是见他们的面。

薇奥拉　唉！要是我能够侍候这位小姐，就可以不用在时机没有成熟之前泄露我的身份了。

---

① 阿里翁（Arion），希腊诗人和音乐家，传说他在某次乘船自西西里至科林多，途中为水手所迫害，因跃入海中，为海豚负至岸上，盖深感其音乐之力云。

船　长　那很难办到,因为她不肯接纳无论哪一种请求,就是公爵的请求她也是拒绝的。

薇奥拉　船长,你瞧上去是个好人;虽然造物常常用一层美丽的墙来围蔽住内中的污秽,但是我可以相信你的心地跟你的外表一样好。请你替我保守秘密,不要把我的真相泄露出去,我以后会重谢你的;你得帮助我假扮起来,好让我达到我的目的。我要去侍候这位公爵,你可以把我作为一个净了身的侍童送给他;也许你会得到些好处的,因为我会唱歌,用各种的音乐向他说话,使他重用我。

以后有什么事以后再说;
我会使计谋,你只须静默。

船　长

我便当哑巴,你去做近侍;
倘多话挖去我的眼珠子。

薇奥拉　谢谢你;领着我去吧。(同下。)

第三场　奥丽维娅宅中一室

托比·培尔契爵士及玛利娅上。

托　比　我的侄女见什么鬼把她哥哥的死看得那么重?悲哀是要损寿的呢。

玛利娅　真的,托比老爷,您晚上得早点儿回来;您那侄小姐很反对您深夜不归呢。

托　比　哼,让她去今天反对、明天反对,尽管反对下去吧。

玛利娅　嗽,但是您总得有个分寸,不要太失身份才是。

托　比　身份！我这身衣服难道不合身份吗？穿了这种衣服去喝酒,也很有身份的了；还有这双靴子,要是它们不合身份,就叫它们在靴带上吊死了吧。

玛利娅　您这样酗酒会作践了您自己的,我昨天听见小姐说起过；她还说起您有一晚带到这儿来向她求婚的那个傻骑士。

托　比　谁？安德鲁·艾古契克爵士吗？

玛利娅　嗽,就是他。

托　比　他在伊利里亚也算是一表人才了。

玛利娅　那又有什么相干？

托　比　哼,他一年有三千块钱收入呢。

玛利娅　嗽,可是一年之内就把这些钱全花光了。他是个大傻瓜,而且是个浪子。

托　比　呸！你说出这种话来！他会拉低音提琴；他会不看书本讲三四国文字,一个字都不模糊；他有很好的天分。

玛利娅　是的,傻子都是得天独厚的；因为他除了是个傻瓜之外,又是一个惯会惹是招非的家伙；要是他没有懦夫的天分来缓和一下他那喜欢吵架的脾气,有见识的人都以为他就会有棺材睡的。

托　比　我举手发誓,这样说他的人,都是一批坏蛋,信口雌黄的东西。他们是谁啊？

玛利娅　他们又说您每夜跟他在一块儿喝酒。

托　比　我们都喝酒祝我的侄女健康呢。只要我的喉咙里有食道,伊利里亚有酒,我便要为她举杯祝饮。谁要是不愿为我的侄女举杯祝饮,喝到像抽陀螺似得天旋地转,他就是个不中用的汉子,是个卑鄙小人。嘿,丫头！放正经些！安德鲁·艾古契克爵士来啦。

安德鲁·艾古契克爵士上。

安德鲁　托比·培尔契爵士！您好，托比·培尔契爵士！

托　比　亲爱的安德鲁爵士！

安德鲁　您好，美貌的小泼妇！

玛利娅　您好，大人。

托　比　寒暄几句，安德鲁爵士，寒暄几句。

安德鲁　您说什么？

托　比　这是舍侄女的丫环。

安德鲁　好寒暄姊姊，我希望咱们多多结识。

玛利娅　我的名字是玛丽，大人。

安德鲁　好玛丽·寒暄姊姊，——

托　比　你弄错了，骑士；“寒暄几句”就是跑上去向她应酬一下，招呼一下！客套一下，来一下的意思。

安德鲁　哎哟，当着这些人我可不能跟她打交道。“寒暄”就是这个意思吗？

玛利娅　再见，先生们。

托　比　要是你让她这样走了，安德鲁爵士，你以后再不用充汉子了。

安德鲁　要是你这样走了，姑娘，我以后再不用充汉子了。好小姐，你以为你手边是些傻瓜吗？

玛利娅　大人，可是我还不曾跟您握手呢。

安德鲁　那很好办！让我们握手。

玛利娅　好了，大人，思想是无拘无束的。请您把这只手带到卖酒的柜台那里去，让它喝两盅吧。

安德鲁　这怎么讲，好人儿？你在打什么比方？

玛利娅　我是说它怪没劲的。

安德鲁　是啊，我也这样想。不管人家怎么说我蠢，应该好好保养两手的道理我还懂得。可是你说的是什么笑话？

玛利娅　没劲的笑话。

安德鲁　你一肚子都是这种笑话吗?

玛利娅　不错,大人,满手里抓的也都是。得,现在我放开您的手了,我的笑料也都吹了。(下。)

托　比　骑士啊! 你应该喝杯酒儿。几时我见你这样给人愚弄过?

安德鲁　我想你从来没有见过;除非你见我给酒弄昏了头。有时我觉得我跟一般基督徒和平常人一样笨;可是我是个吃牛肉的老饕,我相信那对于我的聪明很有妨害。

托　比　一定一定。

安德鲁　要是我真那样想的话,以后我得戒了。托比爵士,明天要骑马回家去了。

托　比　Pourquoi[①],我的亲爱的骑士?

安德鲁　什么叫Pourquoi? 好还是不好? 我理该把我花在击剑、跳舞和耍熊上面的工夫学几种外国话的。唉! 要是我读了文学多么好!

托　比　要是你花些工夫在你的鬈发钳[②]上头,你就可以有一头很好的头发了。

安德鲁　怎么,那跟我的头发有什么关系?

托　比　很明白,因为你瞧你的头发不用些工夫上去是不会鬈曲起来的。

安德鲁　可是我的头发不也已经够好看了吗?

托　比　好得很,它披下来的样子就像纺杆上的麻线一样,我希望有哪位奶奶把你夹在大腿里纺它一纺。

---

① 法文:“为什么”之意。

② 原文鬈发钳(tongs)与外国话(tongues)音相近。

安德鲁　真的，我明天要回家去了，托比爵士。你侄女不肯接见我；即使接见我，多半她也不会要我。这儿的公爵也向她求婚呢。

托　比　她不要什么公爵不公爵；她不愿嫁给比她身份高、地位高、年龄高、智慧高的人，我听见她这样发过誓。嘿，老兄，你还有希望呢。

安德鲁　我再耽搁一个月，我是世上心思最古怪的人；我有时老是喜欢喝酒跳舞。

托　比　这种玩意儿你很擅胜场的吗，骑士？

安德鲁　可以比得过伊利里亚无论哪个不比我高明的人；可是我不愿跟老手比。

托　比　你跳舞的本领怎样？

安德鲁　不骗你，我会旱地拔葱。

托　比　我会葱炒羊肉。

安德鲁　讲到我的倒跳的本事，简直可以比得上伊利里亚的无论什么人。

托　比　为什么你要把这种本领藏匿起来呢？为什么这种天才要覆上一块幕布？难道它们也会沾上灰尘，像大姑娘的画像一样吗？为什么不跳着“加里阿”到教堂里去，跳着“科兰多”一路回家？假如是我的话，我要走步路也是“捷格”舞，撒泡尿也是五步舞呢。你是什么意思？这世界上是应该把才能隐藏起来的吗？照你那双出色的好腿看来，我想它们是在一个跳舞的星光底下生下来的。

安德鲁　嗳，我这双腿很有气力，穿了火黄色的袜子倒也十分漂亮。我们喝酒去吧？

托　比　除了喝酒，咱们还有什么事好做？咱们的命宫不是金牛星吗？

安德鲁　金牛星！金牛星管的是腰和心。

托　比　不,老兄,是腿和股。跳个舞给我看。哈哈!跳得高些!哈哈!好极了!(同下。)

第四场　公爵府中一室

凡伦丁及薇奥拉男装上。

凡伦丁　要是公爵继续这样宠幸你,西萨里奥,你多半就要高升起来了;他认识你还只有三天,你就跟他这样熟了。

薇奥拉　看来你不是怕他的心性捉摸不定,就是怕我会玩忽职守,所以你才怀疑他会不会继续这样宠幸我。先生,他待人是不是有始无终的?

凡伦丁　不,相信我。

薇奥拉　谢谢你。公爵来了。

公爵、丘里奥及侍从等上。

公　爵　喂!有谁看见西萨里奥吗?

薇　奥　拉在这儿,殿下,听候您的吩咐。

公　爵　你们暂时走开些。西萨里奥,你已经知道了一切,我已经把我秘密的内心中的书册向你展示过了;因此,好孩子,到她那边去,别让他们把你摈之门外,站在她的门口,对他们说,你要站到脚底下生了根,直等她把你延见为止。

薇奥拉　殿下,要是她真像人家所说的那样沉浸在悲哀里,她一定不会允许我进去的。

公　爵　你可以跟他们吵闹,不用顾虑一切礼貌的界限,但一定不要毫无结果而归。

薇奥拉　假定我能够和她见面谈话了,殿下,那么又怎样呢?

公　爵　噢!那么就向她宣布我的恋爱的热情,把我的一片挚诚说给她听，让她吃惊。你表演起我的伤心来一定很出色，你这样的青年一定比那些面孔板板的使者们更能引起她的注意。

薇奥拉　我想不见得吧，殿下。

公　爵　好孩子，相信我的话；因为像你这样的妙龄，还不能算是个成人：狄安娜的嘴唇也不比你的更柔滑而红润；你的娇细的喉咙像处女一样尖锐而清朗；在各方面你都像个女人。我知道你的性格很容易对付这件事情。四五个人陪着他去；要是你们愿意，就全去也好；因为我欢喜孤寂。你倘能成功，那么你主人的财产你也可以有份。

薇奥拉　我愿意尽力去向您的爱人求婚。（旁白）

唉，怨只怨多阻碍的前程！
但我一定要做他的夫人。（各下。）

第五场　奥丽维娅宅中一室

玛利娅及小丑上。

玛利娅　不，你要是不告诉我你到哪里去来，我便把我的嘴唇抿得紧紧的，连一根毛发也钻不进去，不替你说句好话。小姐因为你不在，要吊死你呢。

小　丑　让她吊死我吧；好好地吊死的人，在这世上可以不怕敌人。

玛利娅　把你的话解释解释。

小　丑　因为他看不见敌人了。

玛利娅　好一句无聊的回答。让我告诉你“不怕敌人”这句话是怎么来的吧。

小　丑　怎么来的！玛利娅姑娘？

玛利娅　是从打仗里来的；下回你再撒赖的时候，就可以放开胆子这样说。

小　丑　好吧，上帝给聪明于聪明人；至于傻子们呢，那只好靠他们的本事了。

玛利娅　可是你这么久在外边鬼混，小姐一定要把你吊死的，否则把你赶出去，那不是跟把你吊死一样好吗？

小　丑　好好地吊死常常可以防止坏的婚姻；至于赶出去，那在夏天倒还没甚要紧。

玛利娅　那么你已经下了决心了吗？

小　丑　不，没有，可是我决定了两端。

玛利娅　假如一端断了，一端还连着；假如两端都断了，你的裤子也落下来了。

小　丑　妙，真的很妙。好，去你的吧；要是托比老爷戒了酒，你在伊利里亚的雌儿中间也好算是个门当户对的调皮角色了。

玛利娅　闭嘴，你这坏蛋，别胡说了。小姐来啦；你还是好好地想出个推托来。（下。）

小　丑　才情呀，请你帮我好好地装一下傻瓜！那些自负才情的人，实际上往往是些傻瓜；我知道我自己没有才情，因此也许可以算做聪明人。昆那拍勒斯[①]怎么说的？“与其做愚蠢的智人，不如做聪明的愚人。”

奥丽维娅偕马伏里奥上。

小　丑　上帝祝福你，小姐！

奥丽维娅　把这傻子撵出去！

小　丑　喂，你们没听见吗？把这位小姐撵出去。

①　似为杜撰的人名。

奥丽维娅　算了吧！你是个干燥无味的傻子，我不要再看见你了；而且你已经变得不老实起来了。

小　丑　我的小姐，这两个毛病用酒和忠告都可以治好。只要给干燥无味的傻子一点酒喝，他就不干燥了。只要劝不老实的人洗心革面，弥补他从前的过失；假如他能够弥补的话，他就不再不老实了；假如他不能弥补；那么叫裁缝把他补一补也就得了，弥补者，弥而补之也；道德的失足无非补上了一块罪恶；罪恶悔改之后，也无非补上了一块道德。假如这种简单的论理可以通得过去，很好；假如通不过去，还有什么办法？当王八是一件倒霉的事，美人好比鲜花，这都是无可怀疑的。小姐吩咐把傻子撵出去；因此我再说一句，把她撵出去吧。

奥丽维娅　尊驾，我吩咐他们把你撵出去呢。

小　丑　这就是大错而特错了！小姐，“戴了和尚帽，不一定是和尚”；那就好比是说，我身上虽然穿着愚人的彩衣，可是我并不一定连头脑里也穿着它呀。我的好小姐，准许我证明您是个傻子。

奥丽维娅　你能吗？

小　丑　再便当也没有了，我的好小姐。

奥丽维娅　那么证明一下看。

小　丑　小姐，我必须把您盘问；我的贤淑的小乖乖，回答我。

奥丽维娅　好吧，先生，为了没有别的消遣，我就等候着你的证明吧。

小　丑　我的好小姐，你为什么悲伤？

奥丽维娅　好傻子，为了我哥哥的死。

小　丑　小姐，我想他的灵魂是在地狱里。

奥丽维娅　傻子，我知道他的灵魂是在天上。

小　丑　这就越显得你的傻了，我的小姐；你哥哥的灵魂既然在天上，为什么要悲伤呢？列位，把这傻子撵出去。

奥丽维娅　马伏里奥，你以为这傻子怎样？是不是更有趣了？

马伏里奥　是的，而且会变得越来越有趣，一直到死。老弱会使聪明减退，可是对于傻子却能使他变得格外傻起来。

小　丑　大爷，上帝保佑您快快老弱起来，好让您格外傻得厉害！托比老爷可以发誓说我不是狐狸，可是他不愿跟人家打赌两便士说您不是个傻子。

奥丽维娅　你怎么说，马伏里奥？

马伏里奥　我不懂小姐您怎么会喜欢这种没有头脑的混账东西。前天我看见他给一个像石头一样冥顽不灵的下等的傻子算计了去。您瞧，他已经毫无招架之功了；要是您不笑笑给他一点题目，他便要无话可说。我说，听见这种傻子的话也会那么高兴的聪明人们，都不过是些傻子们的应声虫罢了。

奥丽维娅　啊！你是太自命不凡了，马伏里奥；你缺少一副全的胃口。你认为是炮弹的，在宽容慷慨、气度汪洋的人看来，不过是鸟箭。傻子有特许放肆的权利，虽然他满口骂人，人家不会见怪于他；君子出言必有分量，虽然他老是指责人家的错处，也不能算为谩骂。

小　丑　麦鸠利赏给你说谎的本领吧，因为你给傻子说了好话！

玛利娅重上。

玛利娅　小姐，门口有一位年轻的先生很想见您说话。

奥丽维娅　从奥西诺公爵那儿来的吧？

玛利娅　我不知道，小姐；他是一位漂亮的青年，随从很盛。

奥丽维娅　我家里有谁在跟他周旋呢？

玛利娅　是令亲托比老爷，小姐。

奥丽维娅　你去叫他走开；他满口都是些疯话。不害羞的！（玛利娅下。）马伏里奥，你给我去；假若是公爵差来的，说我病了，或是不在家，随你怎样说，把他打发走。（马伏里奥下。）你瞧，先生，你的打诨已经陈腐起来，人家不喜欢了。

小　丑　我的小姐，你帮我说话就像你的大儿子也会是个傻子一般；愿上帝在他的头颅里塞满脑子吧！瞧你的那位有一副最不中用的头脑的令亲来了。

托比·培尔契爵士上。

奥丽维娅　哎哟，又已经半醉了。叔叔，门口是谁？

托　比　一个绅士。

奥丽维娅　一个绅士！什么绅士？

托　比　有一个绅士在这儿——这种该死的咸鱼！怎样，蠢货！

小　丑　好托比爷爷！

奥丽维娅　叔叔，叔叔，你怎么这么早就昏天黑地了？

托　比　声天色地！我打倒声天色地！有一个人在门口。

小　丑　是呀，他是谁呢？

托　比　让他是魔鬼也好，我不管，我说！我心里耿耿三尺有神明。好，都是一样。（下。）

奥丽维娅　傻子，醉汉像个什么东西？

小　丑　像个溺死鬼，像个傻瓜，又像个疯子。多喝了一口就会把他变成个傻瓜；再喝一口就发了疯；喝了第三口就把他溺死了。

奥丽维娅　你去找个验尸的来吧，让他来验验我的叔叔；因为他已经喝酒喝到了第三个阶段，他已经溺死了。瞧瞧他去。

小　丑　他还不过是发疯呢，我的小姐；傻子该去照顾疯子。（下。）

马伏里奥重上。

马伏里奥　小姐，那个少年发誓说要见您说话。我对他说您有病；他说他知道，因此要来见您说话。我对他说您睡了；他似乎也早已知道了，因此要来见您说话。还有什么话好对他说呢，小姐？什么拒绝都挡他不了。

奥丽维娅　对他说我不要见他说话。

马伏里奥　这也已经对他说过了；他说，他要像州官衙门前竖着的旗杆那样立在您的门前不走，像凳子脚一样直挺挺地站着，非得见您说话不可。

奥丽维娅　他是怎样一个人？

马伏里奥　呃，就像一个人那样的。

奥丽维娅　可是是什么样子的呢？

马伏里奥　很无礼的样子；不管您愿不愿意，他一定要见您说话。

奥丽维娅　他的相貌怎样？多大年纪？

马伏里奥　说是个大人吧，年纪还太轻；说是个孩子吧，又嫌大些：就像是一颗没有成熟的豆荚，或是一只半生的苹果，又像大人又像小孩，所谓介乎两可之间。他长得很漂亮，说话也很刁钻；看他的样子，似乎有些未脱乳臭。

奥丽维娅　叫他进来。把我的侍女唤来。

马伏里奥　姑娘，小姐叫着你呢。（下。）

玛利娅重上。

奥丽维娅　把我的面纱拿来；来，罩住我的脸。我们要再听一次奥西诺来使的说话。

薇奥拉及侍从等上。

薇奥拉　哪一位是这里府中的贵小姐？

奥丽维娅　有什么话对我说吧；我可以代她答话。你来有什么见教？

薇奥拉　最辉煌的、卓越的、无双的美人！请您指示我这位是不是就是这里府中的小姐，因为我没有见过她。我不大甘心浪掷我的言辞；因为它不但写得非常出色，而且我费了好大的辛苦才把它背熟。两位美人，不要把我取笑；我是个非常敏感的人，一点点轻侮都受不了的。

奥丽维娅　你是从什么地方来的，先生？

薇奥拉　除了我背熟了的以外，我不能说别的话；您那问题是我所不曾预备作答的。温柔的好人儿，好好儿地告诉我您是不是府里的小姐，好让我陈说我的来意。

奥丽维娅　你是个唱戏的吗？

薇奥拉　不，我的深心的人儿；可是我敢当着最有恶意的敌人发誓，我并不是我所扮演的角色。您是这府中的小姐吗？

奥丽维娅　是的，要是我没有篡夺了我自己。

薇奥拉　假如您就是她，那么您的确是篡夺了您自己了；因为您有权力给与别人的，您却没有权力把它藏匿起来。但是这种话跟我来此的使命无关；我要继续着恭维您的言辞，然后告知您我的来意。

奥丽维娅　把重要的话说出来；恭维免了吧。

薇奥拉　唉！我好容易才把它背熟，而且它又是很有诗意的。

奥丽维娅　那么多半是些鬼话，请你留着不用说了吧。我听说你在我门口一味顶撞；让你进来只是为要看看你究竟是个什么人，并不是要听你说话。要是你没有发疯，那么去吧；要是你明白事理，那么说得简单一些：我现在没有那样心思去理会一段没有意思的谈话。

玛利娅　请你动身吧，先生！这儿便是你的路。

薇奥拉　不，好清道夫，我还要在这儿闲荡一会儿呢。亲爱的小姐，请您劝劝您这位“彪形大汉”别那么神气活现。

奥丽维娅　把你的尊意告诉我。

薇奥拉　我是一个使者。

奥丽维娅　你那种礼貌那么可怕，你带来的信息一定是些坏事情。有什么话说出来。

薇奥拉　除了您之外不能让别人听见。我不是来向您宣战，也不是来要求您臣服；我手里握着橄榄枝，我的话里充满了和平，也充满了意义。

奥丽维娅　可是你一开始就不讲礼。你是谁？你要的是什么？

薇奥拉　我的不讲礼是我从你们对我的接待上学来的。我是谁，我要些什么，是个秘密；在您的耳中是神圣，别人听起来就是亵渎。

奥丽维娅　你们都走开吧；我们要听一听这段神圣的话。（玛利娅及侍从等下。）现在，先生，请教你的经文？

薇奥拉　最可爱的小姐——

奥丽维娅　倒是一种叫人听了怪舒服的教理，可以大发议论呢。你的经文呢？

薇奥拉　在奥西诺的心头。

奥丽维娅　在他的心头！在他的心头的哪一章？

薇奥拉　照目录上排起来，是他心头的第一章。

奥丽维娅　噢！那我已经读过了，无非是些旁门左道。你没有别的话要说了吗？

薇奥拉　好小姐，让我瞧瞧您的脸。

奥丽维娅　贵主人有什么事要差你来跟我的脸接洽的吗？你现在岔开你的正文了；可是我们不妨拉开幕儿，让你看看这幅图画。（揭除面幕。）你瞧，先生，我就是这个样子；它不是画得很好吗？

薇奥拉　要是一切都出于上帝的手，那真是绝妙之笔！

奥丽维娅　它的色彩很耐久，先生，受得起风霜的侵蚀。

薇奥拉　那真是各种色彩精妙地调和而成的美貌；那红红的白白的都是造化亲自用他的可爱的巧手敷上去的。小姐，您是世上最狠心的女人，要是您甘心让这种美埋没在坟墓里，不给世间留下一份副本。

奥丽维娅　啊！先生！我不会那样狠心；我可以列下一张我的美貌的

清单，一一开陈清楚，把每一件细目都载在我的遗嘱上，例如：一款浓淡适中的朱唇两片；一款灰色的倩眼一双，附眼睑；一款玉颈一围，柔荑一个，等等。你是奉命到这儿来恭维我的吗？

薇奥拉　我明白您是个什么样的人了。您太骄傲了；可是即使您是个魔鬼，您是美貌的。我的主人爱着您；啊！这么一种爱情，即使您是人间的绝色，也应该酬答他的。

奥丽维娅　他怎样爱着我呢？

薇奥拉　用崇拜，大量的眼泪，震响着爱情的呻吟，吞吐着烈火的叹息。

奥丽维娅　你的主人知道我的意思，我不能爱他；虽然我想他品格很高，知道他很尊贵，很有身份，年轻而纯洁，有很好的名声，慷慨，博学，勇敢，长得又体面；可是我总不能爱他，他老早就已经得到我的回音了。

薇奥拉　要是我也像我主人一样热情地爱着您，也是这样的受苦，这样了无生趣地把生命拖延，我不会懂得您的拒绝是什么意思。

奥丽维娅　啊，你预备怎样呢？

薇奥拉　我要在您的门前用柳枝筑成一所小屋，不时到府中访谒我的灵魂；我要吟咏着被冷淡的忠诚的爱情的篇什，不顾夜多么深我要把它们高声歌唱；我要向着回声的山崖呼喊您的名字，使饶舌的风都叫着“奥丽维娅”。啊！您在天地之间将要得不到安静，除非您怜悯了我！

奥丽维娅　你的口才倒是颇堪造就的。你的家世怎样？

薇奥拉　超过于我目前的境遇，但我是个有身份的士人。

奥丽维娅　回到你主人那里去；我不能爱他，叫他不要再差人来了；除非或者你再来见我，告诉我他对于我的答复觉得怎样。再会！多谢你的辛苦；这几个钱赏给你。

薇奥拉　我不是个要钱的信差，小姐，留着您的钱吧；不曾得到报酬的，是我的主人，不是我。但愿爱神使您所爱的人也是心如铁石，好让您的热情也跟我主人的一样遭到轻蔑！再会，狠心的美人！（下。）

奥丽维娅　“你的家世怎样？”“超过于我目前的境遇，但我是个有身份的士人。”我可以发誓你一定是的；你的语调，你的脸，你的肢体、动作、精神，各方面都可以证明你的高贵。——别这么性急。且慢！且慢！除非颠倒了主仆的名分。——什么！这么快便染上那种病了？我觉得好像这个少年的美处在悄悄地蹑步进入我的眼中。好，让它去吧。喂！马伏里奥！

马伏里奥重上。

马伏里奥　有，小姐，听候您的吩咐。

奥丽维娅　去追上那个无礼的使者，公爵差来的人，他不管我要不要，硬把这戒指留下；对他说我不要，请他不要向他的主人献功，让他死了心，我跟他没有缘分。要是那少年明天还打这儿走过，我可以告诉他为什么。去吧，马伏里奥。

马伏里奥　是，小姐。（下。）

奥丽维娅

我的行事我自己全不懂，
怎一下子便会把人看中？
一切但凭着命运的吩咐，
谁能够做得了自己的主！（下。）

第二幕

第一场 海 滨

安东尼奥及西巴斯辛上。

安东尼奥 您不愿住下去了吗？您也不愿让我陪着您去吗？

西巴斯辛 请您原谅，我不愿。我是个倒霉的人，我的晦气也许要连累了您，所以我要请您离开我，好让我独自担承我的厄运；假如连累到您身上，那是太辜负了您的好意了。

安东尼奥 可是让我知道您的去向吧。

西巴斯辛 不瞒您说，先生，我不能告诉您；因为我所决定的航行不过是无目的的漫游。可是我看您这样有礼，您一定不会强迫我说出我所保守的秘密来；因此按礼该我来向您表白我自己。安东尼奥，您要知道我的名字是西巴斯辛，罗德利哥是我的化名。我的父亲便是梅萨林的西巴斯辛，我知道您一定听见过他的名字。他死后丢下我和一个妹妹，我们两人是在同一个时辰出世的，我多么希望上天也让我们两人在同一个时辰死去！可是您，先生，却来改变我的命运，因为就在您把我从海浪里搭救起来之前不久，我的妹妹已经淹死了。

安东尼奥 唉，可惜！

西巴斯辛 先生，虽然人家说她非常像我，许多人都说她是个美貌的姑娘，我虽然不好意思相信这句话，但是至少可以大胆说一句，即使妒嫉她的人也不能不承认她有一颗美好的心。她是已经给海水淹死的了，先生，虽然似乎我要用更多的泪水来淹没对她的记忆。

安东尼奥　先生，请您恕我招待不周。

西巴斯辛　啊，好安东尼奥！我才是多多打扰了您呐！

安东尼奥　要是您看在我的交情的份上，不愿叫我痛不欲生的话，请您允许我做您的仆人吧。

西巴斯辛　您已经搭救了我的生命，要是您不愿让我抱愧而死，那么请不要提出那样的请求，免得您白白救了我一场。我立刻告辞了；我的心是怪软的，还不曾脱去我母亲的性质，为了一点点理由，我的眼睛里就会露出我的弱点来。我要到奥西诺公爵的宫廷里去；再会了。（下。）

安东尼奥　一切神明护佑着你，我在奥西诺的宫廷里有许多敌人，否则我就会马上到那边去会你——

但无论如何我爱你太深，
履险如夷我定要把你寻。（下。）

第二场　街　道

薇奥拉上，马伏里奥随上。

马伏里奥　您不是刚从奥丽维娅伯爵小姐那儿来的吗？

薇奥拉　是的，先生；因为我走得慢，所以现在还不过在这儿。

马伏里奥　先生，这戒指她还给您；您当初还不如自己拿走呢，免得我麻烦。她又说您必须叫您家主人死了心，明白她不要跟他来往。还有，您不用再那么莽撞地到这里来替他说话了，除非来回报一声您家主人已经对她的拒绝表示认可。好，拿去吧。

薇奥拉　她自己拿了我这戒指去的；我不要。

马伏里奥　算了吧，先生，您使性子把它丢给她；她的意思也要我把它照样丢还给您。假如它是值得弯下身子拾起来的话，它就在您的眼前；不然的话，让什么人看见就给什么人拿去吧。（下。）

薇奥拉　我没有留下戒指呀；这位小姐是什么意思？但愿她不要迷恋了我的外貌才好！她把我打量得那么仔细；真的，我觉得她看得我那么出神，连自己讲的什么话儿也顾不到了，那么没头没脑，颠颠倒倒的。一定的，她爱上我啦；情急智生才差这个无礼的使者来邀请我。不要我主人的戒指！嘿，他并没有把什么戒指送给她呀！我才是她意中的人；真是这样的话——事实上确是这样——那么，可怜的小姐，她真是做梦了！我现在才明白假扮的确不是一桩好事情，魔鬼会乘机大显他的身手。一个又漂亮又靠不住的男人，多么容易占据了女人家柔弱的心！唉！这都是我们生性脆弱的缘故，不是我们自身的错处；因为上天造下我们是哪样的人，我们就是哪样的人。这种事情怎么了结呢？我的主人深深地爱着她；我呢，可怜的小鬼，也是那样恋着他；她呢，认错了人，似乎在思念我。这怎么了呢？因为我是个男人，我没有希望叫我的主人爱上我：因为我是个女人，唉！可怜的奥丽维娅也要白费无数的叹息了！

这纠纷要让时间来理清；
叫我打开这结儿怎么成！（下。）

第三场　奥丽维娅宅中一室

托比·培尔契爵士及安德鲁·艾古契克爵士上。

托　比　过来,安德鲁爵士。深夜不睡即是起身得早;“起身早,身体好”,你知道的——

安德鲁　不,老实说,我不知道;我知道的是深夜不睡便是深夜不睡。

托　比　一个错误的结论;我听见这种话就像看见一个空酒瓶那么头痛。深夜不睡,过了半夜才睡,那就是到大清早才睡。岂不是睡得很早?我们的生命不是由四大元素组成的吗?

安德鲁　不错,他们是这样说;可是我以为我们的生命不过是吃吃喝喝而已。

托　比　你真有学问;那么让我们吃吃喝喝吧。玛利娅,喂!开一瓶酒来!

小丑上。

安德鲁　那个傻子来啦。

小　丑　啊,我的心肝们!咱们刚好凑成一幅《三个臭皮匠》。

托　比　欢迎,驴子!现在我们来一个轮唱歌吧。

安德鲁　说老实话,这傻子有一副很好的喉咙。我宁愿拿四十个先令去换他这么一条腿和这么一副可爱的声音。真的,你昨夜打诨打得很好,说什么匹格罗格罗密忒斯哪,维比亚人越过了丘勃斯的赤道线哪,真是好得很,我送六便士给你的姘头,收到了没有?

小　丑　你的恩典我已经放进了我的口袋;因为马伏里奥的鼻子不是鞭柄,我的小姐有一双玉手,她的跟班们不是开酒馆的。

安德鲁　好极了!嗯,无论如何这要算是最好的打诨了。现在唱个歌吧。

托　比　来，给你六便士，唱个歌吧。

安德鲁　我也有六便士给你呢；要是一个骑士大方起来——

小　丑　你们要我唱支爱情的歌呢，还是唱支劝人为善的歌？

托　比　唱个情歌，唱个情歌。

安德鲁　是的，是的，劝人为善有什么意思。

小　丑　（唱）

你到哪儿去，啊我的姑娘？
听呀，那边来了你的情郎，
嘴里吟着抑扬的曲调。
不要再走了，美貌的亲亲；
恋人的相遇终结了行程！
每个聪明人全都知晓。

安德鲁　真好极了！

托　比　好，好！

小　丑　（唱）

什么是爱情？它不在明天；
欢笑嬉游莫放过了眼前，
将来的事有谁能猜料？
不要蹉跎了大好的年华；
来吻着我吧！你双十娇娃。
转眼青春早化成衰老。

安德鲁　凭良心说话，好一副流利的歌喉！

托　比　好一股恶臭的气息！

安德鲁　真的，很甜蜜又很恶臭。

托　比　用鼻子听起来，那么恶臭也很动听。可是我们要不要让天空跳起舞来呢？我们要不要唱一支轮唱歌，把夜枭吵醒；那曲调会叫一个织工听了三魂出窍？

安德鲁　要是你爱我，让我们来一下吧；唱轮唱歌我挺拿手啦。

小　丑　对啦，大人，有许多狗也会唱得很好。

安德鲁　不错不错。让我们唱《你这坏蛋》吧。

小　丑　《闭住你的嘴，你这坏蛋》是不是这一首，骑士？那么我可不得不叫你做坏蛋啦，骑士。

安德鲁　人家不得不叫我做坏蛋，这也不是第一次。你开头，傻子；第一句是，“闭住你的嘴。”

小　丑　要是我闭住我的嘴，我就再也开不了头啦。

安德鲁　说得好，真的。来，唱起来吧。（三人唱轮唱歌。）

玛利娅上。

玛利娅　你们在这里猫儿叫春似地闹些什么呀！要是小姐没有叫起她的管家马伏里奥来把你们赶出门外去，再不用相信我的话好了。

托　比　小姐是个骗子；我们都是大人物；马伏里奥是拉姆西的佩格姑娘。“我们是三个快活的人。”我不是同宗吗？我不是她的一家人吗？胡说八道，姑娘！

巴比伦有一个人，姑娘，姑娘！

小　丑　要命，这位老爷真会开玩笑。

安德鲁　噉，他高兴开起玩笑来，开得可是真好，我也一样；不过他的玩笑开得富于风趣，而我的玩笑开得更为自然。

托　比

啊！十二月十二——

玛利娅　看在上帝的面上,别闹了吧!

马伏里奥上。

马伏里奥　我的爷爷们,你们疯了吗,还是怎么啦?难道你们没有脑子,不懂规矩,全无礼貌,在这种夜深时候还要像一群发酒疯的补锅匠似地乱吵?你们把小姐的屋子当作一间酒馆,好让你们直着喉咙,唱那种鞋匠的歌儿吗?难道你们全不想想这是什么地方,这儿住的是什么人,或者现在是什么时刻了吗?

托　比　老兄,我们的轮唱是严守时刻的。你去上吊吧!

马伏里奥　托比老爷,莫怪我说句不怕忌讳的话。小姐吩咐我告诉您说,她虽然把您当个亲戚留住在这儿,可是她不能容忍您那种胡闹。要是您能够循规蹈矩,我们这儿是十分欢迎您的;否则的话,要是您愿意向她告别,她一定会让您走。

托　比

既然我非去不可,那么再会吧,亲亲!

玛利娅　别这样,好托比老爷。

小　丑

他的眼睛显示出他末日将要来临。

马伏里奥　岂有此理!

托　比

可是我绝不会死亡。

小　丑　托比老爷,您在说谎。

马伏里奥　真有体统!

托　比

我要不要叫他滚蛋?

小　丑

叫他滚蛋又怎样?

托　比

要不要叫他滚蛋,毫无留贷?

小　丑

啊!不,不,不,你没有这种胆量。

托　比　唱的不入调吗?先生,你说谎!你不过是一个管家,有什么可以神气的?你以为你自己道德高尚,人家便不能喝酒取乐了吗?

小　丑　是啊,凭圣安起誓,生姜吃下嘴去也总是辣的。

托　比　你说得一点也不错。——去,朋友,用面包屑去擦你的项链吧。开一瓶酒来,玛利娅!

马伏里奥　玛利娅姑娘,要是你没有把小姐的恩典看作一钱不值,你可不要帮助他们做这种胡闹;我一定会去告诉她的。(下。)

玛利娅　滚你的吧!

安德鲁　向他挑战,然后失约,愚弄他一下子,倒是个很好的办法,就像人肚子饿了喝酒一样。

托　比　好,骑士,我给你写挑战书,或者代你去口头通知他你的愤怒。

玛利娅　亲爱的托比老爷,今夜请忍耐一下子吧;今天公爵那边来的少年会见了小姐之后,她心里很烦。至于马伏里奥先生,我去对付他好了;要是我不把他愚弄得给人当作笑柄,让大家取乐儿,我便是个连直挺挺躺在床上都不会的蠢东西。我知道我一定能够。

托　比　告诉我们，告诉我们；告诉我们一些关于他的事情。

玛利娅　好，老爷，有时候他有点儿像清教徒。

安德鲁　啊！要是我早想到了这一点，我要把他像狗一样打一顿呢。

托　比　什么，为了像清教徒吗？你有什么绝妙的理由，亲爱的骑士？

安德鲁　我没有什么绝妙的理由，可是我有相当的理由。

玛利娅　他是个鬼清教徒，反复无常、逢迎取巧是他的本领；一头装腔作势的驴子，背熟了几句官话，便倒也似地倒了出来；自信非凡，以为自己真了不得，谁看见他都会爱他；我可以凭着那个弱点堂堂正正地给他一顿教训。

托　比　你打算怎样？

玛利娅　我要在他走过的路上丢下一封暧昧的情书，里面活生生地描写着他的胡须的颜色、他的腿的形状、他走路的姿势、他的眼睛、额角和脸上的表情；他一见就会觉得是写的他自己。我会学您侄小姐的笔迹写字；在已经忘记了的信件上，我们连自己的笔迹也很难辨认呢。

托　比　好极了，我嗅到了一个计策了。

安德鲁　我鼻子里也闻到了呢。

托　比　他见了你丢下的这封信，便会以为是我的侄女写的，以为她爱上了他。

玛利娅　我的意思正是这样。

安德鲁　你的意思是要叫他变成一头驴子。

玛利娅　驴子，那是毫无疑问的。

安德鲁　啊，那好极了！

玛利娅　出色的把戏，你们瞧着好了；我知道我的药对他一定生效。我可以把你们两人连那傻子安顿在他拾着那信的地方，瞧他怎样把它解释。今夜呢，大家上床睡去，梦着那回事吧。再见。（下。）

托　比　晚安,好姑娘!

安德鲁　我说,她是个好丫头。

托　比　她是头纯种的小猎犬,很爱我;怎样?

安德鲁　我也曾经给人爱过呢。

托　比　我们去睡吧,骑士。你应该叫家里再寄些钱来。

安德鲁　要是我不能得到你的侄女,我就大上其当了。

托　比　去要钱吧,骑士;要是你结果终不能得到她,你就叫我傻子。

安德鲁　要是我不去要,就再不要相信我,随你怎么办。

托　比　来,来,我去烫些酒来;现在去睡太晚了。来,骑士;来,骑士。(同下。)

第四场　公爵府中一室

公爵、薇奥拉、丘里奥及余人等上。

公　爵　给我奏些音乐。早安,朋友们。好西萨里奥,我只要听我们昨晚听的那支古曲;我觉得它比目前轻音乐中那种轻倩的乐调和警炼的字句更能慰解我的痴情。来,只唱一节吧。

丘里奥　启禀殿下,会唱这歌儿的人不在这儿。

公　爵　他是谁?

丘里奥　是那个弄人费斯特,殿下;他是奥丽维娅小姐的尊翁所宠幸的傻子。他就在这儿左近。

公　爵　去找他来,现在先把那曲调奏起来吧。(丘里奥下。奏乐)过来,孩子。要是你有一天和人恋爱了,请在甜蜜的痛苦中记着我;因为真心的恋人都像我一样,在其他一切情感上都是轻浮易变,但他所爱的人儿的影像,却永远铭刻在他的心头。你喜不喜欢这个曲调?

薇奥拉　它传出了爱情的宝座上的回声。

公　爵　你说得很好，我相信你虽然这样年轻，你的眼睛一定曾经看中过什么人；是不是，孩子？

薇奥拉　略为有点，请您恕我。

公　爵　是个什么样子的女人呢？

薇奥拉　相貌跟您差不多。

公　爵　那么她是不配被你爱的。什么年纪呢？

薇奥拉　年纪也跟您差不多，殿下。

公　爵　啊，那太老了！女人应当拣一个比她年纪大些的男人，这样她才跟他合得拢来，不会失去她丈夫的欢心；因为，孩子，不论我们怎样自称自赞，我们的爱情总比女人们流动不定些，富于希求，易于反复，更容易消失而生厌。

薇奥拉　这一层我也想到，殿下。

公　爵　那么选一个比你年轻一点的姑娘做你的爱人吧，否则你的爱情便不能常青——

女人正像是娇艳的蔷薇，
花开才不久便转眼枯萎。

薇奥拉

是啊，可叹她刹那的光荣，
早枝头零落留不住东风！

丘里奥偕小丑重上。

公　爵　啊，朋友！来，把我们昨夜听的那支歌儿再唱一遍。好好听着，西萨里奥。那是个古老而平凡的歌儿，是晒着太阳的纺线工人和织布工人以及无忧无虑地制花边的女郎们常唱的；歌里的话儿都是些平常不过的真理，搬弄着纯朴的古代的那种爱情的纯洁。

小　丑　您预备好了吗，殿下？

公　爵　好，请你唱吧。（奏乐。）

小　丑　（唱）

过来吧，过来吧，死神！
让我横陈在凄凉的柏棺[1]的中央；
飞去吧，飞去吧，浮生！
我被害于一个狠心的美貌姑娘。
为我罩上白色的殓衾铺满紫杉；
没有一个真心的人为我而悲哀。

莫让一朵花儿甜柔，
撒上了我那黑色的、黑色的棺材；
没有一个朋友迓候
我尸身，不久我的骨骼将会散开。
免得多情的人们千万次的感伤，
请把我埋葬在无从凭吊的荒场。

公　爵　这是赏给你的辛苦钱。

小　丑　一点不辛苦，殿下；我以唱歌为乐呢。

公　爵　那么就算赏给你的快乐钱。

小　丑　不错，殿下，快乐总是要付出代价的。

---

① 此处“柏棺”原文为Cypress，自来注家均肯定应作Crape（丧礼用之黑色绉纱）解释；按字面解Cypress为一种杉柏之属，径译“柏棺”，在语调上似乎更为适当，故仍将错就错，据字臆译。

公　爵　现在允许我不再见你吧。

小　丑　好，忧愁之神保佑着你！但愿裁缝用闪缎给你裁一身衫子，因为你的心就像猫眼石那样闪烁不定。我希望像这种没有恒心的人都航海去，好让他们过着五湖四海，千变万化的生活；因为这样的人总会两手空空地回家。再会。（下。）

公　爵　大家都退开去。（丘里奥及侍从等下。）西萨里奥，你再给我到那位忍心的女王那边去；对她说，我的爱情是超越世间的，泥污的土地不是我所看重的事物；命运所赐给她的尊荣财富，你对她说，在我的眼中都像命运一样无常；吸引我的灵魂的是她的天赋的灵奇，绝世的仙姿。

薇奥拉　可是假如她不能爱您呢，殿下？

公　爵　我不能得到这样的回音。

薇奥拉　可是您不能不得到这样的回音。假如有一位姑娘——也许真有那么一个人——也像您爱着奥丽维娅一样痛苦地爱着您；您不能爱她，您这样告诉她；那么她岂不是必得以这样的答复为满足吗？

公　爵　女人的小小的身体一定受不住像爱情强加于我心中的那种激烈的搏跳；女人的心没有这样广大，可以藏得下这许多；她们缺少隐忍的能力。唉，她们的爱就像一个人的口味一样，不是从脏腑里，而是从舌尖上感觉到的，过饱了便会食伤呕吐；可是我的爱就像饥饿的大海，能够消化一切。不要把一个女人所能对我发生的爱情跟我对于奥丽维娅的爱情相提并论吧。

薇奥拉　嗳，可是我知道——

公　爵　你知道什么？

薇奥拉　我知道得很清楚女人对于男人会怀着怎样的爱情；真的，她们是跟我们一样真心的。我的父亲有一个女儿，她爱上了一个男人，正像假如我是个女人也许会爱上了殿下您一样。

公　爵　她的历史怎样？

薇奥拉　一片空白而已，殿下。她从来不向人诉说她的爱情，让隐藏在内心中的抑郁像蓓蕾中的蛀虫一样，侵蚀着她的绯红的脸颊；她因相思而憔悴，疾病和忧愁折磨着她，像是墓碑上刻着的“忍耐”的化身，默坐着向悲哀微笑。这不是真的爱情吗？我们男人也许更多话，更会发誓，可是我们所表示的，总多于我们所决心实行的；不论我们怎样山盟海誓，我们的爱情总不过如此。

公　爵　但是你的姊姊有没有殉情而死，我的孩子？

薇奥拉　我父亲的女儿只有我一个，儿子也只有我一个——可她有没有殉情我不知道。殿下，我要不要就去见这位小姐？

公　爵　对了，这是正事——

快前去，送给她这颗珍珠；
说我的爱情永不会认输。（各下。）

第五场　奥丽维娅的花园

托比·培尔契爵士、安德鲁·艾古契克爵士及费边上。

托　比　来吧，费边先生。

费　边　噢，我就来；要是我把这场好戏略为错过了一点点儿，让我在懊恼里煎死了吧。

托　比　让这个卑鄙龌龊的丑东西出一场丑，你高兴不高兴？

费　边　我才要快活死哩！您知道那次我因为耍熊，被他在小姐跟前说我坏话。

托　比　我们再把那头熊牵来激他发怒；我们要把他捉弄得体无完

肤。你说怎样，安德鲁爵士？

安德鲁　要是我们不那么做，那才是终身的憾事呢。

托　比　小坏东西来了。

玛利娅上。

托　比　啊，我的小宝贝！

玛利娅　你们三人都躲到黄杨树后面去。马伏里奥正从这条道上走过来了；他已经在那边太阳光底下对他自己的影子练习了半个钟头仪法。谁要是喜欢笑话，就留心瞧着他吧；我知道这封信一定会叫他变成一个发痴的呆子的。凭着玩笑的名义，躲起来吧！你躺在那边；（丢下一信）这条鲟鱼已经来了，你不去撩撩他的痒处是捉不到手的。（下。）

马伏里奥上。

马伏里奥　不过是运气；一切都是运气。玛利娅曾经对我说过小姐喜欢我；我也曾经听见她自己说过那样的话，说要是她爱上了人的话，一定要选像我这种脾气的人。而且，她待我比待其他的下人显得分外尊敬。这点我应该怎么解释呢？

托　比　瞧这个自命不凡的混蛋！

费　边　静些，他已经痴心妄想得变成一头出色的火鸡了；瞧他那种蓬起了羽毛高视阔步的样子！

安德鲁　他妈的，我可以把这混蛋痛打一顿！

托　比　别闹啦！

马伏里奥　做了马伏里奥伯爵！

托　比　啊，混蛋！

安德鲁　给他吃手枪！给他吃手枪！

托　比　别闹！别闹！

马伏里奥　这种事情是有前例可援的；斯特拉契夫人也下嫁给家臣。

安德鲁　该死，这畜生！

费　边　静些，现在他着了魔啦；瞧他越想越得意。

马伏里奥　跟她结婚过了三个月，我坐在我的宝座上——

托　比　啊，我要弹一颗石子到他的眼睛里去！

马伏里奥　身上披着绣花的丝绒袍子，召唤我的臣僚过来；那时我刚睡罢午觉，撇下奥丽维娅酣睡未醒——

托　比　大火硫磺烧死他！

费　边　静些！静些！

马伏里奥　那时我装出一副威严的神气，先目光凛凛地向众人瞟视一周，对他们表示我知道我的地位！他们也必须明白自己的身份；然后吩咐他们去请我的托比老叔过来——

托　比　把他铐起来！

费　边　别闹！别闹！别闹！好啦！好啦！

马伏里奥　我的七个仆人恭恭敬敬地前去找他。我皱了皱眉头，或者给我的表上了上弦，或者抚弄着我的——什么珠宝之类。托比来了，向我行了个礼——

托　比　这家伙可以让他活命吗？

费　边　哪怕有几辆马车要把我们的静默拉走，也不要闹吧！

马伏里奥　我这样向他伸出手去，用一副庄严的威势来抑住我的亲昵的笑容——

托　比　那时托比不就给了你一个嘴巴子吗？

马伏里奥　说，"托比叔父，我已蒙令侄女不弃下嫁，请您准许我这样说话——"

托　比　什么？什么？

马伏里奥　"你必须把喝酒的习惯戒掉。"

托　比　他妈的，这狗东西！

费　边　哎,别生气,否则我们的计策就要失败了。

马伏里奥　"而且,您还把您的宝贵的光阴跟一个傻瓜骑士在一块儿浪费——"

安德鲁　说的是我,一定的啦。

马伏里奥　"那个安德鲁爵士——"

安德鲁　我知道是我;因为许多人都管我叫傻瓜。

马伏里奥　(见信)这儿有些什么东西呢?

费　边　现在那蠢鸟走近陷阱旁边来了。

托　比　啊,静些!但愿能操纵人心意的神灵叫他高声朗读。

马伏里奥　(拾信)哎哟,这是小姐的手笔!瞧这一钩一弯一横一直,那不正是她的笔锋吗?没有问题,一定是她写的。

安德鲁　她的一钩一弯一横一直,那是什么意思?

马伏里奥　(读)"给不知名的恋人,至诚的祝福。"完全是她的口气!对不住,封蜡。且慢!这封口上的钤记不就是她一直用作封印的鲁克丽丝的肖像吗?一定是我的小姐。可是那是写给谁的呢?

费　边　这叫他心窝儿里都痒起来了。

马伏里奥

知我者天,
我爱为谁?
慎莫多言,
莫令人知。

"莫令人知。"下面还写些什么?又换了句调了!"莫令人知":说的也许是你哩,马伏里奥!

托　比　嘿,该死,这獾子!

马伏里奥

我可以向我所爱的人发号施令；
但隐秘的衷情如鲁克丽丝之刀，
杀人不见血地把我的深心剚刃：
我的命在M，O，A，I的手里飘摇。

费　边　无聊的谜语！

托　比　我说是个好丫头。

马伏里奥　“我的命在M，O，A，I的手里飘摇。”不，让我先想一想，让我想一想，让我想一想。

费　边　她给他吃了一服多好的毒药！

托　比　瞧那头鹰儿多么饿急似地想一口吞下去！

马伏里奥　“我可以向我所爱的人发号施令。”啾，她可以命令我；我侍候着她，她是我的小姐。这是无论哪个有一点点脑子的人都看得出来的；全然合得拢。可是那结尾一句，那几个字母又是什么意思呢？能不能牵附到我的身上？——慢慢！M，O，A，I——

托　比　哎，这应该想个法儿；他弄糊涂了。

费　边　即使像一头狐狸那样臊气冲天，这狗子也会闻出味来，汪汪地叫起来的。

马伏里奥　M，马伏里奥；M，嘿，那正是我的名字的第一个字母哩。

费　边　我不是说他会想出来的吗？这狗的鼻子在没有味的地方也会闻出味来。

马伏里奥　M——可是这次序不大对；这样一试，反而不成功了。跟着来的应该是个A字，可是却是个O字。

费　边　我希望O字应该放在结尾的吧？

托　比　对了，否则我要揍他一顿，让他喊出个“O”来。

马伏里奥　A的背后又跟着个I。

费　边　哼，要是你背后生眼睛[①]的话，你就知道你眼前并没有什么幸运，你的背后却有倒霉的事跟着呢。

马伏里奥　M，O，A，I；这隐语可跟前面所说的不很合辙；可是稍为把它颠倒一下，也就可以适合我了，因为这几个字母都在我的名字里。且慢！这儿还有散文呢。“要是这封信落到你手里，请你想一想。照我的命运而论，我是在你之上，可是你不用惧怕富贵：有的人是生来的富贵，有的人是挣来的富贵，有的人是送上来的富贵。你的好运已经向你伸出手来，赶快用你的全副精神抱住它。你应该练习一下怎样才合乎你所将要做的那种人的身份，脱去你卑躬的旧习，放出一些活泼的神气来。对亲戚不妨分庭抗礼，对仆人不妨摆摆架子；你嘴里要鼓唇弄舌地谈些国家大事，装出一副矜持的样子。为你叹息的人儿这样吩咐着你。记着谁曾经赞美过你的黄袜子，愿意看见你永远扎着十字交叉的袜带；我对你说，你记着吧。好，只要你自己愿意，你就可以出头了；否则让我见你一生一世做个管家，与众仆为伍，不值得抬举。再会！我是愿意跟你交换地位的，幸运的不幸者。”青天白日也没有这么明白，平原旷野也没有这么显豁。我要摆起架子来，谈起国家大事来；我要叫托比丧气，我要断绝那些鄙贱之交，我要一点不含糊地做起这么一个人来。我没有自己哄骗自己，让想象把我愚弄；因为每一个理由都指点着说，我的小姐爱上了我了。她最近称赞过我的黄袜子和我的十字交叉的袜带；她就是用这方法表示她爱我，用一种命令的方法叫我打扮成她所喜欢的样式。谢谢我的命星，我好幸福！我要放出高傲的神气来。穿了黄袜子，扎着十字交叉的袜带，立刻就去装束起来。赞美上帝和我的命星！这儿还

① 眼睛原文为eye，与I音相近。

有附启 :“你一定想得到我是谁。要是你接受我的爱情,请你用微笑表示你的意思 ;你的微笑是很好看的。我的好人儿,请你当着我的面前永远微笑着吧。”上帝,我谢谢你!我要微笑 ;我要做每一件你吩咐我做的事。(下。)

费　边　即使波斯王给我一笔几千块钱的恩俸!我也不愿错过这场玩意儿。

托　比　这丫头想得出这种主意!我简直可以娶了她。

安德鲁　我也可以娶了她呢。

托　比　我不要她什么妆奁,只要再给我想出这么一个笑话来就行了。

安德鲁　我也不要她什么妆奁。

费　边　我那位捉蠢鹅的好手来了。

玛利娅重上。

托　比　你愿意把你的脚搁在我的头颈上吗?

安德鲁　或者搁在我的头颈上?

托　比　要不要我把我的自由作孤注一掷,做你的奴隶?

安德鲁　是的,要不要我也做你的奴隶?

托　比　你已经叫他大做其梦,要是那种幻象一离开了他,他一定会发疯的。

玛利娅　可是您老实对我说,他中计了吗?

托　比　就像收生婆喝了烧酒一样。

玛利娅　要是你们要看看这场把戏会闹出些什么结果来,请看好他怎样到小姐跟前去 :他会穿起了黄袜子,那正是她所讨厌的颜色“还要扎着十字交叉的袜带,那正是她所厌恶的式样 ;他还要向她微笑,照她现在那样悒郁的心境,她一定会不高兴,管保叫他大受一场没趣。假如你们要看的话,跟我来吧。

托　比　好,就是到地狱门口也行,你这好机灵鬼!

安德鲁　我也要去。(同下。)

第三幕

第一场 奥丽维娅的花园

薇奥拉及小丑持手鼓上。

薇奥拉 上帝保佑你和你的音乐，朋友！你是靠着打手鼓过日子的吗？

小 丑 不，先生，我靠着教堂过日子。

薇奥拉 你是个教士吗？

小 丑 没有的事，先生。我靠着教堂过日子，因为我住在我的家里，而我的家是在教堂附近。

薇奥拉 你也可以说，国王住在叫花窝的附近，因为叫花子住在王宫的附近，教堂筑在你的手鼓旁边，因为你的手鼓放在教堂旁边。

小 丑 您说得对，先生。人们一代比一代聪明了！一句话对于一个聪明人就像是一副小山羊皮的手套，一下子就可以翻了转来。

薇奥拉 嗯，那是一定的啦；善于在字面上翻弄花样的，很容易流于轻薄。

小 丑 那么，先生，我希望我的妹妹不要有名字。

薇奥拉 为什么呢，朋友？

小 丑 先生，她的名字不也是个字吗？在那个字上面翻弄翻弄花样，也许我的妹妹就会轻薄起来。可是文字自从失去自由以后，也就变成很危险的家伙了。

薇奥拉 你说出理由来，朋友？

小　丑　不瞒您说，先生！要是我向您说出理由来，那非得用文字不可；可是现在文字变得那么坏，我真不高兴用它们来证明我的理由。

薇奥拉　我敢说你是个快活的家伙，万事都不关心。

小　丑　不是的，先生，我所关心的事倒有一点儿；可是凭良心说，先生，我可一点不关心您；如果不关心您就是无所关心的话，先生，我倒希望您也能够化为乌有才好。

薇奥拉　你不是奥丽维娅小姐府中的傻子吗？

小　丑　真的不是，先生。奥丽维娅小姐不喜欢傻气；她要嫁了人才会在家里养起傻子来，先生；傻子之于丈夫，犹如小鱼之于大鱼，丈夫不过是个大一点的傻子而已。我真的不是她的傻子，我是给她说说笑话的人。

薇奥拉　我最近曾经在奥西诺公爵的地方看见过你。

小　丑　先生，傻气就像太阳一样环绕着地球，到处放射它的光辉。要是傻子不常到您主人那里去，如同常在我的小姐那儿一样，那么，先生，我可真是抱歉。我想我也曾经在那边看见过您这聪明人。

薇奥拉　哼，你要在我身上打趣，我可要不睬你了。拿去，这个钱给你。（给他一枚钱币。）

小　丑　好，上帝保佑您长起胡子来吧！

薇奥拉　老实告诉你！我倒真为了胡子害相思呢；虽然我不要在自己脸上长起来。小姐在里面吗？

小　丑　（指着钱币）先生，您要是再赏我一个钱，凑成两个，不就可以养儿子了吗？

薇奥拉　不错，如果你拿它们去放债取利息。

小丑　先生，我愿意做个弗里吉亚的潘达洛斯，给这个特洛伊罗斯找一个克瑞西达来。[1]

薇奥拉　我知道了，朋友；你很善于乞讨。

小　丑　我希望您不会认为这是非分的乞讨，先生，我要乞讨的不过是个叫花子——克瑞西达后来不是变成个叫花子了吗？小姐就在里面，先生。我可以对他们说明您是从哪儿来的；至于您是谁，您来有什么事，那就不属于我的领域之内了——我应当说"范围"，可是那两个字已经给人用得太熟了。（下。）

薇奥拉　这家伙扮傻子很有点儿聪明。装傻装得好也是要靠才情的：他必须窥伺被他所取笑的人们的心情，了解他们的身份，还得看准了时机；然后像窥伺着眼前每一只鸟雀的野鹰一样，每个机会都不放松。这是一种和聪明人的艺术一样艰难的工作：

傻子不妨说几句聪明话，
聪明人说傻话难免笑骂。

托比·培尔契爵士、安德鲁·艾古契克爵士同上。

托　比　您好，先生。

薇奥拉　您好，爵士。

安德鲁　上帝保佑您，先生。

薇奥拉　上帝保佑您，我是您的仆人。

安德鲁　先生，我希望您是我的仆人；我也是您的仆人。

托　比　请您进去吧。舍侄女有请，要是您是来看她的话。

薇奥拉　我来正是要拜见令侄女，爵士；她是我的航行的目标。

---

① 关于特洛伊罗斯（Troilus）与克瑞西达（Cressida）恋爱的故事可参看莎士比亚所著悲剧《特洛伊罗斯与克瑞西达》。潘达洛斯（Pandarus）系克瑞西达之舅，为他们居间撮合者。克瑞西达因生性轻浮，后被人所弃，沦为乞丐。

托　比　请您试试您的腿吧，先生，把它们移动起来。

薇奥拉　我的腿倒是听我使唤，爵士，可是我却听不懂您叫我试试我的腿是什么意思？

托　比　我的意思是，先生，请您走，请您进去。

薇奥拉　好，我就移步前进。可是人家已经先来了。

奥丽维娅及玛利娅上。

薇奥拉　最卓越最完美的小姐，愿诸天为您散下芬芳的香雾！

安德鲁　那年轻人是一个出色的廷臣。"散下芬芳的香雾"好得很。

薇奥拉　我的来意，小姐，只能让您自己的玉耳眷听。

安德鲁　"香雾"、"玉耳"、"眷听"，我已经学会了三句话了。

奥丽维娅　关上园门，让我们两人谈话。（托比、安德鲁、玛利娅同下。）把你的手给我，先生。

薇奥拉　小姐，我愿意奉献我的绵薄之力为您效劳。

奥丽维娅　你叫什么名字？

薇奥拉　您仆人的名字是西萨里奥，美貌的公主。

奥丽维娅　我的仆人，先生！自从假作卑躬认为是一种恭维之后，世界上从此不曾有过乐趣。你是奥西诺公爵的仆人，年轻人。

薇奥拉　他是您的仆人，他的仆人自然也是您的仆人；您的仆人的仆人便是您的仆人，小姐。

奥丽维娅　我不高兴想他；我希望他心里空无所有，不要充满着我。

薇奥拉　小姐，我来是要替他说动您那颗温柔的心。

奥丽维娅　啊！对不起，请你不要再提起他了。可是如果你肯为另外一个人求爱，我愿意听你的请求，胜过于听天乐。

薇奥拉　亲爱的小姐——

奥丽维娅　对不起，让我说句话。上次你到这儿来把我迷醉了之后，我叫人拿了个戒指追你；我欺骗了我自己，欺骗了我的仆人！也许欺骗了你；我用那种无耻的狡狯把你明知道不属于你的东西强纳在你手里，一定会使你看不起我。你会怎样想呢？你不曾把我的名誉拴在桩柱上，让你那残酷的心所想得到的一切思想恣意地把它虐弄吧？像你这样敏慧的人，我已经表示得太露骨了；掩藏着我的心事的，只是一层薄薄的蝉纱。所以，让我听你的意见吧。

薇奥拉　我可怜你。

奥丽维娅　那是到达恋爱的一个阶段。

薇奥拉　不，此路不通，我们对敌人也往往会发生怜悯，这是常有的经验。

奥丽维娅　啊，听了你的话，我倒是又要笑起来了。世界啊！微贱的人多么容易骄傲！要是做了俘虏，那么落于狮子的爪下比之豺狼的吻中要幸运多少啊！（钟鸣）时钟在谴责我把时间浪费，别担心，好孩子，我不会留住你。可是等到才情和青春成熟之后，你的妻子将会收获到一个出色的男人。向西是你的路。

薇奥拉　那么向西开步走！愿小姐称心如意！您没有什么话要我向我的主人说吗，小姐？

奥丽维娅　且慢，请你告诉我你以为我这人怎样？

薇奥拉　我以为你以为你不是你自己。

奥丽维娅　要是我以为这样，我以为你也是这样。

薇奥拉　你猜想得不错！我不是我自己。

奥丽维娅　我希望你是我所希望于你的那种人！

薇奥拉　那是不是比现在的我要好些，小姐？我希望好一些，因为现在我不过是你的弄人。

奥丽维娅　唉！

他嘴角的轻蔑和怒气，
冷然的神态可多么美丽！
爱比杀人重罪更难隐藏；

爱的黑夜有中午的阳光。
西萨里奥，凭着春日蔷薇，
贞操、忠信与一切，我爱你，
这样真诚，不顾你的骄傲，
理智拦不住热情的宣告。
别以为我这样向你求情，
你就可以无须再献殷勤；
须知求得的爱虽费心力，
不劳而获的更应该珍惜。

薇奥拉

我起誓，凭着天真与青春，
我只有一条心一片忠诚，
没有女人能够把它占有，
只有我是我自己的君后。
别了，小姐，我从此不再来
为我主人向你苦苦陈哀。

奥丽维娅

你不妨再来，也许能感动
我释去憎嫌把感情珍重。（同下。）

第二场　奥丽维娅宅中一室

托比·培尔契爵士，安德鲁·艾古契克爵士及费边上。

安德鲁　不，真的，我再不能住下去了。

托　比　为什么呢，恼火的朋友？说出你的理由来。

费　边　是啊，安德鲁爵士，您得说出个理由来。

安德鲁　嘿，我见你的侄小姐对待那个公爵的用人比之待我好得多；我在花园里瞧见的。

托　比　她那时也看见你吗，老兄？告诉我。

安德鲁　就像我现在看见你一样明白。

费　边　那正是她爱您的一个很好的证据。

安德鲁　啐！你把我当作一头驴子吗？

费　边　大人，我可以用判断和推理来证明这句话的不错。

托　比　说得好！判断和推理在挪亚[①]还没有上船以前，已经就当上陪审官了。

费　边　她当着您的脸对那个少年表示殷勤，是要叫您发急，唤醒您那打瞌睡的勇气，给您的心里燃起火来，在您的肝脏里加点儿硫磺罢了。您那时就该走上去向她招呼，说几句崭新的俏皮话儿叫那年轻人哑口无言。她盼望您这样，可是您却大意错过了。您放过了这么一个大好的机会，我的小姐自然要冷淡您啦；您目前在她心里的地位就像挂在荷兰人胡须上的冰柱一样，除非您能用勇气或是手段干出一些出色的勾当，才可以挽回过来。

安德鲁　无论如何，我宁愿用勇气；因为我顶讨厌使手段。叫我做个政客，还不如做个布朗派[②]的教徒。

托　比　好啊，那么把你的命运建筑在勇气上吧。给我去向那公爵差来的少年挑战，在他身上戳十来个窟窿，我的侄女一定会注意到。你可以相信！世上没有一个媒人会比一个勇敢的名声更能说动女人的心了。

---

① 挪亚（Noah）及其方舟的故事，见《圣经·创世记》第六章。

② 布朗派为英国伊利莎白时代清教徒布朗（Robert Browne）所创的教派。

费　边　此外可没有别的办法了，安德鲁大人。

安德鲁　你们谁肯替我向他下战书？

托　比　快去用一手虎虎生威的笔法写起来；要干脆简单；不用说俏皮话，只要言之成理，别出心裁就得了。尽你的笔墨所能把他嘲骂；要是你把他"你"啊"你"的"你"了三四次，那不会有错；再把纸上写满了谎，即使你的纸大得足以铺满英国威尔地方的那张大床[①]。快去写吧。把你的墨水里掺满着怨毒，虽然你用的是一枝鹅毛笔。去吧。

安德鲁　我到什么地方来见你们？

托　比　我们会到你房间里来看你；去吧。（安德鲁下。）

费　边　这是您的一个宝货，托比老爷。

托　比　我倒累他破费过不少呢，孩儿，约莫有两千多块钱的样子。

费　边　我们就可以看到他的一封妙信了。可是您不会给他送去的吧？

托　比　要是我不送去，你别相信我；我一定要把那年轻人激出一个回音来。我想就是叫牛儿拉着车绳也拉不拢他们两人在一起。你把安德鲁解剖开来，要是能在他肝脏里找得出一滴可以沾湿一只跳蚤的脚的血，我愿意把他那副臭皮囊吃下去。

费　边　他那个对头的年轻人，照那副相貌看来，也不像是会下辣手的。

托　比　瞧，一窠九只的鹪鹩中顶小的一只来了。

玛利娅上。

玛利娅　要是你们愿意捧腹大笑，不怕笑到腰酸背痛，那么跟我来吧。那只蠢鹅马伏里奥已经信了邪道，变成一个十足的异教徒了；因为没有一个相信正道而希望得救的基督徒，会做出这种丑恶不堪

---

① 该床方十一呎，今尚存。

的奇形怪状来的。他穿着黄袜子呢。

托　比　袜带是十字交叉的吗?

玛利娅　再难看不过的了,就像个在寺院里开学堂的塾师先生。我像是他的刺客一样紧跟着他。我故意掉下来诱他的那封信上的话,他每一句都听从;他笑容满面,脸上的皱纹比增添了东印度群岛的新地图上的线纹还多。你们从来不曾见过这样一个东西;我真忍不住要向他丢东西过去,我知道小姐一定会打他;要是她打了他!他一定仍然会笑,以为是一件大恩典。

托　比　来,带我们去,带我们到他那儿去。(同下。)

第三场　街　道

西巴斯辛及安东尼奥上。

西巴斯辛　我本来不愿意麻烦你;可是你既然这样欢喜自己劳碌,那么我也不再向你多话了。

安东尼奥　我抛不下你;我的愿望比磨过的刀还要锐利地驱迫着我。虽然为了要看见你,再远的路我也会跟着你去;可并不全然为着这个理由:我担心你在这些地方是个陌生人,路上也许会碰到些什么;一路没人领导没有朋友的异乡客,出门总有许多不方便。我的诚心的爱,再加上这样使我忧虑的理由,迫使我来追赶你。

西巴斯辛　我的善良的安东尼奥!除了感谢感谢永远的感谢之外!再没有别的话好回答你了,一件好事常常只换得一声空口的道谢,可是我的钱财假如能跟我的衷心的感谢一样多!你的好心一定不会得不到重重的酬报,我们干些什么呢!要不要去瞧瞧这城里的古迹!

安东尼奥　明天吧!先生,还是先去找个下处。

西巴斯辛　我并不疲倦！到天黑还有许多时候呢，让我们去瞧瞧这儿的名胜！一饱眼福吧。

安东尼奥　请你原谅我，我在这一带街道上走路是冒着危险的，从前我曾经参加海战！和公爵的舰队作过对，那时我狠立了一点功！假如在这儿给捉到了！可不知要怎样抵罪哩。

西巴斯辛　大概你杀死了很多的人吧！

安东尼奥　我的罪名并不是这么一种杀人流血的性质；虽然照那时的情形和争执的激烈看来，很容易有流血的可能。本来把我们夺来的东西还给了他们，就可以和平解决了，我们城里大多数人为了经商，也都这样做了，可是我却不肯屈服；因此，要是我在这儿给捉到了的话，他们绝不会轻轻放过我。

西巴斯辛　那么你不要太出来招摇吧。

安东尼奥　那的确不大妥当。先生，这儿是我的钱袋，请你拿着吧。南郊的大象旅店是最好的下宿的地方，我先去定好膳宿；你可以在城里逛着见识见识，再到那边来见我好了。

西巴斯辛　为什么你要把你的钱袋给我？

安东尼奥　也许你会看中什么玩意儿想要买下；我知道你的钱不够买这些非急用的东西，先生。

西巴斯辛　好，我就替你保管你的钱袋；过一个钟头再见吧。

安东尼奥　在大象旅店。

西巴斯辛　我记得。（各下。）

第四场　奥丽维娅的花园

奥丽维娅及玛利娅上。

奥丽维娅　我已经差人去请他了。假如他肯来，我要怎样款待他呢？我要给他些什么呢？因为年轻人常常是买来的，而不是讨来或借来的。我说得太高声了，马伏里奥在哪儿呢？他这人很严肃，懂得规矩，以我目前的处境来说，很配做我的仆人。马伏里奥在什么地方？

玛利娅　他就来了，小姐，可是他的样子古怪得很。他一定给鬼迷了，小姐。

奥丽维娅　啊，怎么啦？他在说胡话吗？

玛利娅　不，小姐；他只是一味笑。他来的时候，小姐，您最好叫人保护着您，因为这人的神经有点不正常呢。

奥丽维娅　去叫他来。（玛利娅下。）

他是痴汉，我也是个疯婆；
他欢喜，我忧愁，一样糊涂。

玛利娅偕马伏里奥重上。

奥丽维娅　怎样，马伏里奥！

马伏里奥　亲爱的小姐，哈哈！

奥丽维娅　你笑吗？我要差你做一件正经事呢，别那么快活。

马伏里奥　不快活，小姐！我当然可以不快活，这种十字交叉的袜带扎得我血脉不通；可是那有什么要紧呢？只要能叫一个人看了欢喜，那就像诗上所说的"一人欢喜，人人欢喜"了。

奥丽维娅　什么，你怎么啦，家伙？究竟是怎么一回事？

马伏里奥　我的腿儿虽然是黄的，我的心儿却不黑。那信已经到了他的手里，命令一定要服从。我想那一手簪花妙楷我们都是认得出来的。

奥丽维娅　你还是睡觉去吧，马伏里奥。

马伏里奥　睡觉去！对了，好人儿；我一定奉陪。

奥丽维娅　上帝保佑你！为什么你这样笑着，还老是吻你的手？

玛利娅　您怎么啦,马伏里奥?

马伏里奥　多承见问!是的,夜莺应该回答乌鸦的问话。

玛利娅　您为什么当着小姐的面前这样放肆?

马伏里奥　“不用惧怕富贵,”写得很好!

奥丽维娅　你说那话是什么意思,马伏里奥?

马伏里奥　“有的人是生来的富贵,”——

奥丽维娅　嘿!

马伏里奥　“有的人是挣来的富贵,”——

奥丽维娅　你说什么?

马伏里奥　“有的人是送上来的富贵。”——

奥丽维娅　上天保佑你!

马伏里奥　“记着谁曾经赞美过你的黄袜子,”——

奥丽维娅　你的黄袜子!

马伏里奥　“愿意看见你永远扎着十字交叉的袜带。”

奥丽维娅　扎着十字交叉的袜带!

马伏里奥　“好,只要你自己愿意,你就可以出头了,”——

奥丽维娅　我就可以出头了?

马伏里奥　“否则让我见你一生一世做个管家吧。”

奥丽维娅　哎哟,这家伙简直中了暑在发疯了。

一仆人上。

仆　人　小姐,奥西诺公爵的那位青年使者回来了,我好容易才请他回来。他在等候着小姐的意旨。

奥丽维娅　我就去见他。(仆人下。)好玛利娅,这家伙要好好看管。我的托比叔父呢?叫几个人加意留心着他;我宁可失掉我嫁妆的一半,也不希望看到他有什么意外。(奥丽维娅、玛利娅下。)

马伏里奥　啊,哈哈!你现在明白了吗?不叫别人,却叫托比爵士来照看我！我正合信上所说的：她有意叫他来，好让我跟他顶撞一下；因为她信里正要我这样。"脱去你卑躬的旧习；"她说，"对亲戚不妨分庭抗礼，对仆人不妨摆摆架子；你嘴里要鼓唇弄舌地谈些国家大事，装出一副矜持的样子；随后还写着怎样装出一副严肃的面孔、庄重的举止、慢声慢气的说话腔调，学着大人先生的样子，诸如此类。我已经捉到她了；可是那是上帝的功劳，感谢上帝！而且她刚才临去的时候，她说："这家伙要好好看管；"家伙！不说马伏里奥，也不照我的地位称呼我，而叫我家伙。哈哈，一切都符合，一点儿没有疑惑，一点儿没有阻碍，一点儿没有不放心的地方。还有什么好说呢？什么也不能阻止我达到我的全部的希望。好，干这种事情的是上帝，不是我，感谢上帝！

玛利娅偕托比·培尔契爵士及费边上。

托　比　凭着神圣的名义，他在哪儿？要是地狱里的群鬼都缩小了身子，一起走进他的身体里去，我也要跟他说话。

费　边　他在这儿，他在这儿。您怎么啦，大爷？您怎么啦，老兄？

马伏里奥　走开，我用不着你；别搅扰了我的安静。走开！

玛利娅　听，魔鬼在他嘴里说着鬼话了！我不是对您说过吗？托比老爷，小姐请您看顾看顾他。

马伏里奥　啊！啊！她这样说吗？

托　比　好了，好了，别闹了吧！我们一定要客客气气对付他；让我一个人来吧。——你好，马伏里奥？怎么啦？嘿，老兄，抵抗魔鬼呀！你想，他是人类的仇敌呢。

马伏里奥　你知道你在说些什么话吗？

玛利娅　你们瞧！你们一说了魔鬼的坏话，他就生气了。求求上帝，不要让他中了鬼迷才好！

费　边　把他的小便送到巫婆那边去吧。

玛利娅　好，明天早晨一定送去。我的小姐舍不得他哩。

马伏里奥　怎么，姑娘！

玛利娅　主啊！

托　比　请你别闹，这不是个办法；你不见你惹他生气了吗？让我来对付他。

费　边　除了用软功之外，没有别的法子；轻轻地、轻轻地，魔鬼是个粗坯，你要跟他动粗是不行的。

托　比　喂，怎么啦，我的好家伙！你好，好人儿？

马伏里奥　爵士！

托　比　啾，小鸡，跟我来吧。嘿，老兄！跟魔鬼在一起玩可不对。该死的黑鬼！

玛利娅　叫他念祈祷，好托比老爷，叫他祈祷。

马伏里奥　念祈祷，小淫妇！

玛利娅　你们听着，跟他讲到关于上帝的话，他就听不进去了。

马伏里奥　你们全给我去上吊吧！你们都是些浅薄无聊的东西；我不是跟你们一样的人。你们就会知道的。（下。）

托　比　有这等事吗？

费　边　要是这种情形在舞台上表演起来，我一定要批评它捏造得出乎情理之外。

托　比　这个计策已经把他迷得神魂颠倒了，老兄。

玛利娅　还是追上他去吧；也许这计策一漏了风，就会毁掉。

费　边　啾，我们真的要叫他发起疯来。

玛利娅　那时屋子里可以清静些。

托　比　来，我们要把他捆起来关在一间暗室里。我的侄女已经相信他疯了；我们可以这样依计而行，让我们开开心，叫他吃吃苦头。等到我们开腻了这玩笑，再向他发起慈悲来；那时我们宣布我们的计策，把你封做疯人的发现者。可是瞧，瞧！

安德鲁·艾古契克爵士上。

费　边　又有别的花样来了。

安德鲁　挑战书已经写好在此，你读读看；念上去就像酸醋胡椒的味道呢。

费　边　是这样厉害吗？

安德鲁　对了，我向他保证的；你只要读着好了。

托　比　给我。（读）“年轻人，不管你是谁，你不过是个下贱的东西。”

费　边　好，真勇敢！

托　比　“不要吃惊，也不要奇怪为什么我这样称呼你，因为我不愿告诉你是什么理由。”

费　边　一句很好的话，这样您就可以不受法律的攻击了。

托　比　“你来见奥丽维娅小姐，她当着我的面把你厚待；可是你说谎，那并不是我要向你挑战的理由。”

费　边　很简单明白，而且百分之百地——不通。

托　比　“我要在你回去的时候埋伏着等候你；要是命该你把我杀死的话——”

费　边　很好。

托　比　“你便是个坏蛋和恶人。”

费　边　您仍旧避过了法律方面的责任，很好。

托　比　“再会吧；上帝超度我们两人中一人的灵魂吧！也许他会超度我的灵魂；可是我比你有希望一些，所以你留心着自己吧。你的朋友（这要看你怎样对待他），和你的势不两立的仇敌，安德鲁·艾古契克上。”——要是这封信不能激怒他，那么他的两条腿也不能走动了。我去送给他。

玛利娅　您有很凑巧的机会；他现在正在跟小姐谈话，等会儿就要出来了。

托　比　去，安德鲁大人，给我在园子角落里等着他，像个衙役似的；一看见他，便拔出剑来；一拔剑，就高声咒骂；一句可怕的咒骂，神气活现地从嘴里厉声发出来，比之真才实艺更能叫人相信他是个了不得的家伙。去吧！

安德鲁　好，骂人的事情我自己会。（下。）

托　比　我可不去送这封信。因为照这位青年的举止看来，是个很有资格很有教养的人，否则他的主人不会差他来拉拢我的侄女的。这封信写得那么奇妙不通，一定不会叫这青年害怕；他一定会以为这是一个呆子写的。可是，老兄，我要口头去替他挑战，故意夸张艾古契克的勇气，让这位仁兄相信他是个勇猛暴躁的家伙；我知道他那样年轻一定会害怕起来的。这样他们两人便会彼此害怕，就像眼光能杀人的毒蜥蜴似的，两人一照面，就都呜呼哀哉了。

费　边　他和您的侄小姐来了；让我们回避他们，等他告别之后再追上去。

托　比　我可以想出几句可怕的挑战话儿来。（托比、费边、玛丽娅下。）

奥丽维娅偕薇奥拉重上。

奥丽维娅　我对一颗石子样的心太多费唇舌了，鲁莽地把我的名誉下了赌注。我心里有些埋怨自己的错；可是那是个极其倔强的错，埋怨只能招它一阵讪笑。

薇奥拉　我主人的悲哀也正和您这种痴情的样子相同。

奥丽维娅　拿着，为我的缘故把这玩意儿戴在你身上吧，那上面有我的小像。不要拒绝它，它不会多话讨你厌的。请你明天再过来。你无论向我要什么，只要于我的名誉没有妨碍，我都可以给你。

薇奥拉　我向您要的，只是请您把真心的爱给我的主人。

奥丽维娅　那我已经给了你了，怎么还能凭着我的名誉再给他呢？

薇奥拉　我可以奉还给你。

奥丽维娅　好，明天再来吧。

再见！像你这样一个恶魔，
我甘愿被你向地狱里拖。（下。）

托比·培尔契爵士及费边重上。

托　比　先生，上帝保佑你！

薇奥拉　上帝保佑您，爵士！

托　比　准备着防御吧。我不知道你做了什么对不起他的事情；可是你那位对头满心怀恨，一股子的杀气在园子尽头等着你呢。拔出你的剑来，赶快预备好；因为你的敌人是个敏捷精明而可怕的人。

薇奥拉　您弄错了，爵士，我相信没人会跟我争吵；我完全不记得我曾经得罪过什么人。

托　比　你会知道事情是恰恰相反的，我告诉你；所以要是你看重你的生命的话，留点神吧；因为你的冤家年轻力壮，武艺不凡，火气又那么大。

薇奥拉　请问爵士，他是谁呀？

托　比　他是个不靠军功而受封的骑士；可是跟人吵起架来，那简直是个魔鬼：他已经叫三个人的灵魂出壳了。现在他的怒气已经一发不可收拾，不把人杀死送进坟墓里去决不甘心。他的格言是不管三七二十一，拼个你死我活。

薇奥拉　我要回到府里去请小姐派几个人给我保镖。我不会跟人打架。我听说有些人故意向别人寻事，试验他们的勇气；这个人大概也是这一类的。

托　比　不，先生，他的发怒是有充分理由的，因为你得罪了他；所以你还是上去答应他的要求吧。你不能回到屋子里去,除非你在没有跟他交手之前先跟我比个高低,横竖都得冒险,你何必不去会会他呢?所以上去吧,把你的剑赤条条地拔出来;无论如何你非得动手不可,否则以后你再不用带剑了。

薇奥拉　这真是既无礼又古怪。请您帮我一下忙,去问问那骑士我得罪了他什么。那一定是我偶然的疏忽,决不是有意的。

托　比　我就去问他。费边先生,你陪着这位先生等我回来。(下。)

薇奥拉　先生,请问您知道这是怎么一回事吗?

费　边　我知道那骑士对您很不乐意,抱着拼命的决心;可是详细的情形却不知道。

薇奥拉　请您告诉我他是个什么样子的人?

费　边　照他的外表上看起来,并没有什么惊人的地方;可是您跟他一交手,就知道他的厉害了。他,先生,的确是您在伊利里亚无论哪个地方所碰得到的最有本领、最凶狠、最厉害的敌手。您就过去见他好不好?我愿意替您跟他讲和,要是能够的话。

薇奥拉　那多谢您了。我是个宁愿亲近教士不愿亲近骑士的人;我这副小胆子,即使让别人知道了,我也不在乎。(同下。)

托比及安德鲁重上。

托　比　嘿,老兄,他才是个魔鬼呢;我从来不曾见过这么一个泼货。我跟他连剑带鞘较量了一回,他给我这么致命的一刺,简直无从招架;至于他还起手来,那简直像是你的脚踏在地上一样万无一失。他们说他曾经在波斯王宫里当过剑师。

安德鲁　糟了!我不高兴跟他动手。

托　比　好,但是他可不肯甘休呢;费边在那边简直拦不住他。

安德鲁　该死!早知道他有这种本领,我再也不去惹他的。假如他肯放过这回,我情愿把我的灰色马儿送给他。

托　比　我去跟他说去。站在这儿，摆出些威势来；这件事情总可以和平了结的——（旁白）你的马儿少不得要让我来骑，你可大大地给我捉弄了。

费边及薇奥拉重上。

托　比　（向费边）我已经叫他把他的马儿送上议和。我已经叫他相信这孩子是个魔鬼。

费　边　他也是十分害怕他，吓得心惊肉跳脸色发白，像是一头熊追在背后似的。

托　比　（向薇奥拉）没有法子，先生；他因为已经发过了誓，非得跟你决斗一下不可。他已经把这回吵闹考虑过，认为起因的确是微不足道的；所以为了他所发的誓起见，拔出你的剑来吧，他声明他不会伤害你的。

薇奥拉　（旁白）求上帝保佑我！一点点事情就会给他们知道我是不配当男人的。

费　边　要是你见他势不可挡，就让让他吧。

托　比　来，安德鲁爵士，没有办法！这位先生为了他的名誉起见，不得不跟你较量一下，按着决斗的规则，他不能规避这一回事；可是他已经答应我，因为他是个堂堂君子又是个军人，他不会伤害你的。来吧，上去！

安德鲁　求上帝让他不要背誓！（拔剑。）

薇奥拉　相信我，这全然不是出于我的本意。（拔剑。）

安东尼奥上。

安东尼奥　放下你的剑。要是这位年轻的先生得罪了你，我替他担个不是；要是你得罪了他，我可不肯对你甘休。（拔剑。）

托　比　你，朋友！咦，你是谁呀？

安东尼奥　先生，我是他的好朋友；为了他的缘故，无论什么事情说得出的便做得到。

托　比　好吧，你既然这样喜欢管人家的闲事，我就奉陪了。（拔剑。）

费　边　啊，好托比老爷，住手吧，警官们来了。

托　比　过会儿再跟你算账。

薇奥拉　（向安德鲁）先生，请你放下你的剑吧。

安德鲁　好，放下就放下，朋友；我可以向你担保，我的话说过就算数。那匹马你骑起来准很舒服，它也很听话。

二警吏上。

警吏甲　就是这个人！执行你的任务吧。

警吏乙　安东尼奥，我奉奥西诺公爵之命来逮捕你。

安东尼奥　你看错人了，朋友。

警吏甲　不，先生，一点没有错。我很认识你的脸，虽然你现在头上不戴着水手的帽子。——把他带走，他知道我认识他的。

安东尼奥　我只好服从。（向薇奥拉）这场祸事都是因为要来寻找你而起；可是没有办法，我必得服罪。现在我不得不向你要回我的钱袋了，你预备怎样呢？叫我难过的倒不是我自己的遭遇，而是不能给你尽一点力。你吃惊吗？请你宽心吧。

警吏乙　来，朋友，去吧。

安东尼奥　那笔钱我必须向你要几个。

薇奥拉　什么钱，先生？为了您在这儿对我的好意相助，又看见您现在的不幸，我愿意尽我的微弱的力量借给您几个钱；我是个穷小子，这儿随身带着的钱，可以跟您平分。拿着吧，这是我一半的家私。

安东尼奥　你现在不认识我了吗？难道我给你的好处不能使你心动吗？别看着我倒霉好欺侮，要是激起我的性子来，我也会不顾一切，向你一一述说你的忘恩负义的。

薇奥拉　我一点不知道，您的声音相貌我也完全不认识。我痛恨人们的忘恩，比之痛恨说谎、虚荣、饶舌、酗酒，或是其他存在于脆弱的人心中的陷入的恶德还要厉害。

安东尼奥　唉，天哪！

警吏乙　好了，对不起，朋友，走吧。

安东尼奥　让我再说句话，你们瞧这个孩子，他是我从死神的掌握中夺了来的，我用神圣的爱心照顾着他；我以为他的样子是个好人，才那样看重着他。

警吏甲　那跟我们有什么相干呢？别耽误了时间，去吧！

安东尼奥　可是唉！这个天神一样的人，原来却是个邪魔外道！西巴斯辛，你未免太羞辱了你这副好相貌了。

心上的瑕疵是真的垢污；
无情的人才是残废之徒。
善即是美；但美丽的奸恶，
是魔鬼雕就纹彩的空椟。

警吏甲　这家伙发疯了；带他去吧！来，来，先生。

安东尼奥　带我去吧。（警吏带安东尼奥下。）

薇奥拉

他的话儿句句发自衷肠；
他坚持不疑，我意乱心慌。
但愿想象的事果真不错，
是他把妹妹错认作哥哥！

托　比　过来，骑士；过来，费边；让我们悄悄地讲几句聪明话。

薇奥拉

他说起西巴斯辛的名字，
我哥哥正是我镜中影子，
兄妹俩生就一般的形状，
再加上穿扮得一模一样；
但愿暴风雨真发了慈心，
无情的波浪变作了多情！（下。）

托　比　好一个刁滑的卑劣的孩子，比兔子还胆怯！他坐视朋友危急而不顾，还要装作不认识，可见他刁恶的一斑，至于他的胆怯呢，问费边好了。

费　边　一个懦夫！一个把怯懦当神灵一样敬奉的懦夫。

安德鲁　他妈的，我要追上去把他揍一顿。

托　比　好，把他狠狠地揍一顿，可是别拔出你的剑来。

安德鲁　要是我不——（下。）

费　边　来，让我们去瞧去。

托　比　我可以赌无论多少钱，到头来不会有什么事发生的。（同下。）

第四幕

第一场　奥丽维娅宅旁街道

西巴斯辛及小丑上。

小　丑　你要我相信我不是差来请你的吗？

西巴斯辛　算了吧，算了吧，你是个傻瓜；给我走开去。

小　丑　装腔装得真好！是的，我不认识你；我的小姐也不会差我来请你去讲话；你的名字也不是西萨里奥大爷。什么都不是。

西巴斯辛　请你到别处去大放厥辞吧；你又不认识我。

小　丑　大放厥辞！他从什么大人物那儿听了这句话，却来用在一个傻瓜身上，大放厥辞！我担心整个痴愚的世界都要装腔作态起来了。请你别那么怯生生的，告诉我应当向我的小姐放些什么"厥辞"。要不要对她说你就来？

西巴斯辛　傻东西，请你走开吧；这儿有钱给你；要是你再不去，我可就要不客气了。

小　丑　真的，你倒是很慷慨。这种聪明人把钱给傻子，就像用十四年的收益来买一句好话。

安德鲁上。

安德鲁　呀，朋友，我又碰见你了吗？吃这一下。（击西巴斯辛。）

西巴斯辛　怎么，给你尝尝这一下，这一下，这一下！（打安德鲁）所有的人们都疯了吗？

托比及费边上。

托　比　停住，朋友，否则我要把你的刀子摔到屋子里去了。

小　丑　我就去把这事告诉我的小姐。我不愿凭两便士就代人受过。（下。）

托　比　（拉西巴斯辛）算了，朋友，住手吧。

安德鲁　不，让他去吧。我要换一个法儿对付他。要是伊利里亚是有法律的话，我要告他非法殴打的罪；虽然是我先动手，可是那没有关系。

西巴斯辛　放下你的手！

托　比　算了吧，朋友，我不能放走你。来，我的青年的勇士，放下你的家伙。你打架已经打够了；来吧。

西巴斯辛　你别想抓住我。（挣脱）现在你要怎样？要是你有胆子的话，拔出你的剑来吧。

托　比　什么！什么！那么我倒要让你流几滴莽撞的血呢。（拔剑。）

奥丽维娅上。

奥丽维娅　住手，托比！我命令你！

托　比　小姐！

奥丽维娅　有这等事吗？忘恩的恶人！只配住在从来不懂得礼貌的山林和洞窟里的。滚开！——别生气，亲爱的西萨里奥。——莽汉，走开！（托比、安德鲁、费边同下。）好朋友你是个有见识的人，这回的惊扰实在太失礼、太不成话了，请你不要生气。跟我到舍下去吧；我可以告诉你这个恶人曾经多少次无缘无故地惹是招非，你听了就可以把这回事情一笑置之了。你一定要去的：

别推托！他灵魂该受天戮，
为你惊起了我心头小鹿。

西巴斯辛

滋味难名，不识其中奥妙；
是疯眼昏迷？是梦魂颠倒？
愿心魂永远在忘河沉浸；
有这般好梦再不须梦醒！

奥丽维娅　请你来吧，你得听我的话。

西巴斯辛　小姐，遵命。

奥丽维娅　但愿这回非假！（同下。）

第二场　奥丽维娅宅中一室

玛利娅及小丑上；马伏里奥在相接的暗室内。

玛利娅　嗷，我请你把这件袍子穿上，这把胡须套上，让他相信你是副牧师托巴斯师傅。快些，我就去叫托比老爷来。（下。）

小　丑　好，我就穿起来，假装一下；我希望我是第一个扮作这种样子的。我的身材不够高，穿起来不怎么神气；略为胖一点，也不像个用功念书的；可是给人称赞一声是个老实汉子和很好的当家人，也就跟一个用心思的读书人一样好了。——那两个同党的来了。

托比·培尔契爵士及玛利娅上。

托　比　上帝祝福你，牧师先生！

小　丑　早安，托比大人！目不识丁的布拉格的老隐士曾经向高波杜克王的侄女说过这么一句聪明话："是什么，就是什么。"因此，我既是牧师先生，也就是牧师先生；因为"什么"即是"什么"，"是"即是"是"。

托　比　走过去，托巴斯师傅。

小　丑　呃哼，喂！这监狱里平安呀！

托　比　这小子装得很像，好小子。

马伏里奥　（在内）谁在叫？

小　丑　副牧师托巴斯师傅来看疯人马伏里奥来了。

马伏里奥　托巴斯师傅，托巴斯师傅，托巴斯好师傅，请您到我小姐那儿去一趟。

小　丑　滚你的，胡言乱道的魔鬼！瞧这个人给你缠得这样子！只晓得嚷小姐吗？

托　比　说得好，牧师先生。

马伏里奥　（在内）托巴斯师傅，从来不曾有人给人这样冤枉过。托巴斯好师傅，别以为我疯了。他们把我关在这个暗无天日的地方。

小　丑　啐，你这不老实的撒旦！我用最客气的称呼叫你，因为我是个最有礼貌的人，即使对于魔鬼也不肯失礼。你说这屋子是黑的吗？

马伏里奥　像地狱一样，托巴斯师傅。

小　丑　嘿，它的凸窗像壁垒一样透明，它的向着南北方的顶窗像乌木一样发光呢；你还说看不见吗？

马伏里奥　我没有发疯，托巴斯师傅。我对您说，这屋子是黑的。

小　丑　疯子，你错了。我对你说，世间并无黑暗，只有愚昧。埃及人在大雾中辨不清方向，还不及你在愚昧里那样发昏。

马伏里奥　我说，这座屋子简直像愚昧一样黑暗，即使愚昧是像地狱一样黑暗。我说，从来不曾有人给人这样欺侮过。我并不比您更疯；您不妨提出几个合理的问题来问我，试试我疯不疯。

小　丑　毕达哥拉斯对于野鸟有什么意见？

马伏里奥　他说我们祖母的灵魂也许曾经在鸟儿的身体里寄住过。

小　丑　你对于他的意见觉得怎样？

马伏里奥　我认为灵魂是高贵的,绝对不赞成他的说法。

小　丑　再见,你在黑暗里住下去吧。等到你赞成了毕达哥拉斯的说法之后,我才可以承认你的头脑健全。留心别打山鹬,因为也许你要害得你祖母的灵魂流离失所了。再见。

马伏里奥　托巴斯师傅!托巴斯师傅!

托　比　我的了不得的托巴斯师傅!

小　丑　嘿,我可真是多才多艺呢。

玛利娅　你就是不挂胡须不穿道袍也没有关系;他又看不见你。

托　比　你再用你自己的口音去对他说话;怎样的情形再来告诉我。我希望这场恶作剧快快告个段落。要是不妨把他释放,我看就放了他吧;因为我已经大大地失去了我侄女的欢心,倘把这玩意儿尽管闹下去,恐怕不大妥当。等会儿到我的屋子里来吧。(托比、玛利娅下。)

小　丑

嗨,罗宾,快活的罗宾哥,
问你的姑娘近况如何。

马伏里奥　傻子!

小　丑

不骗你,她心肠有点硬。

马伏里奥　傻子!

小　丑

唉,为了什么原因,请问?

马伏里奥　喂,傻子!

小　丑

她已经爱上了别人。

——嘿！谁叫我？

马伏里奥　好傻子，谢谢你给我拿一支蜡烛、笔、墨水和纸张来，以后我不会亏待你的。君子不扯谎，我永远感你的恩。

小　丑　马伏里奥大爷吗？

马伏里奥　是的，好傻子。

小　丑　唉。大爷，您怎么会发起疯来呢？

马伏里奥　傻子，从来不曾有人给人这样欺侮过。我的头脑跟你一样清楚呢，傻子。

小　丑　跟我一样，那么您真的是疯了，要是您的头脑跟傻子差不多。

马伏里奥　他们把我当作一件家具看待，把我关在黑暗里，差牧师们——那些蠢驴子——来看我，千方百计想把我弄昏了头。

小　丑　您说话留点神吧；牧师就在这儿呢。——马伏里奥，马伏里奥，上天保佑你明白过来吧！好好地睡睡觉儿，别啰哩啰嗦地讲空话。

马伏里奥　托马斯师傅！

小　丑　别跟他说话，好伙计。——谁？我吗，师傅？我可不要跟他说话哩，师傅。上帝和您同在，好托巴斯师傅！——呃，阿门！——好的，师傅，好的，

马伏里奥　傻子，傻子，傻子，我对你说！

小　丑　唉，大爷，您耐心吧！您怎么说，师傅？师傅怪我跟您说话哩。

马伏里奥　好傻子，给我拿一点儿灯火和纸张来。我对你说，我跟伊利里亚无论哪个人一样头脑清楚呢。

小　丑　唉，我巴不得这样呢，大爷！

马伏里奥　我可以举手发誓我没有发疯。好傻子，拿墨水、纸和灯火来；我写好之后，你去替我送给小姐。你送了这封信去，一定会到手一笔空前的大赏赐的。

小　丑　我愿意帮您的忙。但是老实告诉我，您是不是真的疯了，还是装疯？

马伏里奥　相信我，我没有发疯，我老实告诉你。

小　丑　嘿，我可信不过一个疯子的话，除非我能看见他的脑子。我去给您拿蜡烛、纸和墨水。

马伏里奥　傻子，我一定会重重报答你。请你去吧。

小　丑

大爷我去了，
请您不要吵，
不多一会的时光，
小鬼再来见魔王；
手拿木板刀，
胸中如火烧，
向着魔鬼打哈哈，
样子像个疯娃娃：
爹爹不要恼，
给您剪指爪，
再见，我的魔王爷！（下。）

第三场　奥丽维娅的花园

西巴斯辛上。

西巴斯辛　这是空气;那是灿烂的太阳;这是她给我的珍珠我看得见也摸得到:虽然怪事这样包围着我,然而却不是疯狂。那么安东尼奥到哪儿去了呢?我在大象旅店里找不到他;可是他曾经到过那边,据说他到城中各处寻找我去了。现在我很需要他的指教;因为虽然我心里很觉得这也许是出于错误,而并非是一种疯狂的举动,可是这种意外和飞来的好运太有些未之前闻,无可理解了,我简直不敢相信我的眼睛;无论我的理智怎样向我解释,我总觉得不是我疯了便是这位小姐疯了。可是,真是这样的话,她一定不会那样井井有条,神气那么端庄地操持她的家务,指挥她的仆人,料理一切的事情,如同我所看见的那样,其中一定有些蹊跷。她来了。

奥丽维娅及一牧师上。

奥丽维娅　不要怪我太性急。要是你没有坏心肠的话,现在就跟我和这位神父到我家的礼拜堂里去吧;当着他的面前,在那座圣堂的屋顶下,你要向我充分证明你的忠诚,好让我小气的、多疑的心安定下来。他可以保守秘密,直到你愿意宣布出来按照着我的身份的婚礼将在什么时候举行。你说怎样?

西巴斯辛

我愿意跟你们两位前往;
立过的盟誓永没有欺罔。

奥丽维娅

走吧，神父；但愿天公作美，
一片阳光照着我们酣醉！（同下。）

第五幕

第一场 奥丽维娅宅前街道

小丑及费边上。

费 边 看在咱们交情的份上,让我瞧一瞧他的信吧。

小 丑 好费边先生,允许我一个请求。

费 边 尽管说吧。

小 丑 别向我要这封信看。

费 边 这就是说,把一条狗给了人,要求的代价是,再把那条狗要还。

公爵、薇奥拉、丘里奥及侍从等上。

公 爵 朋友们,你们是奥丽维娅小姐府中的人吗?

小 丑 是的,殿下;我们是附属于她的一两件零星小物。

公 爵 我认识你;你好吗,我的好朋友?

小 丑 不瞒您说,殿下,我的仇敌使我好些,我的朋友使我坏些。

公 爵 恰恰相反,你的朋友使你好些。

小 丑 不,殿下,坏些。

公 爵 为什么呢?

小 丑 呃,殿下,他们称赞我,把我当作驴子一样愚弄;可是我的仇敌却坦白地告诉我说我是一头驴子;因此,殿下,多亏我的仇敌我才能明白我自己,我的朋友却把我欺骗了;因此,结论就像接吻一样,说四声“不”就等于说两声“请”,这样一来,当然是朋友使我坏些,仇敌使我好些了。

公　爵　啊,这说得好极了!

小　丑　凭良心说,殿下,这一点不好;虽然您愿意做我的朋友。

公　爵　我不会使你坏些;这儿是钱。

小　丑　倘不是恐怕犯了骗人钱财的罪名,殿下,我倒希望您把它再加一倍。

公　爵　啊,你给我出的好主意。

小　丑　把您的慷慨的手伸进您的袋里去,殿下;只这一次,不要犹疑吧。

公　爵　好吧,我姑且来一次罪上加罪,拿去。

小　丑　掷骰子有幺二三;古话说,“一不做,二不休,三回才算数”;跳舞要用三拍子;您只要听圣班纳特教堂的钟声好了,殿下——一,二,三。

公　爵　你这回可骗不动我的钱了。要是你愿意去对你小姐说我在这儿要见她说话,同着她到这儿来,那么也许会再唤醒我的慷慨来的。

小　丑　好吧,殿下,给您的慷慨唱个安眠歌,等着我回来吧。我去了,殿下;可是我希望您明白我的要钱并不是贪财。好吧,殿下;就照您的话,让您的慷慨打个盹儿;我等一会儿再来叫醒他吧。(下。)

薇奥拉　殿下!这儿来的人就是搭救了我的。

安东尼奥及警吏上。

公　爵　他那张脸我记得很清楚;可是上次我见他的时候,他脸上涂得黑黑的!就像烽烟里的乌尔冈一样。他是一只吃水量和体积都很小的舰上的舰长,可是却使我们舰队中最好的船只大遭损失,就是心怀嫉恨的、给他打败的人也不得不佩服他。为了什么事?

警　吏　启禀殿下，这就是在坎迪地方把“凤凰号”和它的货物劫了去的安东尼奥；也就是在“猛虎号”上把您的侄公子泰特斯削去了腿的那人。我们在这儿的街道上看见他穷极无赖，在跟人家打架，因此抓了来了。

薇奥拉　殿下，他曾经拔刀相助，帮过我忙，可是后来却对我说了一番奇怪的话，似乎发了疯似的。

公　爵　好一个海盗！在水上行窃的贼徒！你怎么敢凭着你的愚勇，投身到被你用血肉和巨量的代价结下冤仇的人们的手里呢？

安东尼奥　尊贵的奥西诺，请许我洗刷去您给我的称呼；安东尼奥从来不曾做过海盗或贼徒，虽然我有充分的理由和原因承认我是奥西诺的敌人。一种魔法把我吸引到这儿来，在您身边的那个最没有良心的孩子，是我从汹涌的怒海的吞噬中救了出来的，否则他已经毫无希望了。我给了他生命，又把我的友情无条件地完全给了他；为了他的缘故，纯粹出于爱心，我冒着危险出现在这个敌对的城里，见他给人包围了，就拔剑相助；可是我遭了逮捕，他的狡恶的心肠因恐我连累他受罪，便假装不认识我，一眨眼就像已经暌违了二十年似的，甚至于我在半点钟前给他任意使用的我自己的钱袋，也不肯还给我。

薇奥拉　怎么会有这种事呢？

公　爵　他在什么时候到这城里来的？

安东尼奥　今天，殿下；三个月来，我们朝朝夜夜都在一起，不曾有一分钟分离过。

奥丽维娅及侍从等上。

公　爵　这里来的是伯爵小姐，天神降临人世了！——可是你这家伙，完全在说疯话；这孩子已经侍候我三个月了。那种话等会儿再说吧。把他带到一旁去。

奥丽维娅　殿下有什么下示？除了断难遵命的一件事之外，凡是奥丽维娅力量所能及的，一定愿意效劳。——西萨里奥，你失了我的约啦。

薇奥拉　小姐！

公　爵　温柔的奥丽维娅！——

奥丽维娅　你怎么说，西萨里奥？——殿下——

薇奥拉　我的主人要跟您说话；地位关系我不能开口。

奥丽维娅　殿下，要是您说的仍旧是那么一套，我可已经听厌了，就像奏过音乐以后的叫号一样令人不耐。

公　爵　仍旧是那么残酷吗？

奥丽维娅　仍旧是那么坚定，殿下。

公　爵　什么，坚定得不肯改变一下你的乖僻吗？你这无礼的女郎！向着你的无情的不仁的祭坛，我的灵魂已经用无比的虔诚吐露出最忠心的献礼。我还有什么办法呢？

奥丽维娅　办法就请殿下自己斟酌吧。

公　爵　假如我狠得起那么一条心，为什么我不可以像临死时的埃及大盗①一样，把我所爱的人杀死了呢？蛮性的嫉妒有时也带着几分高贵的气质。但是你听着我吧；既然你漠视我的诚意，我也有些知道谁在你的心中夺去了我的位置，你就继续做你的铁石心肠的暴君吧；可是你所爱着的这个宝贝，我当天发誓我曾经那样宠爱着他，我要把他从你的那双冷酷的眼睛里除去，免得他傲视他的主人。来，孩子，跟我来。我的恶念已经成熟：

　　我要牺牲我钟爱的羔羊，
　　白鸽的外貌乌鸦的心肠。（走。）

---

① 事见赫利俄多洛斯（Heliodorus）所著希腊浪漫故事《埃塞俄比亚人》（Ethiopica）。

薇奥拉

我甘心愿爱一千次死罪,
只要您的心里得到安慰。(随行。)

奥丽维娅　西萨里奥到哪儿去?

薇奥拉

追随我所爱的人,
我爱他基于生命和眼睛,
远过于对于妻子的爱情。
愿上天鉴察我一片诚挚,
倘有虚谎我决不辞一死!

奥丽维娅　哎哟,他厌弃了我!我受了欺骗了!

薇奥拉　谁把你欺骗?谁给你受气?

奥丽维娅　才不久你难道已经忘记?——请神父来。(侍从下。)

公　爵　(向薇奥拉)去吧!

奥丽维娅　到哪里去,殿下?西萨里奥,我的夫,别去!

公　爵　你的夫?

奥丽维娅　是的,我的夫;他能抵赖吗?

公　爵　她的夫;嘿?

薇奥拉　不,殿下,我不是。

奥丽维娅　唉!是你的卑怯的恐惧使你否认了自己的身份。不要害怕,西萨里奥;别放弃了你的地位。你知道你是什么人,要是承认了出来,你就跟你所害怕的人并肩相埒了。

牧师上。

奥丽维娅　啊,欢迎,神父!神父,我请你凭着你的可尊敬的身份,到这里来宣布你所知道的关于这位少年和我之间不久以前的事情；虽然我们本来预备保守秘密，但现在不得不在时机未到之前公布了。

牧　师　一个永久相爱的盟约，已经由你们两人握手缔结，用神圣的吻证明，用戒指的交换确定了。这婚约的一切仪式，都由我主持作证；照我的表上所指示，距离现在我不过向我的坟墓走了两小时的行程。

公　爵　唉，你这骗人的小畜生！等你年纪一大了起来，你会是个怎样的人呢？

也许你过分早熟的奸诡，
反会害你自己身败名毁。
别了！你尽管和她论嫁娶；
可留心以后别和我相遇。

薇奥拉　殿下，我要声明——

奥丽维娅

不要发誓；
放大胆些，别亵渎了神祇！

安德鲁·艾古契克爵士头破血流上。

安德鲁　看在上帝的份上，叫个外科医生来吧！立刻去请一个来瞧瞧托比爵士。

奥丽维娅　什么事？

安德鲁　他把我的头给打破了，托比爵士也给他弄得满头是血。看在上帝的份上，救救命吧！谁要是给我四十镑钱，我也宁愿回到家里去。

奥丽维娅　谁干了这种事，安德鲁爵士？

安德鲁　公爵的跟班名叫西萨里奥的。我们把他当作一个孱头，哪晓得他简直是个魔鬼。

公　爵　我的跟班西萨里奥？

安德鲁　他妈的！他就在这儿。你无缘无故敲破我的头！我不过是给托比爵士怂恿了才动手的。

薇奥拉　你为什么对我说这种话呢？我没有伤害你呀。你自己无缘无故向我拔剑；可是我对你很客气！并没有伤害你。

安德鲁　假如一颗血淋淋的头可以算得是伤害的话，你已经把我伤害了；我想你以为满头是血，是算不了一回事的。托比爵士一跷一拐地来了——

托比·培尔契爵士由小丑搀扶醉步上。

安德鲁　你等着瞧吧：如果他刚才不是喝醉了，你一定会尝到他的厉害手段。

公　爵　怎么，老兄！你怎么啦？

托　比　有什么关系？他把我打坏了，还有什么别的说的？傻瓜，你有没有看见狄克医生，傻瓜？

小　丑　喔！他在一个钟头之前喝醉了，托比老爷；他的眼睛在早上八点钟就昏花了。

托　比　那么他便是个踱着八字步的混蛋。我顶讨厌酒鬼。

奥丽维娅　把他带走！谁把他们弄成这样子的？

安德鲁　我来扶着您吧，托比爵士；咱们一块儿裹伤口去。

托　比　你来扶着我？蠢驴，傻瓜，混蛋，瘦脸的混蛋，笨鹅！

奥丽维娅　招呼他上床去，好好看顾一下他的伤口。（小丑、费边、托比、安德鲁同下。）

西巴斯辛上。

西巴斯辛　小姐，我很抱歉伤了令亲；可是即使他是我的同胞兄弟，为了自卫起见我也只好出此手段。您用那样冷淡的眼光瞧着我，我知道我一定冒犯了您了；原谅我吧，好人，看在不久以前我们彼此立下的盟誓份上。

公　爵　一样的面孔，一样的声音，一样的装束，化成了两个身体；一副天然的幻镜，真实和虚妄的对照！

西巴斯辛　安东尼奥！啊，我的亲爱的安东尼奥！自从我不见了你之后，我的时间过得多么痛苦啊！

安东尼奥　你是西巴斯辛吗？

西巴斯辛　难道你不相信是我吗，安东尼奥？

安东尼奥　你怎么会分身呢？我一只苹果切成两半，也不会比这两人更为相像，哪一个是西巴斯辛？

奥丽维娅　真奇怪呀！

西巴斯辛　那边站着的是我吗？我从来不曾有过一个兄弟；我又不是一尊无所不在的神明。我只有一个妹妹，但已经被盲目的波涛卷去了。对不住，请问你我之间有什么关系？你是哪一国人？叫什么名字？谁是你的父母？

薇奥拉　我是梅萨林人。西巴斯辛是我的父亲；我的哥哥也是一个像你一样的西巴斯辛，他葬身于海洋中的时候也穿着像你一样的衣服。要是灵魂能够照着在生时的形状和服饰出现，那么你是来吓我们的。

西巴斯辛　我的确是一个灵魂；可是还没有脱离我的生而具有的物质的皮囊。你的一切都能符合，只要你是个女人，我一定会让我的眼泪滴在你的脸上，而说："大大地欢迎，溺死了的薇奥拉！"

薇奥拉　我的父亲额角上有一颗黑痣。

西巴斯辛　我的父亲也有。

薇奥拉　他死的时候薇奥拉才十三岁。

西巴斯辛　唉！那记忆还鲜明地留在我的灵魂里。他的确在我妹妹刚满十三岁的时候完毕了他人世的任务。

薇奥拉　假如只是我这一身僭妄的男装阻碍了我们彼此的欢欣，那么等一切关于地点、时间、遭遇的枝节完全衔接，证明我确是薇奥拉之后，再拥抱我吧。我可以叫一个在这城中的船长来为我证明，我的女衣便是寄放在他那里的；多亏他的帮忙，我才侥幸保全了生命，能够来侍候这位尊贵的公爵。此后我便一直奔走于这位小姐和这位贵人之间。

西巴斯辛　（向奥丽维娅）小姐；原来您是弄错了；但那也是心理上的自然的倾向。您本来要跟一个女孩子订婚；可是拿我的生命起誓，您的希望并没有落空。您现在同时是一个女人和一个男人的未婚妻了。

公　爵　不要惊骇；他的血统也很高贵。要是这回事情果然是真，看来似乎不是一面骗人的镜子，那么在这番最幸运的覆舟里我也要沾点儿光。（向薇奥拉）孩子，你曾经向我说过一千次绝不会像爱我一样爱着一个女人。

薇奥拉　那一切的话我愿意再发誓证明；那一切的誓我都要坚守在心中，就像分隔昼夜的天球中蕴藏着的烈火一样。

公　爵　把你的手给我；让我瞧你穿了女人的衣服是怎么样子。

薇奥拉　把我带上岸来的船长那里存放着我的女服；可是他现在跟这儿小姐府上的管家马伏里奥有点讼事，被拘留起来了。

奥丽维娅　一定要他把他放出来。去叫马伏里奥来。——唉。我现在记起来了，他们说，可怜的人，他的神经病很厉害呢。因为我自己在大发其疯，所以把他的疯病完全忘记了。

小丑持信及费边上。

奥丽维娅　他怎样啦，小子？

小　丑　启禀小姐，他总算很尽力抵挡着魔鬼。他写了一封信给您。我本该今天早上就给您的；可是疯人的信不比福音，送没送到都没甚关系。

奥丽维娅　拆开来读给我听。

小　丑　傻子要念疯子的话了，请你们洗耳恭听。（读）“凭着上帝的名义，小姐——”

奥丽维娅　怎么！你疯了吗？

小　丑　不，小姐，我在读疯话呢。小姐您既然要我读这种东西，那么您就得准许我疯声疯气地读。

奥丽维娅　请你读得清楚一些。

小　丑　我正是在这样做，小姐；可是他的话怎么清楚，我就只能怎么读。所以，我的好公主，请您还是全神贯注，留意倾听吧。

奥丽维娅　（向费边）喂，还是你读吧。

费　边　（读）“凭着上帝的名义，小姐，您屈待了我；全世界都要知道这回事。虽然您已经把我幽闭在黑暗里，叫您的醉酒的令叔看管我，可是我的头脑跟小姐您一样清楚呢。您自己骗我打扮成那个样子，您的信还在我手里；我很可以用它来证明我自己的无辜，可是您的脸上却不好看哩。随您把我怎么看待吧。因为冤枉难明，不得不暂时僭越了奴仆的身份，请您原谅。被虐待的马伏里奥上。”

奥丽维娅　这封信是他写的吗？

小　丑　是的，小姐。

公　爵　这倒不像是个疯子的话哩。

奥丽维娅　去把他放出来，费边；带他到这儿来。（费边下。）殿下，等您把这一切再好好考虑一下之后，如果您不嫌弃，肯认我做一个亲戚，而不是妻子，那么同一天将庆祝我们两家的婚礼，地点就在我家，费用也由我来承担。

公　爵　小姐，多蒙厚意，敢不领情。（向薇奥拉）你的主人解除了你的职务了。你事主多么勤劳，全然不顾那种职务多么不适于你的娇弱的身份和优雅的教养；你既然一直把我称作主人，从此以后，你便是你主人的主妇了。握着我的手吧。

奥丽维娅　你是我的妹妹了！

费边偕马伏里奥重上。

公　爵　这便是那个疯子吗？

奥丽维娅　是的，殿下，就是他。——怎样，马伏里奥！

马伏里奥　小姐，您屈待了我，大大地屈待了我！

奥丽维娅　我屈待了你吗？马伏里奥？没有的事。

马伏里奥　小姐，您屈待了我。请您瞧这封信。您能抵赖说那不是您写的吗？您能写几笔跟这不同的字，几句跟这不同的句子吗？您能说这不是您的图章，不是您的大作吗？您可不能否认。好，那么承认了吧；凭着您的贞洁告诉我：为什么您向我表示这种露骨的恩意，吩咐我见您的时候脸带笑容，扎着十字交叉的袜带，穿着黄袜子，对托比大人和底下人要皱眉头？我满心怀着希望，一切服从您，您怎么要把我关起来，禁锢在暗室里，叫牧师来看我，给人当作闻所未闻的大傻瓜愚弄？告诉我为什么？

奥丽维娅　唉！马伏里奥，这不是我写的，虽然我承认很像我的笔迹；但这一定是玛利娅写的。现在我记起来了，第一个告诉我你发疯了的就是她；那时你便一路带笑而来，打扮和动作的样子就跟信里所说的一样。你别恼吧；这场诡计未免太恶作剧，等我们调查明白原因和主谋的人之后，你可以自己兼作原告和审判官来判断这件案子。

费　边　好小姐，听我说，不要让争闹和口角来打断了当前这个使我惊喜交加的好时光。我希望您不会见怪，我坦白地承认是我跟托比老爷因为看不上眼这个马伏里奥的顽固无礼，才想出这个计策来。因为托比老爷央求不过，玛利娅才写了这封信；为了酬劳她，他已经跟她结了婚了。假如把两方所受到的难堪衡情酌理地判断起来，那么这种恶作剧的戏谑可供一笑，也不必计较了吧。

奥丽维娅　唉，可怜的傻子，他们太把你欺侮了！

小　丑　嘿，“有的人是生来的富贵，有的人是挣来的富贵，有的人是送上来的富贵。”这本戏文里我也是一个角色呢，大爷；托巴斯师傅就是我，大爷；但这没有什么相干。“凭着上帝起誓，傻子，我没有疯。”可是您记得吗？小姐，您为什么要对这么一个没头脑的混蛋发笑？您要是不笑，他就开不了口啦。”六十年风水轮流转，您也遭了报应了。

马伏里奥　我一定要出这一口气，你们这批东西一个都不放过。（下。）

奥丽维娅　他给人欺侮得太不成话了。

公　爵　追他回来，跟他讲个和；他还不曾把那船长的事告诉我们哩。等我们知道了以后，假如时辰吉利，我们便可以举行郑重的结合的典礼。贤妹，我们现在还不会离开这儿。西萨里奥，来吧；当你还是一个男人的时候，你便是西萨里奥——等你换过了别样的衣裙，你才是奥西诺心上情人。（除小丑外均下。）

小　丑　（歌）

当初我是个小儿郎，
嗨，呵，一阵雨儿一阵风；
做了傻事毫不思量，
朝朝雨雨呀又风风。
年纪长大啦不学好，

嗨，呵，一阵雨儿一阵风；
闭门羹到处吃个饱，
朝朝雨雨呀又风风。
娶了老婆，唉！要照顾，
嗨，呵，一阵雨儿一阵风；
法螺医不了肚子饿，
朝朝雨雨呀又风风。
一壶老酒往头里灌，
嗨，呵，一阵雨儿一阵风；
掀开了被窝三不管，
朝朝雨雨呀又风风。
开天辟地有几多年，
嗨，呵，一阵雨儿一阵风；
咱们的戏文早完篇，
愿诸君欢喜笑融融！（下。）

William Shakespeare
COMPLETE WORKS

冬天的故事

朱生豪　译

莎士比亚
全集

剧中人物

里昂提斯　西西里国王

迈密勒斯　西西里小王子

卡密罗
安提哥纳斯
克里奥米尼斯
狄　温
} 西西里大臣

波力克希尼斯　波希米亚国王

弗罗利泽　波希米亚王子

阿契达摩斯　波希米亚大臣

水　手

狱　吏

牧　人　潘狄塔的养父

小　丑　牧人其子

牧人之仆

奥托里古斯　流氓

赫米温妮　里昂提斯的王后

潘狄塔　里昂提斯及赫米温妮之女

宝丽娜　安提哥纳斯之妻

爱米利娅
其他宫女
} 随侍王后

毛大姐 ⎫
陶姑儿 ⎭ 牧羊女

西西里众臣、贵妇、侍从、卫士、扮萨特著、牧人、牧羊女、仆人等；
致辞者扮时间

地　点

西西里；波希米亚

第一幕

第一场　西西里。里昂提斯宫中的前厅

卡密罗及阿契达摩斯上。

阿契达摩斯　卡密罗，要是您有机会到波希米亚来，也像我这回陪驾来到贵处一样，我已经说过，一定可以瞧出我们的波希米亚跟你们的西西里有很大的不同。

卡密罗　我想明年夏天西西里王打算答访波希米亚。

阿契达摩斯　我们的简陋的款待虽然不免贻笑，可是我们会用热情来表示我们的诚意；因为说老实话——

卡密罗　请您——

阿契达摩斯　真的，我并不是随口说说。我们不能像这样盛大——用这种珍奇的——我简直说不出来。可是我们会给你们喝醉人的酒，好让你们感觉不到我们的简陋；虽然得不到你们的夸奖，至少也不会惹你们见怪。

卡密罗　您太言重了。

阿契达摩斯　相信我，我说的都是从心里说出来的老实话。

卡密罗　西西里对于波希米亚的情谊，是怎么也不能完全表示出来的。两位陛下从小便在一起受教育；他们彼此间的感情本来非常深切，无怪现在这么要好。自从他们长大之后，地位和政治上的必要使他们不能再在一起，但是他们仍旧交换着礼物、书信和友

谊的使节，代替着当面的晤对。虽然隔离，却似乎朝夕共处；远隔重洋，却似乎携手相亲；一在天南，一在地北，却似乎可以互相拥抱。但愿上天继续着他们的友谊！

阿契达摩斯　我想世间没有什么阴谋或意外的事故可以改变他们的心。你们那位小王子迈密勒斯真是一位福星，他是我眼中所见到的最有希望的少年。

卡密罗　我很同意你对于他的期望。他是个了不得的孩子，受到全国人民的爱慕。在他没有诞生以前便已经扶杖而行的老人，也在希望着能够活到看见他长大成人的一天。

阿契达摩斯　否则他们便会甘心死去吗？

卡密罗　是的，要是此外没有必须活下去的理由。

阿契达摩斯　要是王上没有儿子，他们会希望扶着拐杖活下去看到他有个孩子的。（同下。）

第二场　同前。宫中大厅

里昂提斯、波力克希尼斯、赫米温妮、迈密勒斯、卡密罗及侍从等上。

波力克希尼斯　自从我抛开政务、辞别我的御座之后，牧人日历中如水的明月已经盈亏了九度。再长一倍的时间也会载满了我的感谢，我的王兄；可是现在我必须负着永远不能报答的恩情而告别了。像一个置身在富丽之处的微贱之徒，我再在以前已经说过的千万次道谢之上再加上一句，"谢谢！"

里昂提斯　且慢道谢，等您去的时候再说吧。

波力克希尼斯　王兄，那就是明天了。我在担心着当我不在的时候，也许国中会发生什么事情；——但愿平安无事，不要让我的疑惧果成事实！而且，我住的时间已经长得叫您生厌了。

里昂提斯　王兄，您别瞧我不中用，以为我一下子就会不耐烦起来的。

波力克希尼斯　不再耽搁下去了。

里昂提斯　再住一个星期吧。

波力克希尼斯　真的，明天就要去了。

里昂提斯　那么我们把时间折半平分；这您可不能反对了。

波力克希尼斯　请您不要这样勉强我。世上没有人，绝对没有人能像您那样说动我；要是您的请求对于您确实是必要，那么即使我有必须拒绝的理由，我也会遵命住下。可是我的事情逼着我回去，您要是拦住我，虽说出于好意，却像是给我一种惩罚。同时我耽搁在这儿，又要累您麻烦。免得两面不讨好，王兄，我们还是分手了吧。

里昂提斯　你变成结舌了吗？我的王后？你说句话儿。

赫米温妮　我在想，陛下，等您逼得他发誓决不耽搁的时候再开口。陛下的言辞太冷淡了些。您应当对他说您相信波希米亚一切都平安，这可以用过去的日子来证明的。这样对他说了之后，他就无可借口了。

里昂提斯　说得好，赫米温妮。

赫米温妮　要是说他渴想见他的儿子，那倒是一个有力的理由；他要是这样说，便可以放他去；他要是这样发誓，就可以不必耽搁，我们会用纺线杆子把他打走的。（向波力克希尼斯）可是这不是您的理由，因此我敢再向陛下告借一个星期；等您在波希米亚接待我的王爷的时候，我可以允许他比约定告辞的日子迟一个月回来。——可是说老实话，里昂提斯，我的爱你一分一秒都不下于无论哪位老爷的太太哩。——您答应住下来吗？

波力克希尼斯　不，王嫂。

赫米温妮　你一定不答应住下来吗？

波力克希尼斯　我真的不能耽搁了。

赫米温妮　真的！您用这种话来轻轻地拒绝我；可是即使您发下漫天大誓，我仍旧要说："陛下，您不准去。"真的，您不能去；女人嘴里说一句"真的"，也跟王爷们嘴里说的"真的"一样有力呢。您仍旧要去吗？一定要我把您像囚犯一样拘禁起来，而不像贵宾一样款留着吗？您宁愿用赎金代替道谢而脱身回去吗？您怎么说？我的囚犯呢，还是我的贵宾？凭着您那句可怕的"真的"，您必须在两者之间选取其一。

波力克希尼斯　那么，王嫂，我还是做您的宾客吧；做您的囚犯是说我有什么冒犯的地方，那我是断断不敢的。

赫米温妮　那么我也不是您的狱卒，而是您的殷勤的主妇了。来，我要问问您，我的王爷跟您两人小时候喜欢玩些什么把戏；那时你们一定是很有趣的哥儿吧？

波力克希尼斯　王嫂，我们那时是两个不知道有将来的孩子，以为明天就跟今天一样，永远是个孩子。

赫米温妮　我的王爷不是比您更喜欢开玩笑吗？

波力克希尼斯　我们就像是在阳光中欢跃的一对孪生的羔羊，彼此交换着地叫唤。我们各以一片天真相待，不懂得做恶事，也不曾梦想到世间会有恶人。要是我们继续过那种生活，要是我们的脆弱的心灵从不曾被激烈的情欲所激动，那么我们可以大胆向上天说，人类所继承下来的罪恶，我们是无份的。

赫米温妮　照这样说来，我知道你们以后曾经犯过罪了。

波力克希尼斯　啊！我的圣洁的娘娘！此后我们便受到了诱惑；因为在那些乳臭未干的日子，我的妻子还是一个女孩子，您的美妙的姿容也还不曾映进了我的少年游侣的眼中。

赫米温妮　哎哟！您别说下去了，也许您要说您的娘娘跟我都是魔鬼哩。可是您说下去也不妨；我们可以担承陷害你们的罪名，只要你们跟我们犯罪是第一次，只要你们继续跟我们犯罪，而不去跟别人犯罪。

里昂提斯　他有没有答应？

赫米温妮　他愿意住下来了，陛下。

里昂提斯　我请他，他却不肯。赫米温妮，我的亲爱的，你的三寸舌建了空前的奇功了。

赫米温妮　空前的吗？

里昂提斯　除了还有一次之外，可以说是空前的。

赫米温妮　什么！我的舌头曾经立过两次奇功吗？以前的那次是在什么时候？请你告诉我；把我夸奖得心花怒放，高兴得像一头养肥了的家畜似的。一件功劳要是默默无闻，可以消沉了以后再做一千件的兴致；褒奖便是我们的酬报。一回的鞭策还不曾使马儿走过一亩地，温柔的一吻早已使它驰过百里。言归正传：我刚才的功劳是劝他住下；以前的那件呢？要是我不曾听错，那么它还有一个大姊姊哩；我希望她有一个高雅的名字！可是那一回我说出好话来是在什么时候？告诉我吧！我急于要知道呢。

里昂提斯　那就是当三个月难堪的时间终于黯然消逝，我毕竟使你伸出你的白白的手来，答应委身于我的那时候；你说，“我永远是你的了”。

赫米温妮　那真是一句好话。你们瞧，我已经说过两回好话了；一次我永久得到了一位君王，一次我暂时留住了一位朋友。（伸手给波力克希尼斯。）

里昂提斯　（旁白）太热了！太热了！朋友交得太亲密了，难免发生情欲上的纠纷。我的心在跳着；可不是因为欢喜；不是欢喜。这种招待客人的样子也许是很纯洁的，不过因为诚恳，因为慷慨，因为一片真心而忘怀了形迹，并没有什么可以非议的地方；我承认那是没有什么关系的。可是手捏着手，指头碰着指头，像他们现在这个样子；脸上装着不自然的笑容，好像对着镜子似地；又叹起气来，好像一头鹿临死前的喘息：嘿！那种招待我可不欢喜；就是我的额角也不愿意长什么东西出来呢。——迈密勒斯，你是我的孩子吗？

迈密勒斯　是的，好爸爸。

里昂提斯　哈哈，真是我的好小子。怎么！把你的鼻子弄脏了吗？人家说他活像我的样子。来，司令官，我们一定要齐齐整整；不是齐齐整整，是干干净净，司令官；可是公牛、母牛和小牛，人家也会说它们齐齐整整。——还在弄他的手心！——喂喂，你这顽皮的小牛！你是我的小牛吗？

迈密勒斯　是的，要是您愿意，爸爸。

里昂提斯　你要是有一头蓬松的头发，再出了一对像我这样的角儿，那就完全像我了。可是人家说我们简直像两个蛋一样相像：女人们这样说，她们是什么都说得出来的；可是即使她们像染坏了的黑布一样坏，像风像水一样轻浮不定，像骗子在赌钱时用的骰子一样不可捉摸，然而说这孩子像我却总是一句真话。来，哥儿，用你那蔚蓝的眼睛望着我。可爱的坏东西！最亲爱的！我的肉！你的娘会不会？——也许有这种事吗？——爱情！你深入一切事物的中心；你会把不存在的事实变成可能，而和梦境互相沟通；——怎么会有这种事呢？——你能和伪妄合作，和空虚联络，难道便不会和实体发生关系吗？这种事情已经无忌惮地发生了，我已经看了出来，使我痛心疾首。

波力克希尼斯　西西里在说些什么？

赫米温妮　他好像有些烦躁。

波力克希尼斯　喂，王兄！怎么啦？你觉得怎样，王兄？

赫米温妮　您似乎头脑昏乱；想到了什么心事啦，陛下？

里昂提斯　不，真的没有什么。有时人类的至情会使人做出痴态来，叫心硬的人看着取笑！瞧我这孩子脸上的线条，我觉得好像恢复到二十三年之前，看见我自己不穿裤子，罩着一件绿天鹅绒的外衣，我的短剑套在鞘子里，因恐它伤了它的主人，如同一般装饰品一样，证明它是太危险的；我觉得那时的我多么像这个小东西，这位小爷爷。——我的好朋友，你愿意让人家欺骗你吗？

迈密勒斯　不，爸爸，我要跟他打。

里昂提斯　你要跟他打吗？哈哈！——王兄，您也像我们这样喜欢您的小王子吗？

波力克希尼斯　在家里，王兄，他是我唯一的消遣，唯一的安慰，唯一的关心；一会儿是我的结义之交，一会儿又是我的敌人；一会儿又是我的朝臣、我的兵士和我的官员。他使七月的白昼像十二月天一样短促，用种种孩子气的方法来解除我心中的郁闷。

里昂提斯　这位小爷爷对我也是这样。王兄，我们两人先去，你们多耽搁一会儿。赫米温妮，把你对我的爱情，好好地在招待我这位王兄的上头表示出来吧；西西里所有的一切贵重的东西，都不要嫌破费去备来。除了你自己和我这位小流氓之外，他便是我最贴心的人了。

赫米温妮　假如您需要我们，我们就在园里；我们就在那边等着您好吗？

里昂提斯　随你们便吧，只要你们不飞到天上去，总可以找得到的。（旁白）我现在在垂钓，虽然你们没有看见我放下钓线去。好吧，好吧！瞧她那么把嘴向他送过去！简直像个妻子对她正式的丈夫那样无所顾忌！（波力克希尼斯、赫米温妮及侍从等下。）已经去了！一顶绿头巾已经稳稳地戴上了！去玩去吧，孩子，玩去吧。你妈在玩着，我也在玩着；可是我扮的是这么一个丢脸的角色，准要给人喝倒彩嘘下了坟墓去的，轻蔑和讥笑便是我的葬钟。去玩去吧，孩子，玩去吧。要是我不曾弄错，那么乌龟这东西确是从来便有的；即使在现在，当我说这话的时候，一定就有许多人抱着他的妻子，却不知道她在他不在的时候早已给别人揩过油；他自己池子里的鱼，已经给他笑脸的邻居捞了去。我道不孤，聊堪自慰。假如有了不贞的妻子的男人全都怨起命来，世界上十分之一的人类都要上吊死了。补救的办法是一点没有的。正像有一个荒淫的星球，照临人世，到处惹是招非。你想，东南西北，无论哪处都抵挡不过肚子底下的作怪；魔鬼简直可以带了箱笼行李堂而皇之地进出呢。我们中间有千万个人都害着这毛病，但自己却不觉得。喂，孩子！

迈密勒斯　他们说我像您呢。

里昂提斯　嗯，这倒是我的一点点儿安慰。喂，卡密罗在不在？

卡密罗　有，陛下。

里昂提斯　去玩吧，迈密勒斯；你是个好人儿。（迈密勒斯下。）卡密罗，这位大王爷还要住下去呢。

卡密罗　您好容易才把他留住的；方才抛下几次锚去，都没有成功。

里昂提斯　你也注意到了吗？

卡密罗　您几次请求他，他都不肯再留，反而把他自己的事情说得更为重要。

里昂提斯　你也看出来了吗？（旁白）他们已经在那边交头接耳地说西西里是这么这么了。事情已经发展到这地步，我应该老早就瞧出来的。——卡密罗，他怎么会留下来？

卡密罗　因为听从了贤德的王后的恳求。

里昂提斯　单说听从了王后的恳求就够了；贤德两个字却不大得当。

表面是这样，其中却另有缘故。除了你之外，还有什么明白人看出来了吗？你的眼睛是特别亮的，比普通木头脑壳的人更善于察颜观色；大概只有少数几个机灵人才注意到吧？低贱的人众也许对这种把戏毫无所知吧？你说。

卡密罗　什么把戏，陛下！我以为大家都知道波希米亚王要在这儿多住几天。

里昂提斯　嘿！

卡密罗　在这儿多住几天。

里昂提斯　嗯，可是什么道理呢？

卡密罗　因为不忍辜负陛下跟我们大贤大德的娘娘的美意。

里昂提斯　不忍辜负你娘娘的美意！这就够了。卡密罗，我不曾瞒过你一切我心底里的事情，向来我的私事都要跟你商量过；你常常像个教士一样洗净我胸中的污点，听过了你的话，我便像个悔罪的信徒一样得到了不少的教益。我以为你是个忠心的臣子，可是我看错了人了。

卡密罗　我希望不至于吧，陛下！

里昂提斯　我还要这样说，你是个不诚实的人；否则，要是你还有几分诚实，你便是个懦夫，不敢堂堂正正地尽你的本分，否则你是个为主人所倚重而辜恩怠职的仆人；或是一个傻瓜，看见一场赌局告终，大宗的赌注都已被人赢走，还以为只是一场玩笑。

卡密罗　陛下明鉴！微臣也许是疏忽、愚蠢而胆小；这些毛病是每个人免不了的，在世事的纷纭之中，常常不免要显露出来。在陛下的事情上我要是故意疏忽，那是因为我的愚蠢；要是我有心假作痴呆，那是因为我的疏忽，不曾顾虑到结果；要是有时我不敢去做一件我所抱着疑虑的事，可是后来毕竟证明了不做是不对的，那是连聪明人也常犯的胆怯；这些弱点，陛下，是正直人所不免的。

可是我要请陛下明白告诉我我的错处，好让我有辩白的机会。

里昂提斯 难道你没有看见吗，卡密罗？——可是那不用说了，你一定已经看见，否则你的眼睛比乌龟壳还昏沉了；——难道你没有听见吗？——像这种臭名昭著的事情，不会没有谣言兴起的——难道你也没有想到我的妻子是不贞的吗？——一个人除非没有脑子，总会思想的。要是你不能厚着脸皮说你不生眼睛不长耳朵没有头脑，你就该承认我的妻子是一匹给人骑着玩的木马；就像没有出嫁便去跟人睡觉的那种小户人家的女子一样淫贱。你老实说吧。

卡密罗 要是我听见别人这样诽谤我的娘娘，我一定要马上给他一些颜色看的。真的，您从来没有说过像这样不成体统的话；把那种话重说一遍，那罪恶就跟您所说的这种事一样大，如果那是真的话。

里昂提斯 难道那样悄声说话不算什么一回事吗？脸贴着脸，鼻子碰着鼻子，嘴唇咂着嘴唇，笑声里夹着一两声叹息，这些百无一失的失贞的表征，都不算什么一回事吗？脚踩着脚，躲在角落里，巴不得钟走得快些，一点钟一点钟变成一分钟一分钟，中午赶快变成深夜；巴不得众人的眼睛都出了毛病，不看见他们的恶事；这难道不算什么一回事吗？嘿，那么这世界和它所有的一切都不算什么一回事；笼罩宇宙的天空也不算什么一回事；波希米亚也不算什么一回事；我的妻子也不算什么一回事；这些算不得什么事的什么事根本就没有存在，要是这不算是什么一回事。

卡密罗 陛下，这种病态的思想，您赶快去掉吧；它是十分危险的。

里昂提斯 即使它是危险的，真总是真的。

卡密罗 不，不，不是真的，陛下。

里昂提斯 是真的；你说谎！你说谎！我说你说谎，卡密罗；我讨厌你。你是个大大的蠢货，没有脑子的奴才；否则便是个周旋于两可之间的骑墙分子，能够看明善恶，却不敢得罪哪一方。我的妻子的肝脏要是像她的生活那样腐烂，她不能再活到下一个钟头。

卡密罗　谁把她腐烂了？

里昂提斯　嘿，就是那个把她当作肖像一样挂在头颈上的波希米亚啦。要是我身边有生眼睛的忠心的臣子，不但只顾他们个人的利害，也顾到我的名誉，他们一定会干一些事来阻止以后有更坏的事情发生。你是他的行觞的侍臣，我把你从卑微的地位提拔起来，使你身居显要；你知道我的烦恼，就像天看见地、地看见天一样明白：你可以给我的仇人调好一杯酒，让他得到一个永久的安眠，那就使我大大地 高兴了。

卡密罗　陛下，我可以干这事，而且不用急性的药物，只用一种慢性的，使他不觉得中了毒。可是我不能相信娘娘会这样败德，她是那样高贵的人。我已经尽忠于您——

里昂提斯　你要是还不相信，你就该死了！你以为我是这样傻，发痴似地会这么自寻烦恼，使我的被褥蒙上不洁，让荆棘榛刺和黄蜂之尾来捣乱我的睡眠，让人家怀疑我的儿子的血统，虽然我相信他是我的而疼爱着他；难道我会无中生有，而没有充分的理由吗？谁能这样丢自己的脸呢？

卡密罗　我必须相信您的话，陛下。我相信您，愿意就去谋害波希米亚。他一除去之后，请陛下看在小殿下的面上，仍旧跟娘娘和好如初，免得和我们有来往的列国朝廷里兴起谣诼来。

里昂提斯　你说得正合我心；我决不让她的名誉上沾染污点。

卡密罗　陛下，那么您就去吧；对于波希米亚和娘娘，您仍然要装出一副和气殷勤的容貌。我是他的行觞的侍臣；要是他喝了我的酒毫无异状，您就不用把我当作您的仆人。

里昂提斯　好，没有别的事了。你做了此事，我的一半的心便属于你的；倘不做此事，我要把你的心剖成两半。

卡密罗　我一定去做，陛下。

里昂提斯　我就听你的话，装出一副和气的样子。（下。）

卡密罗　唉，不幸的娘娘！可是我在什么一种处境中呢？我必须去毒死善良的波力克希尼斯，理由只是因为服从我的主人，他自己发了疯，硬要叫他手下的人也跟着他干发疯的事。我做了这件事，便有升官发财的希望。即使我能够在几千件谋害人君的前例中找得出后来会有好结果的人，我也不愿去做；既然碑版卷籍上从来不曾记载过这样一个例子，那么为了不干这种罪恶的事，我也顾不得尽忠了。我必须离开朝廷；做与不做，都是一样地为难。但愿我有好运气！——波希米亚来了。

波力克希尼斯重上。

波力克希尼斯　这可奇了！我觉得这儿有点不大欢迎起我来。不说一句话吗？——早安，卡密罗！

卡密罗　给陛下请安！

波力克希尼斯　朝中有什么消息？

卡密罗　没有什么特别的消息，陛下。

波力克希尼斯　你们大王的脸上似乎失去了什么州省或是一块宝贵的土地一样；刚才我见了他，照常礼向他招呼，他却把眼睛转向别处，抹一抹瞧不起人的嘴唇，便急急地打我身边走去了，使我莫名其妙，不知道什么事情使他这样改变了态度。

卡密罗　我不敢知道，陛下。

波力克希尼斯　怎么！不敢知道！还是不知道？你知道了，可是不敢说出来吗？讲明白点吧，多半是这样；因为就你自己而论，你所知道的，你一定知道，没有什么不敢知道的道理。好卡密罗，你变了脸色了；你的脸色正像是我的一面镜子，反映出我也变了脸色了；

因为我知道我在这种变动当中一定也有份。

卡密罗　有一种病使我们中间有些人很不舒服，可是我说不出是什么病来；而那种病是从仍然健全着的您的身上传染过去的。

波力克希尼斯　怎么！从我身上传染过去的？不要以为我的眼睛能够伤人；我曾经看觑过千万个人，他们因为得到我的注意而荣达起来，可是却不曾因此而伤了命。卡密罗，你是个正人君子，加之学问渊博，洞明世事，是跟我们的高贵家世一样值得尊重的；要是你知道什么事是应该让我知道的，请不要故意瞒着我。

卡密罗　我不敢回答您。

波力克希尼斯　从我身上传染过去的病，而我却健康着！我非得明白这句话的意思不可，你听见吗，卡密罗？凭着人类的一切光荣的义务（其中也包括我当前对你的请求），告诉我你以为有什么祸事将要临到我身上；离我多远多近；要是可以避过的话，应当采取什么方法；要是避不了的话，应当怎样忍受。

卡密罗　陛下，我相信您是个高贵的人，您既然以义理责我，我不得不告诉您。听好我的主意吧；我只能很急促地对您说知，您也必须赶快依我的话做，否则您我两人都难幸免，要高喊"完了"！

波力克希尼斯　说吧，好卡密罗。

卡密罗　我是奉命来谋害您的。

波力克希尼斯　奉谁的命，卡密罗？

卡密罗　奉王上的命。

波力克希尼斯　为什么？

卡密罗　他以为——不，他十分确信地发誓说您已经跟他的娘娘发生暧昧，确凿得就好像是他亲眼看见或是曾经诱导您帮做那件恶事一样。

波力克希尼斯　啊，真有那样的事，那么让我的血化成溃烂的毒脓，我的名字跟那出卖救主的叛徒相提并论吧！让我的纯洁的名声发出恶臭来，嗅觉最不灵敏的人也会掩鼻而避之，比之耳朵所曾听到过书上所曾记载过的最厉害的恶疾更为人所深恶痛恨吧！

卡密罗　您即使指着天上每一颗星星发誓说他误会，那也无异于叫海水不要服从月亮，因为想用立誓或劝告来解除他那种痴愚的妄想是绝不可能的；这种想头已经深植在他的心里，到死也不会更移的了。

波力克希尼斯　这是怎么发生的呢？

卡密罗　我不知道；可是我相信避免已经起来的祸患，比之追问它怎么发生要安全些。我可以把我的一身给您作担保，要是您信得过我，今夜就去吧！我可以去通知您的侍从，叫他们三三两两地从边门溜出城外。至于我自己呢，愿意从此为您效劳；为了这次的泄漏机密，在这里已经不能再立足了。不要踌躇！我用我父母的名誉为誓，我说的是真话；要是您一定要对证，那我可不敢出场，您的命运也将跟王上亲口定罪的人一样，难逃一死了。

波力克希尼斯　我相信你的话；我已经从他的脸上看出他的心思来。把你的手给我，做我的引路者；您将永远得到我的眷宠。我的船只已经备好；我的人民在两天之前就已经盼我回去。这场嫉妒是对一位珍贵的人儿而起的；她是个绝世的佳人，他又是个当代的雄主，因此这嫉妒一定很厉害；而且他以为使他蒙耻的是他的结义的好友，一定更使他急于复仇。恐怖包围着我；但愿我能够平安离去，但愿贤德的王后快乐！她也是这幕剧中的一个角色，可是他不曾对她有恶意的猜疑吧？来，卡密罗；要是你这回帮我脱离此地，我将把你当作父母看待。让我们逃吧。

卡密罗　京城的各道边门的钥匙都归我掌管；请陛下赶紧预备起来。来，陛下，走吧！（同下。）

第二幕

第一场　西西里。宫中一室

赫米温妮、迈密勒斯及宫女等上。

赫米温妮　把这孩子带去。他老缠着我，真讨厌死人了。

宫女甲　来，我的好殿下，我跟您玩好吗？

迈密勒斯　不，我不要你。

宫女甲　为什么呢，我的好殿下？

迈密勒斯　你吻我吻得那么重，讲起话来仍旧把我当作一个小孩子似的。（向宫女乙）我还是喜欢你一些。

宫女乙　为什么呢、殿下？

迈密勒斯　不是因为你的眉毛生得黑一些；虽然人家说有些人还是眉毛黑一些好看，只要不十分浓，用笔描成弯弯的样子。

宫女乙　谁告诉您这些的？

迈密勒斯　我从女人的脸上看出来的。（向宫女甲）现在我要问你，你的眉毛是什么颜色？

宫女甲　青的，殿下。

迈密勒斯　哎，你在说笑话了；我看见过一位姑娘的鼻子发青，可是青眉毛倒没有见过。

宫女乙　好好听着，您的妈妈肚子高起来了，我们不久便要服侍一位漂亮的小王子；那时您只好跟我们玩了；但也要看我们高兴不高兴。

宫女甲　她近来胖得厉害；愿她幸运！

赫米温妮　你们在讲些什么聪明话？来，哥儿，现在我又要你了。请你陪我坐下来，讲一个故事给我听。

迈密勒斯　是快乐的故事呢，还是悲哀的故事？

赫米温妮　随你的意思讲个快乐点儿的吧。

迈密勒斯　冬天最好讲悲哀的故事。我有一个关于鬼怪和妖精的。

赫米温妮　讲给我们听吧，好哥儿。来，坐下来；讲吧，尽你的本事用你那些鬼怪吓我，这是你的拿手好戏哩。

迈密勒斯　从前有一个人——

赫米温妮　不，坐下来讲；好，讲下去。

迈密勒斯　住在墓园的旁边。——我要悄悄地讲，不让那些蟋蟀听见。

赫米温妮　那么好，靠近我的耳朵讲吧。

里昂提斯、安提哥纳斯、众臣及余人等上。

里昂提斯　看见他在那边吗？他的随从也在吗？卡密罗也和他在一起吗？

臣　甲　我在一簇松树后面碰见他们；我从来不曾见过人们这样匆促地赶路；我一直望到他们上了船。

里昂提斯　我多么运气，判断得一点不错！唉，倒是糊涂些好！这种运气可是多么倒霉！酒杯里也许浸着一个蜘蛛，一个人喝了酒走了，却不曾中毒，因为他没有知道这回事；可是假如他看见了这个可怕的东西，知道他怎样喝过了这杯里的酒，他便要呕吐狼藉了。我便是喝过了酒而看见那蜘蛛的人。卡密罗是他的同党，给他居间拉拢；他们在阴谋着算计我的生命，篡夺我的王位，一切的猜疑都已证实；我所差遣的那个奸人，原来已给他预先买通了，被他知道了我的意思，使我空落得人家的笑骂。嘿，真有手段！那些边门怎么这样不费事地开了？

臣　甲　这是他的权力所及的，就跟陛下的命令一样有力。

里昂提斯　我很知道。（向赫米温妮）把这孩子给我。幸亏你没有喂他吃奶；虽然他有些像我，可是他的身体里你的血份太多了。

赫米温妮　什么事？开玩笑吗？

里昂提斯　把这孩子带开；不准他走近她的身边；把他带走！（侍从等拥迈密勒斯下。）让她跟自己肚子里的那个孽种玩吧；你的肚子是给波力克希尼斯弄大的。

赫米温妮　可是我要说他不曾，而且不管你怎么往坏处想，我发誓你会相信我的话。

里昂提斯　列位贤卿，你们瞧她，仔细瞧着她；你们嘴里刚要说："她是一个美貌的女人。"你们心里的正义感就会接上去说："可惜她不贞。"你们可以单单赞美她的外貌，我相信那确是值得赞美的；然后就耸了耸肩，鼻子里一声哼，嘴里一声嘿，这些小小的烙印都是诽谤所常用的——我说错了，我应当说都是慈悲所常用，因为诽谤是会把贞洁都烙伤了的。你们才说了她是美貌的，还来不及说她是贞洁的，这种耸肩、这种哼、这种嘿，就已经跟着来了。可是让我告诉你们，虽然承认这点使我比任何人都更感觉痛心——她是个淫妇。

赫米温妮　要是说这话的是个恶人，世界上最恶的恶人，那么，这样说也还会使他恶上加恶；您，陛下，可错了。

里昂提斯　你错了，我的娘娘，才会把波力克希尼斯当成了里昂提斯。唉，你这东西！像你这样身份的人，我真不愿这样称呼你，也许大家学着我的样子，粗野地不再顾到社会上阶级的区别，将要任意地把同样的言语向着不论什么人使用，把王子和乞丐等量齐观。我已经说她是个淫妇；我也说过她跟谁通奸；而且她是个叛逆。

卡密罗是她的同党，她跟她那个万恶的主犯所干的无耻勾当他都知道；他知道她是个不贞的女人，像粗俗的人们用最难听的名称称呼着的那种货色一样不要脸。而且她也预闻他们这次的逃走。

赫米温妮　不，我以生命起誓，我什么都不知情。等到您明白过来，想一想您把我这样羞辱，那时您将要多么难过！我的好王爷，那时您就是承认您错了，也不能再洗刷掉我的委屈。

里昂提斯　不，要是我把这种判断的根据搞错了，那么除非地球小得不够给一个学童在上面抽陀螺。把她带去收了监！谁要是给她说句话儿，即使他和这回事情不相干，也要算他有罪。

赫米温妮　现在正是灾星当头，必须忍耐着等到天日清明的时候。各位大人，我不像我们一般女人那样善于哭泣；也许正因为我流不出无聊的泪水，你们会减少对我的怜悯；可是我心里蕴藏着正义的哀愁，那喷火的燃灼的力量是远胜于眼泪的泛滥的。我请求各位衡情酌理来审判我；好，让他们执行陛下的意旨吧！

里昂提斯　（向卫士）没有人听我说吗？

赫米温妮　谁愿意跟我去？请陛下准许我带走我的侍女，因为您明白我现在的情形，这是必要的。别哭，傻丫头们，用不着哭；等你们知道你们的娘娘罪有应得的时候，再用眼泪送我吧。我现在去受鞫的结果，一定会证明我的清白。再会，陛下！我一向希望着永远不要看见您伤心，可是现在我相信我将要看见您伤心了。姑娘们，来吧；你们已经得到了许可。

里昂提斯　去，照我的话办；去！（卫士押王后及宫女等下。）

臣　甲　请陛下叫娘娘回来吧。

安提哥纳斯　陛下，您应该仔细考虑您做的事，免得您的聪明正直反而变成了暴虐。这一来有三位贵人都要遭逢不幸，您自己、娘娘和小殿下。

臣　甲　陛下,只要您肯接受,我敢并且也愿意用我的生命担保王后是清白的,当着上天和您的面前——我的意思是说,在您所谴责她的这件事情上,她是无罪的。

安提哥纳斯　假如她果然有罪,我便要把我的妻子像狗马一样看守起来,一步都不放松,不放心让她一个人独自呆着。因为假如娘娘是不贞的,那么世间女人身上一寸一厘的肉都是不贞的了。

里昂提斯　闭住你们的嘴!

臣　甲　陛下,——

安提哥纳斯　我们说这些话为的都是您,不是我们自己。您上了人家的当了,那个造谣生事的人不会得到好死的;要是我知道这个坏东西是谁,他休想好好地活在世上!我有三个女孩子,大的十一岁,第二个九岁,小的才四五岁;要是王后果然靠不住,这种事果然是真的话,我愿意叫她们受过。我一定要在她们未满十四岁之前叫她们全变成石女,免得产下淫邪的后代来;她们都是嗣我家声的人,我宁愿阉了自己,也不愿让她们生下败坏门风的子孙。

里昂提斯　住嘴!别再说了!你们都是死人鼻子,冷冰冰地闻不出味来;我可是亲眼看见、亲身感觉到的,正像你们看见我这样用手指碰着你们而感觉到一样。

安提哥纳斯　真是这样的话,那么我们无须去掘什么坟墓来埋葬贞洁;因为世上根本不曾有什么贞洁存在,可以来装饰一下这整个粪污的地面。

里昂提斯　什么!我的话不足信吗?

臣　甲　陛下,在这回事情上我宁愿您的话比我的话更不足信;不论您怎样责怪我,我宁愿王后是贞洁的,不愿您的猜疑得到证实。

里昂提斯　哼,我何必跟你们商量?我只要照我自己的意思行事好了。我自有权力,无须征询你们的意见,只是因为好意才对你们说知。假如你们的知觉那样麻木,或者故意假作痴呆,不能或是不愿相信这种真实的事实,那么你们应该知道我本来不需要征求你们的意见 ;这件事情怎样处置,利害得失,都是我自己的事。

安提哥纳斯　陛下,我也希望您当初只在冷静的推考里把它判断,而没有声张出来。

里昂提斯　那怎么能够呢?倘不是你老悖了,定然你是个天生的蠢材。他们那种狎昵的情形是不难想见的 ;除了不曾亲眼看见之外,一切都可以证明此事的不虚 ;再加上卡密罗的逃走,使我不得不采取这种手段。可是这等重大的事情,最忌鲁莽行事,为了进一步确定这事,我已经派急使到得尔福圣地的阿波罗神庙里去了 ;所差去的是克里奥米尼斯和狄温两人,你们知道他们都是十分可靠的。他们带来的神谕会告知我们一切,会鼓励我或阻止我这样行事。我这办法好不好?

臣　甲　很好,陛下。

里昂提斯　我虽然十分确信不必再要知道什么,可是那神谕会使那些不肯接受真理的愚蠢的轻信者无法反对。我认为应当把她关禁起来,以防那两个逃去的人定下的阴谋由她来执行。跟我来吧 ;我们要当众宣布此事 ;这事情已经闹大了。

安提哥纳斯　(旁白)照我看来,等到真相大白之后,不过闹下一场笑话而已。(众下。)

第二场　同前。狱中外室

宝丽娜及侍从等上。

宝丽娜　通报一声狱吏，告诉他我是谁。（一侍从下。）好娘娘，你是配住欧洲最好的王宫的；狱中的生活你怎么过呢？

侍从偕狱吏重上。

宝丽娜　长官，你知道我是谁，是不是？

狱　吏　我知道您是一位我所钦仰的尊贵的夫人。

宝丽娜　那么请你带我去见一见王后。

狱　吏　我不能，夫人；有命令禁止接见。

宝丽娜　这可难了！一个正直的好人，连好意的访问者都不能相见！请问见见她的侍女可不可以呢？随便哪一个？爱米利娅？

狱　吏　夫人，请您遣开您这些从人，我就可以带爱米利娅出来。

宝丽娜　请你就去叫她来吧。你们都走开。（侍从等下。）

狱　吏　而且，夫人，我必须在场听你们的谈话。

宝丽娜　好，就这么吧，谢谢你。（狱吏下。）明明是清白的，偏要说一团漆黑，还这么大惊小怪！

狱吏偕爱米利娅重上。

宝丽娜　好姑娘，我们那位贤德的娘娘好吗？

爱米利娅　总算尽了一个那样高贵而无助的人儿所能尽的力量支持过来了。所遭受的惊恐和悲哀，无论哪位娇弱的贵夫人都受不了的；这种惊忧交迫之下，已经不足月而早产了。

宝丽娜　一个男孩吗？

爱米利娅　一个女孩子，很好看的小孩，很健壮，大概可以活下去。她给娘娘不少的安慰，她说：“我的可怜的小囚徒，我是跟你一样无辜的！”

宝丽娜　那是一定的。王上那种危险的胡作胡为真是该死！必须要叫他明白才是，他一定要明白他犯的错误；这种工作还是一个女人来担任好一些，我去对他说吧。要是我果然能够说得婉转动听，那以让我的舌头说得起泡，再不用来宣泄我的愤怒了。爱米利娅，请你给我向娘娘多多致意；要是她敢把她的小孩信托给我，我愿把它拿去给王上看，替她竭力说情。我们不知道他见了这孩子会多么心软起来；无言的纯洁的天真，往往比说话更能打动人心。

爱米利娅　好夫人，照您那样正直和仁心，您这种见义勇为的行动是不会得不到美满的结果的；除了您之外，再没有第二个人可以担任这件重大的差使了。请您到隔壁坐一会儿，我就去把您的尊意禀知娘娘；她今天正也想到这个计策，可是唯恐遭到拒绝，不敢向一个可以信托的人出口。

安丽娜　对她说，爱米利娅，我愿意竭力运用我的口才；要是我有一片生花的妙舌，如同我有一颗毅勇的赤心一样，那么我一定会成功的。

爱米利娅　上帝保佑您！我就对娘娘说去。请您过来。

狱　吏　夫人，要是娘娘愿意把孩子交给您，我让您把它抱了出去，上头没有命令可不大方便。

宝丽娜　你不用担心，长官。这孩子是娘胎里的囚人，一出了娘胎，按照法律和天理，便是一个自由的解放了的人；王上的愤怒和她无关，娘娘要是果真有罪，那错处也牵连不到小孩的身上。

狱　吏　我相信您的话。

宝丽娜　不用担心；要是有什么危险，我可以为你负责。（同下。）

第三场　同前。宫中一室

里昂提斯、安提哥纳斯、众臣及其他侍从等上。

里昂提斯　黑夜白天都得不到安息；照这样把这种情形忍受下去，不过是懦弱而已，全然的懦弱。要是把扰乱我安宁的原因除去——或者说，一部分原因，也就是那淫妇；因为我的手臂伸不到那个淫君的身上，我对他无计可施；可是她却在我手掌里；要是她死了，用火把她烧了，那么我也许可以恢复我一部分的安静。来人！

侍从甲　（趋前）陛下？

里昂提斯　孩子怎样？

侍从甲　他昨夜睡得很好；希望他的病就可以好转。

里昂提斯　瞧他那高贵的天性！知道了他母亲的败德，便立刻心绪消沉，受到了无限的感触，把那种羞辱牢牢地加在自己身上。颓唐了他的精神，消失了他的胃口，扰乱了他的睡眠，很快地憔悴下来了。让我一个人在这儿。去瞧瞧他看。（侍从甲下。）嘿，嘿！别想到他了。这样子考虑复仇只能对我自己不利。那人太有势力，帮手又多，我暂时把他放过；先把她处罚了再说。卡密罗和波力克希尼斯瞧着我的伤心而得意；要是我的力量能够达到他们，他们可不能再笑了，可是她却在我的权力之中，看她能不能笑我。

宝丽娜抱小儿上。

臣　甲　你不能进去。

宝丽娜　不，列位大人，帮帮我忙吧。唉，难道你们担心他的无道的暴怒，更甚于王后的性命吗？她是一个贤德的纯洁的人儿，比起他的嫉妒来她要无辜得多了。

安提哥纳斯　够了。

侍从乙　夫人，他昨夜不曾安睡，吩咐谁都不能见他。

宝丽娜　您别这么凶呀；我正是来使他安睡的。都是你们这种人，像影子一样在他旁边轻手轻脚地走来走去，偶然听见他的一声叹息就大惊小怪地发起急来；都是你们这种人累得他不能安睡。我一片诚心带来几句忠言给他，它们都是医治他失眠的灵药。

里昂提斯　喂，谁在吵闹？

宝丽娜　不是吵闹，陛下；是来跟您商量请谁行洗礼。

里昂提斯　怎么！把那个无礼的妇人撵走！安提哥纳斯，我不是命令过你不准她走近我身边吗？我知道她要来的。

安提哥纳斯　我对她说过了，陛下；我告诉她不准前来看您，免得招惹您也招惹我不高兴。

里昂提斯　什么！你管不了她吗？

宝丽娜　我要是做错了事，他可以管得了我；可是这一番除非他也学您的样子，因为我做了正事反而把我关起来；不然，相信我吧，他是管不了我的！

安提哥纳斯　您瞧！您听见她说的话。她要是自己做起主来，我只好由她；可是她是不会犯错误的。

宝丽娜　陛下，我的确来了；请您听我说，我自认我是您的忠心的仆人，您的医生和您的最恭顺的臣子；可是您要是做了错事，我却不敢像那些貌作恭顺的人们一样随声附和。我说，我是从您的好王后那儿来的。

里昂提斯　好王后！

宝丽娜　好王后，陛下，好王后；我说是好王后，假如我是男人，那么即使我毫无武艺，也愿意跟人决斗证明她是个好王后。

里昂提斯　把她赶出去！

宝丽娜　谁要是向我动一动手，那就叫他留心着自己的眼珠吧。我要走的时候自己会走，可是必须先把我的事情办。。您的好王后，她真是一位好王后，已经给您添下一位公主了；这便是，希望您给她祝福。（将小儿放下。）

里昂提斯　出去！大胆的妖妇！把她撵出去！不要脸的老鸨！

宝丽娜　我不是；我不懂你加给我这种称呼的意思。你自己才是昏了头了；我是个正直的女人，正像你是个疯子一样；我敢说和你的疯狂同等程度的正直，在这个世界上应该算过得去的。

里昂提斯　你们这些奸贼！你们不肯把她推出去吗？把那野种给她抱出去。（向安提哥纳斯）你这不中用的汉子！你是个怕老婆的，那个母夜叉把你吓倒了吗？把那野种捡起来；对你说，把她捡起来；还给你那头老母羊去。

宝丽娜　要是你服从了他的暴力的乱命，把这孩子拿起来，你的手便永远是不洁的了！

里昂提斯　他怕他的妻子！

宝丽娜　我希望你也怕你的妻子，那么你一定会把你的孩子认为是亲生的了。

里昂提斯　都是一群奸党！

安提哥纳斯　天日在上，我不是奸党。

宝丽娜　我也不是；谁都不是；只有这里的一个人才是，那就是他自己。因为他用比刀剑还厉害的谰言来中伤他自己的、他的王后的、他的有前途的儿子的和他的婴孩的神圣的荣名；可恨的是没有人能够强迫他除去他那种龌龊不堪的猜疑。

里昂提斯　这个长舌的泼妇，刚打过她丈夫，现在却来向我寻事了！这小畜生不是我的；她是波力克希尼斯的孩子；把她拿出去跟那母狗一起烧死了吧！

宝丽娜　她是你的；正像古话所说："她这么像你，才真倒霉！"瞧，列位大人，虽然是副缩小的版子，那父亲的全副相貌，都抄了下来了；那眼睛、鼻子、嘴唇、皱眉头的神气、那额角，以至于颊上的可爱的酒窝儿，那笑容、手哪、指甲哪、手指哪、都是一副模型里造出来的。慈悲的天神哪！你把她造得这么像她的生身的父亲，如果你使她的性情也像她的父亲，但愿你不要让她也有一颗嫉妒的心；否则也许她也要像他一样疑心她的孩子不是她丈夫的儿子呢。

里昂提斯　好一个蠢俗的妖婆！你这不中用的汉子，你不能叫她闭嘴，你也是该死的。

安提哥纳斯　要是把在这件工作上无能为力的丈夫们都吊死了，那么您恐怕连一个臣子也没有了。

里昂提斯　我再吩咐一次，把她撵出去！

宝丽娜　最无道的忍心害理的昏君也不能做出比你更恶的事来。

里昂提斯　我要把你烧死。

宝丽娜　我不怕；起火来的人才是个异教徒，而不是被烧死的人。我不愿把你叫作暴君；可是你对于你的王后这种残酷的凌辱，只凭着自己的一点毫无根据的想象就随便加以诬蔑，不能不说有一点暴君的味道；它会叫你丢脸，给全世界所耻笑的。

里昂提斯　你们要是还有一点忠心的话，快给我把她带出去吧！假如我是个暴君，她还活得了吗？她要是真知道我是个暴君，决不敢这样叫我的。把她带出去！

宝丽娜　请你们不用推我，我自己会走的。陛下，好好照顾您的孩子吧；她是您的。愿上帝给她一个更好的守护神！你们用手揪住我做什么？你们眼看他做着傻事而不敢有什么举动，全都是些没有用处的饭桶！好，好，再见！我们走了。（下。）

里昂提斯　你这奸贼，都是你撺掇你的妻子做出这种把戏来的。我的孩子！把她拿出去！我就吩咐你，你这软心肠的人，去把她立刻烧死了；我不要别人，只要你去。快把她抱起来。在这点钟之内就来回报，而且一定要拿出证据来，否则你的命和你的财产都要保不住。要是你违抗我的命令，胆敢触怒我的话，那么你说吧；我要用我自己的手亲自摔出这个野种的脑浆来。去，把她丢到火里，因为你的妻子是受了你的怂恿才来的。

安提哥纳斯　不是受了我的怂恿，陛下；这儿的各位大人都可以给我辩白，要是他们愿意。

臣　甲　我们可以给他证明，陛下，他的妻子来此和他并不相干。

里昂提斯　你们都是说谎的骗子！

臣　甲　请陛下相信我们。我们一直都是忠心耿耿地侍候着您的，请您不要以为我们会对您不忠。我们跪下来向您请求，看在我们过去和将来的忠诚的份上，收回了这个旨意，它是这样残酷而可怕，将会有不幸的结果发生。我们都在这儿下跪了。

里昂提斯　我是一片羽毛，什么风都可以把我吹动。难道我要活着看见这个野种跪在我膝前，叫我做父亲吗？与其将来恨她，还是现在就烧死了的好。可是好吧，就饶了她的命吧；她总不会活下去的。（向安提哥纳斯）你过来。你曾经那么好心地跟你那位虔婆出力保全这野种的生命——她是个野种，正像你的胡须是灰色的一样毫无疑问——现在你打算怎样搭救这小东西呢？

安提哥纳斯　陛下，只要是我的力量所能胜任的合乎正义的事。我便愿意去做。我愿意用我仅余的一滴血救助无罪的人，只要不是不可能的事。

里昂提斯　我要叫你做的事并不是不可能的。凭着这柄宝剑，你发誓你愿意执行我的命令。

安提哥纳斯　我愿意,陛下。

里昂提斯　那么你小心执行着吧;要是有一点点儿违反我的话,不但你不能活命,就是你那出言无礼的妻子也难逃一死,现在我姑且宽恕了她。你既然是我的臣仆,我命令你把这野女孩子抱出去,到我们国境之外远远的荒野上丢下,不要怜悯她,让她风吹日晒,自求生路,死也好活也好。她既然来得突然,我们也就叫她去得突然,你赶快把她送到一块陌生的地方去,悉听命运把她怎样支配;倘不依话办去,你的灵魂就要因破誓而受罪,你的身体也要因违命而被罚。把她抱起来!

安提哥纳斯　我已经发过誓,只好去做,虽然我宁愿立刻受死刑的处分。来,可怜的孩子;但愿法力高强的精灵驱使鸢隼乌鸦来乳哺着你!据说豺狼和熊都曾经脱去了它们的野性,做过这一类慈悲的好事。陛下,您虽然做了这等事,仍旧愿您幸福吧!可怜的东西,命定要给丢弃的,愿上天祝福你,帮助你抵御这种残酷的命运!(抱儿下。)

里昂提斯　不,我可不能把别人的孩子养大起来。

一仆人上。

仆　人　启禀陛下,奉旨前去叩求神谕的使者已经在一小时前到了;克里奥米尼斯和狄温已经去过得尔福,赶程回国,现在都已登陆了。

臣　甲　陛下,他们这一趟走得出乎意外地快。

里昂提斯　他们去了二十三天;的确很快;可见得伟大的阿波罗要这事的真相早早明白。各位贤卿,请你们预备起来,召集一次廷议,好让我正式对我这个不贞的女人提出控诉;她既然已经公开被控,就该给她一个公正的公开的审判。她活着一天,我总不能安心。去吧,把我的命令考虑一下执行起来。(众下。)

第三幕

第一场　西西里海口

克里奥米尼斯及狄温上。

克里奥米尼斯　气候宜人，空气爽朗极了，岛上的土壤那样膏腴，庙堂的庄严远超过一切的赞美。

狄　温　给我印象最深的是那种神圣的法服和空着法服的庄严的教士那种虔敬的神情。啊，那种祭礼！在献祭的时候，那礼节是多么隆重、严肃而神圣！

克里奥米尼斯　可是最奇怪的是那神谕的宣示和那种震耳欲聋的声音，正像天神的霹雳一样，把我吓呆了。

狄　温　我们这次的旅程是那么难得，那么可喜，又那么快捷；要是它的结果能够证明王后的无罪——但愿如此！——那么总算不虚此行了。

克里奥米尼斯　伟大的阿波罗把一切事情都转到最好的方面！这些无故诬蔑赫米温妮的诏令真叫我难过。

狄　温　这回残酷的审判会分别出一个明白来的。等阿波罗的神圣的祭司所密封着的神谕宣示出来之后，一定会有出人意料的事向众人宣布。去，换马！希望诸事大吉！（同下）

第二场　西西里。法庭

里昂提斯、众臣及庭吏等上。

里昂提斯　这次开庭是十分不幸而使我痛心的；我们所要审判的一方是王家之女，我的素来受到深恩殊宠的御妻。我们这次要尽力避免暴虐，因为我们已经按照法律的程序公开进行，有罪无罪，总可以见个分晓。带犯人上来。

庭　吏　有旨请王后出庭。肃静！

卫士押赫米温妮上，宝丽娜及宫女等随上。

里昂提斯　宣读起诉书。

庭　吏　（读）“西西里贤王里昂提斯之后赫米温妮敬听！尔与波希米亚王波力克希尼斯通奸，复与卡密罗同谋弑主，迨该项阴谋事泄，复背忠君之义，暗助奸慝，夤夜逃生；揆诸国法，良不可恕。我等今控尔以大逆不道之罪。”

赫米温妮　我所要说的话，不用说要跟控诉我的话相反，而能够给我证明的，又只有我自己，因此即使辩白无罪，也没有多大用处；我的真诚已经被当作虚伪，那么即使说真话也不能使你们相信。可是假如天上的神明监视着人们的行事，我相信无罪的纯洁一定可以使伪妄的诬蔑惭愧，暴虐将会对含忍颤栗。陛下，我过去的生活是怎样贞洁而忠诚，您是十分明白的，虽然您不愿意去想它；我现在的不幸是史无前例的。我以一个后妃的身份，叨陪着至尊的宝座，一个伟大的国王的女儿，又是一个富有前途的王子的母亲，现在却成为阶下之囚，絮絮地讲着生命和名誉，来请求你们垂听。当我估量到生命中所有的忧愁的时候，我就觉得生命是不值得留恋的；可是名誉是我所要传给我的后人的，它是我唯一关心的事物。陛下，我请你自问良心，当波力克希尼斯没有来此之前，你曾经怎样眷宠着我，那种眷宠是不是得当；他来了之后，我曾经跟他有过什么礼法所不许的约会，以至于失去了你的欢心，而到了今天这等地步。无论在我的行动上或是意志上，要是有一点儿越礼的地方，那么你们听见我说话的各位，尽可以不必对我加以宽恕，我的最亲近的人也可以在我的坟墓上羞骂我。

里昂提斯　我一向就听说：人假使做了无耻的事，总免不了还要用加倍的无耻来抵赖。

赫米温妮　陛下，您的话说得不错；可是那不能应用在我的身上。

里昂提斯　那是由于你不肯承认。

赫米温妮　我所没有份儿的事，别人用诬蔑的手段加之于我的，我当然不能承认。你说我跟波力克希尼斯有不端的情事，我承认我是按照着他应得的礼遇，用合于我的身份的那种情谊来敬爱他；那种敬爱正是你所命令于我的。要是我不对他表示殷勤，我以为那不但是违反了你的旨意，同时对于你那位在孩提时便那样要好的朋友也未免有失敬意。至于阴谋犯上的事，即使人家预先布置好了叫我尝试一下，我也不会知道那是什么味道。我唯一知道的，卡密罗是一个正直的好人；为什么他要离开你的宫廷，那是即使天神也像我一样全然不知道的。

里昂提斯　你知道他的出走，也知道你在他们去后要干些什么事。

赫米温妮　陛下，您说的话我不懂；我现在只能献出我的生命，给您异想天开的噩梦充当牺牲。

里昂提斯　我的梦完全是你的所作所为！你跟波力克希尼斯生了一个野种，那也是我的梦吗？你跟你那一党都是些无耻的东西，完全靠不住，愈是抵赖愈显得情真罪确。你那个小东西没有父亲来认领，已经把她丢掉了，她本没有什么罪，罪恶是在你的身上，现在你该受到正义的制裁，最慈悲的判决也不能低于死罪。

赫米温妮　陛下，请不用吓我吧；你所用来使我害怕的鬼物，正是我求之不得的。对于我，生命并不是什么可贵的东西。我的生命中的幸福的极致你的眷宠，已经无可挽回了；因为我觉得它离我而去，但是不知道它是怎样去的。我的第二个心爱的人，又是我第一次结下的果子，已经被隔离了，不准和我见面，似乎我是一个身染恶疾的人一样。我的第三个安慰出世便逢厄运，无辜的乳汁还含在她那无辜的嘴里，便被人从我的胸前夺了去活活害死。我自己呢，被公开宣布是一个娼妇；无论哪种身份的妇女都享受得到的产褥上的特权，也因为暴力的憎恨而拒绝了我；这还不够，现在我身上没有一点力气，还要把我驱到这里来，受风日的侵凌。请问陛下，我活着有什么幸福，为什么我要怕死呢？请你就动手吧。可是听着：不要误会我，我不要生命，它在我的眼中不值一根稻草；但我要把我的名誉洗刷。假如你根据了无稽的猜测把我定罪，一切证据都可以不问，只凭着你的妒心做主，那么我告诉你这不是法律，这是暴虐。列位大人，我把自己信托给阿波罗的神谕，愿他做我的法官！

臣　甲　你这请求是全然合理的。凭着阿波罗的名义，去把他的神谕取来。（若干庭吏下。）

赫米温妮　俄罗斯的皇帝是我的父亲；唉！要是他活着在这儿看见他的女儿受审判；要是他看见我这样极度的不幸，但不是用复仇的眼光，而是用怜悯的心情！

庭吏偕克里奥米尼斯及狄温重上。

庭　吏　克里奥米尼斯和狄温，你们愿意按着这柄公道之剑宣誓说你们确曾到了得尔福，从阿波罗大神的祭司手中带来了这通密封的神谕；你们也不曾敢去拆开神圣的钤记，私自读过其中的秘密吗？

克里奥米尼斯、狄温　这一切我们都可以宣誓。

里昂提斯　开封宣读。

庭　吏　（读）“赫米温妮洁白无辜；波力克希尼斯德行无缺；卡密罗忠诚不贰；里昂提斯为多疑之暴君；无罪之婴孩乃其亲生；倘已失者不能重得，王将绝嗣。”

众　臣　赞美阿波罗大神！

赫米温妮　感谢神明！

里昂提斯　你没有念错吗？

庭　吏　没有念错，陛下；正是照着上面写着的念的。

里昂提斯　这神谕全然不足凭信。审判继续进行。这是假造的。

一仆人上。

仆　人　吾王陛下，陛下！

里昂提斯　什么事？

仆　人　啊，陛下！我真不愿意向您报告，小殿下因为担心着娘娘的命运，已经去了！

里昂提斯　怎么！去了！

仆　人　死了。

里昂提斯　阿波罗发怒了；诸天的群神都在谴责我的暴虐。（赫米温妮晕去。）怎么啦？宝丽娜娘娘受不了这消息；瞧她已经死过去了。

里昂提斯　把她扶出去。她不过因为心中受了太多的刺激；就会醒过来的。我太轻信我自己的猜疑了。请你们好生在意把她救活过来。（宝丽娜及宫女等扶赫米温妮下。）阿波罗，恕我大大地亵渎了你的神谕！我愿意跟波力克希尼斯复和，向我的王后求恕，召回善良的卡密罗，他是一个忠诚而慈善的好人。我因为嫉妒而失了常态，一心想着流血和复仇，才选中了卡密罗，命他去毒死我的朋友波力克希尼斯；虽然我用死罪来威吓他，用重赏来鼓励他，可是卡密罗的好心肠终于耽误了我的急如烈火的命令，否则这件事早已做出来了。他是那么仁慈而心地高尚，便向我的贵宾告知了我的毒计，牺牲了他在这里的不小的家私，甘冒着一切的危险，把名誉当作唯一的财产。他因为我的锈腐而发出了多少的光明；他的仁慈格外显得我的行为是多么卑鄙。

宝丽娜重上。

宝丽娜　不好了！唉，快把我的衣带解开，否则我的心要连着它一起爆碎了！

臣　甲　这是怎么一回事，好夫人？

宝丽娜　昏君，你有什么酷刑给我预备着？碾人的车轮？脱肢的拷架？火烧？剥皮？炮烙还是油煎？我的每一句话都是触犯着你的，你有什么旧式的、新式的刑具可以叫我尝试？你的暴虐无道，再加上你的嫉妒，比孩子们还幼稚的想象，九岁的女孩也不会转这种孩子气的无聊的念头；唉！要是您想一想你已经做了些什么事，你一定要发疯了，全然发疯了；因为你以前的一切愚蠢，不过是小试其端而已。你谋害波力克希尼斯，那不算什么；那不过表明你是个心性反复、忘情背义的傻子。你叫卡密罗弑害一个君王，使他永远蒙着一个污名，那也不算什么；还有比这些更重大的罪恶哩。你把你的女儿抛给牛羊践踏，不是死就是活着做一个卑微的人，纵然是魔鬼，在干这种事之前，他的发火的眼睛里也会迸出眼泪来的。我也不把小王子的死直接归罪于你；他虽然那么年轻，他的心地却是过人地高贵，看见他那粗暴痴愚的父亲把他贤德的母亲那样侮辱，他的心便碎了。不，这也不是我所要责怪你的；可是最后的一件事——各位大人哪！等我说了出来，大家恸哭起来吧！——王后，王后，最温柔的、最可爱的人儿已经死了，可是还没有报应降到害死她的人的身上!

臣　甲　有这等事!

宝丽娜　我说她已经死了;我可以发誓;要是我的话和我的誓都不能使你们相信,那么你们自己去看吧。要是你们能够叫她的嘴唇泛出血色来,叫她的眼睛露出光芒来,叫她的身上发出温热,叫她的喉头透出呼吸,那么我愿意把你们当作天神样叩头膜拜。可是你这暴君啊!这些事情你也不用后悔了,因为它们沉重得不是你一切的悲哀所能更改的;绝望是你唯一的结局。叫一千个膝盖在荒山上整整跪了一万个年头,裸着身体,断绝饮食,永远熬受冬天的暴风雪的吹打,也不能感动天上的神明把你宽恕。

里昂提斯　说下去吧,说下去吧。你怎么说都不会太过分的;我该受一切人的最恶毒的责骂。

臣　甲　别说下去了;无论如何,您这样出言无忌总是不对的。

宝丽娜　我很抱歉;我一明白我所犯的过失,便会后悔。唉!我凭着我的女人家的脾气,太过于放言无忌了;他的高贵的心里已经深受刺伤。已经过去而无能为力的事,悲伤也是没有用的。不要因为我的话而难过;请您还是处我以应得之罪吧,因为我不该把您应该忘记的事向您提醒。我的好王爷,陛下,原谅一个傻女人吧!因为我对于娘娘的敬爱。—— 瞧,又要说傻话了!我不再提起她,也不再提起您的孩子们了;我也不愿向您提起我的拙夫,他也已经失了踪;请您安心忍耐,我不再多话了。

里昂提斯　你说的话都很对;我能够听取这一切真话,你可以不必怜悯我。请你同我去看一看我的王后和儿子的尸体;两人应当合葬在一个坟里,墓碑上要刻着他们死去的原因,永远留着我的洗涮不去的耻辱。我要每天一次访谒他们埋骨的教堂,用眼泪挥洒在那边,这样消度我的时间;我要发誓每天如此,直到死去。带我去向他们挥泪吧。(同下。)

第三场　波希米亚。沿岸荒乡

安提哥纳斯抱小儿及一水手上。

安提哥纳斯　那么你真的相信我们的船靠岸的地方就是波希米亚的荒野吗?

水　手　是的,老爷;我在担心着我们上岸上得不凑巧,天色很昏暗,怕就要刮大风了。照我看来,天似乎在发怒,对我们当前做的这桩事有点儿不高兴。

安提哥纳斯　愿上天的旨意完成!你上船去,照顾好你的船;我等会儿就来。

水　手　请您赶紧点儿,别走得太远了;天气多半要变,而且这儿是有名出野兽的地方。

安提哥纳斯　你去吧;我马上就来。

水　手　我巴不得早早脱身。(下。)

安提哥纳斯　来,可怜的孩子。我听人家说死人的灵魂会出现,可是却不敢相信!要是真有那回事,那么昨晚一定是你的母亲向我出现了,梦境从来没有那样清楚的。我看见一个人向我走来,她的头有时侧在这一边。有时侧在那一边;我从来不曾见过一个满面愁容的人有这样庄严的妙相。她穿着一身洁白的袍服,像个神圣似地走到了我的船舱中,向我鞠躬三次,非常吃力地想说几句话;她的眼睛像一对喷泉。她痛哭一阵之后,便说了这几句话:"善良的安提哥纳斯,命运和你的良心作对,使你成为抛弃我的可怜的孩子的人;按照你所发的誓,你要把她丢在一个遥远的地方,波希米亚正是那地方,到那边去,让她自个儿哭泣吧。因为那孩子已经被认为永远遗失的了,我请你给她取名为潘狄塔。你奉了我丈夫的命令做了这件残酷的事,你将永远再见不到你的妻子宝丽娜了。”这样说了之后,便尖叫几声,消失不见了。我吓得不得了,立刻定了定心,觉得这是实在的事,不是睡着做梦。梦是不足凭信的;可是这一次我必须小心翼翼地依从着嘱咐。我相信赫米温妮已经给处死了,这确实是波力克希尼斯的孩子,因此阿波罗要我把她放在这里,无论死活,总是回到了她的亲生父亲的国土上。小宝贝,愿你平安!(将小儿放下)躺着吧;这儿放着你的一张字条;这些东西,(放下一个包裹)要是你运气好的话,小宝贝,可以供给你安身立命。风雨起来了。可怜的东西!为了你母亲的错处,被弃在荒郊,不知道要落得怎样一场结果!我不能哭泣,可是我的心头的热血在流;为了立过誓,不得不干这种事,我真是倒霉!别了!天色越变越坏,你多半要听到一阕太粗暴的催眠歌。我从不曾见过白昼的天色会这么阴暗。哪里来的怕人的喧声!但愿我平安上了船!一头野兽给人赶到这儿来了;我这回准活不成!(被大熊追下。)

牧人上。

牧　人　我希望十六岁和二十三岁之间并没有别的年龄,否则这整段时间里就让青春在睡梦中度了过去吧;因为在这中间所发生的事,不过是叫姑娘们养起孩子来,对长辈任意侮辱,偷东西,打架。你听!除了十六岁和二十三岁之间的那种火辣辣的年轻人,谁还会在这种天气出来打猎?他们已经吓走了我的两头顶好的羊;我担心在它们的东家没有找到它们之前,狼已经先把它们找到了。它们多半是在海边啃着常春藤。好运气保佑着我吧!咦,这儿是什么?(抱起小儿)哎呀,一个孩子,一个怪体面的孩子!不知道是个男的还是个女的?好一个孩子;真是一个可爱的孩子。一定是什么私情事儿；虽然我读过的书不多，可是我也还读过那些大户人家的侍女怎样跟人结识私情的笑话儿；梯子放好，箱笼收拾好，两口子打后门一溜；爷娘睡在暖暖的被窝里好快活，可怜的孩子却丢在这儿受冻。我要行个好事把它抱起来；可是我还是等我的儿子来了再说吧。他已经在叫我了。喂！喂！

小丑上。

小　丑　喂！

牧　人　咦，你就在这儿吗？要是你想见一件到你身死骨头烂的时候还要向人讲起的东西，那么你过来吧。啾，孩子，你为什么难过？

小　丑　我在海上和岸上见到了两件惨事，可是我不能说海上，因为现在究竟哪块是天，哪块是海，已经全然分别不出来了。

牧　人　什么，孩子，什么事？

小　丑　我希望你也看见那风浪怎样生气，怎样发怒，怎样冲上了海岸！可是那是些不相干的闲话。唉！那些苦人儿的凄惨的呼声！有时候望得见他们，有时候望不见他们；一会儿船上的大桅顶着月亮，顷刻间就在泡沫里卷沉下去了，正像你把一块软木塞丢在一个大桶里一样。然后又有岸上发生的那回事情。瞧那头熊怎样撕下了他的肩胛骨，他怎样向我喊救命，说他的名字叫安提哥纳斯，是一个贵人。可是我们先把那只船的事情讲完了；瞧海水怎样把它一口吞下；可是我们先说那些苦人儿怎样喊着喊着，海水又怎样把他们取笑；那位可怜的老爷怎样喊着喊着，那头熊又怎样把他取笑；他们喊叫的声音，都比海涛和风声更响。

牧　人　哎呀！这是什么时候发生的，孩子？

小　丑　现在，现在；我看见这种情形之后还不曾眨一眨眼呢。水底下的人还没有完全冷掉；那头熊还不曾吃掉那位老爷的一半，它现在还在吃呢。

牧　人　要是给我看见了的话，我一定会搭救那个人的。

小　丑　我倒希望你在船边，搭救那船；你的好心一定站立不稳。

牧　人　真惨！真惨！你瞧这儿，孩子。给你自己祝福吧！你看见人死，我却看见刚生下来的东西。这看着才够味儿呢！你瞧，裸衣里裹着一位大户人家的孩子！瞧这儿；拿起来，拿起来，孩子；解开来。让我们看。人家对我说神仙会保佑我发财；这一定是神仙丢下来的孩儿。解开来，里面有些什么，孩子？

小　丑　你已经是一个发财的老头子了；要是老天爷不计较你年轻时的罪恶，你可以享福了！金子！完全是金子！

牧　人　这是仙人的金子，孩子，没有问题的；拿着藏好了。拣近路回家去，回家去！我们很运气，孩子；倘使要保持这运气，我们必须严守秘密。我的羊就让它去吧。来，好孩子，拣近路回家去。

小　丑　你拿着你发现的东西拣近路回去吧。我先去瞧瞧那熊有没有离开那位老爷，它究竟吃得怎样了；这种畜生只在肚子饿的时候才会发坏脾气。假如他还有一点骨肉剩下，我便把他埋了。

牧　人　那是件好事。要是你能够从他留下来的什么东西上看出来他是个什么样人，就来叫我，让我看看。

小　丑　好的；你可以帮我把他下土。

牧　人　今天是运气的日子，孩子；我们要做些好事才是。（同下。）

第四幕

引子

致辞者扮时间上。

时 间

我令少数人欢欣，我给一切人磨难，
善善恶恶把喜乐和惊忧一一宣展；
让我如今用时间的名义驾起双翮，
把一段悠长的岁月跳过请莫指斥；
十六个春秋早已默无声息地过度，
这其间白发红颜人事有几多变故；
我既有能力推翻一切世间的习俗，
又何必俯就古往今来规则的束缚？
这一段不小的空白就此搁在一旁，
各人的遭遇早已在前文交代端详；
如今我再要提说全然新鲜的情由，
让陈旧的故事闪烁着灿烂的光流；
就像你们突然从睡梦中惊醒转来，
容我向你们把一个新的场面铺开。

里昂提斯悔恨他痴愚的无根嫉妒，
此后便关起门来独自儿闲居思过；
善良的观众，再想象我在波希米亚，
记住国王他有一个儿子在他膝下，
弗罗利泽是这位青年王子的表名；
现在再说潘狄塔，出落得丰秀超群；
她后来的遭际我不必在这儿预报，
时间的消息到时候自会一一揭晓；
现在她认一个牧羊人做她的父亲，
她此后的命运不久时间便会显明；
诸君倘嫌这本戏无聊请不要心焦，
希望你们以后再不受同样的无聊！（下。）

第一场　波希米亚。波力克希尼斯宫中一室

波力克希尼斯及卡密罗上。

波力克希尼斯　好卡密罗，不要再向我苛求了。拒绝你无论什么事都使我难过；可是我倘使答应了你这要求，那我简直活不下去了。

卡密罗　我离开我的故国已经十五年了；虽然我已经过惯了异乡的生活，可是我希望能归骨故丘。此外，我的故主国王陛下也已经忏罪，并且派人召我回去了；虽然我不该妄自夸耀，但是看到我可能会稍微减轻他心头的痛苦，这就为我的离去增加了一番动力。

波力克希尼斯　你是爱我的，卡密罗，不要在现在离开我而把你过去的辛劳都一笔勾销了。你自身的好处使我缺少不了你！与其中途你抛弃了我；倒不如我从来不曾认识你的好。你已经给我筹划了好些除了你之外别人再也不能胜任愉快的工作；要是你不能留

在这儿亲自处理，就不得不把你亲手创下的事业搁置起来。这些事情要是我还不曾仔细考虑过——无论如何总不会嫌过于仔细的——那么我今后一定要专心致志地研究如何对你表示感激；这样我会得益更多，我们的友谊也会愈益增加。至于那个倒霉的国家西西里，请你不要再提起它了；你一说起那个名字，便会使我忆起了你所说的那位忏罪而已经捐弃了宿怨的王兄而心中难过；他那个珍贵无比的王后和孩子们的惨死，就是现在想起来也会令人重新恸哭。告诉我，你什么时候看见过我的孩子弗罗利泽王子？国王们有了不肖的儿子，或是有了好儿子随后又失去，都是一样地不幸。

卡密罗　陛下，我已经有三天没有看见王子了。他在做些什么消遣我不知道；可是我很遗憾地注意到他近来不大在宫廷里，也不像从前那样热心于他的那种合于王子身份的技艺。

波力克希尼斯　我也这样想，卡密罗，我很有点放不下心。据我的耳目报告，说他老是在一个极平常的牧人的家里；据说那牧人本来是个穷措大，谁也不知道怎么一下子发起横财来了。

卡密罗　陛下，我也听说有这样一个人；据说他有一个绝世的女儿，她的名声传播得那么广，谁也想不到她的来源只是这样一间草屋。

波力克希尼斯　我也得到这样的报告，可是我怕那便是引诱我儿子到那边去的原因。你陪我去看一下；我们化了装，向那牧人探问探问，他的简单的头脑是不难叫他说出我的儿子所以到那儿去的缘故来的。请你就陪着我进行这一件事，把西西里的念头搁开了吧。

卡密罗　敬遵陛下的旨意。

波力克希尼斯　我的最好的卡密罗！我们该去假扮起来。（下。）

第二场　同前。牧人村舍附近的大路

奥托里古斯上。

奥托里古斯 （唱）

当水仙花初放它的娇黄，
嗨！山谷那面有一位多娇；
那是一年里最好的时光，
严冬的热血在涨着狂潮。

漂白的布单在墙头晒晾，
嗨！鸟儿们唱得多么动听！
引起我难熬的贼心痒痒，
有了一壶酒喝胜坐龙廷。

听那百灵鸟的清歌婉丽，
嗨，还有画眉喜鹊的叫噪，
一齐唱出了夏天的欢喜，
当我在稻草上左搂右抱。

我曾经侍候过弗罗利泽王子，穿过顶好的丝绒；可是现在已经遭了革逐。

我要为这悲伤吗，好人儿？

惨白的月亮照耀着夜暮；
当我从这儿偷摸到那儿，
我并没有走错我的道路。

要是补锅子的能够过活，
背起他那张猪皮的革囊，
我当然也可以交代明白，
顶着枷招认这一套勾当。

被单是我的专门生意；在鹞子搭窠的时候，人家少不了要短些零星布屑。我的父亲把我取名为奥托里古斯；他也像我一样水星照命，也是一个专门注意人家不留心的零碎东西的小偷。呼幺喝六，眠花宿柳，到头来换得这一身五花大氅，做小偷是我唯一的生计。大路上呢，怕被官捉去拷打吊死不是玩的；后日茫茫，也只有以一睡了之。——一注好买卖上门了。

小丑上。

小　丑　让我看：每阉羊十一头出二十八磅羊毛；每二十八磅羊毛可卖一镑几先令；剪过的羊有一千五百只，一共有多少羊毛呢？

奥托里古斯　（旁白）要是网儿摆得稳，这只鸡一定会给我捉住。

小　丑　没有筹码，我可算不出来。让我看，我要给我们庆祝剪羊毛的欢宴买些什么东西呢？三磅糖，五磅小葡萄干，米——我这位妹子要米做什么呢，可是爸爸已经叫她主持这次欢宴，这是她的主意。她已经给剪羊毛的，和唱三部歌的人们扎好了二四扎花束，他们都是很好的人，但多半是唱中音和低音的，可是其中有一个是清教徒，和着角笛他便唱圣诗。我要不要买些番红花粉来把梨饼着上颜色？豆蔻壳？枣子？——不要，那不曾开在我的账上。豆蔻仁，七枚；生姜，一两块，可是那我可以向人白要的；乌梅，四磅;再有同样多的葡萄干。

奥托里古斯　我好苦命呀!(在地上匍匐。)

小　丑　哎呀——

奥托里古斯　唉,救救我!救救我!替我脱下这身破衣服!然后让我死吧!

小　丑　唉,苦人儿!你应当再多穿一些破衣服。怎么反而连这也要脱去了呢?

奥托里古斯　唉,先生!这身衣服比我身上受过的鞭打还叫我难过;我重重地挨了足有几百万下呢。

小　丑　唉,苦人儿!挨了几百万下可不是玩的呢。

奥托里古斯　先生,我碰见了强盗,叫他们打坏了;我的钱、我的衣服,都给他们抢去了,却把这种可厌的东西给我披在身上。

小　丑　什么,是一个骑马的,还是步行的?

奥托里古斯　是个步行的,好先生,步行的。

小　丑　对了,照他留给你的这身衣服看来,他一定是个脚夫之类;假如这件是骑马人穿的衣服,那么它一定有不少的经历了。把你的手伸给我,让我搀着你。来,把你的手给我。(扶奥托里古斯起。)

奥托里古斯　啊!好先生,轻一点儿。唷!

小　丑　唉,苦人儿!

奥托里古斯　啊!好先生;轻点儿,好先生!先生,我怕我的肩胛骨都断了呢。

小　丑　怎么!你站不住吗?

奥托里古斯　轻轻的,好先生;(窃取小丑钱袋)好先生,轻轻的,您做了一件好事啦。

小　丑　你缺钱用吗?我可以给你几个钱。

奥托里古斯　不,好先生;不,谢谢您,先生。离这儿不到一哩路我有一个亲戚，我就到他那儿去；我可以向他借钱或是别的我所需要的东西。别给我钱，我请求您；那会使我不高兴。

小　丑　抢了你的是怎样一个人呀？

奥托里古斯　据我所知道的，先生，他是一个到处跟人打弹子戏的家伙。我知道他从前曾经侍候过王子；后来我确实知道他是被鞭打赶出宫廷的，好先生，虽然我不晓得为了他的哪一点好处。

小　丑　你应当说坏处；好人是不会被鞭打赶出宫廷的。他们奖励着人们的好处，好让它留在那边！可是好容易才能留得住几分钟呢。

奥托里古斯　我应当说坏处，先生。我很熟悉这家伙。他后来曾经做过牵猢狲的；后来又当过官差；后来去做一个演浪子回头的木偶戏的人，在离开我的田地一哩路之内的地方跟一个补锅子的老婆结了亲；各种下流的行业做了一桩换一桩，终于做了一个流氓。有人叫他做奥托里古斯。

小　丑　他妈的！他是个贼；在教堂落成礼的时候，在市集里，在耍熊的场上，常常有他的踪迹。

奥托里古斯　不错，先生；那正是他，先生；那就是给我披上这身衣服的流氓。

小　丑　波希米亚没有比他再鼠胆的流氓；你只要摆出一些架势来，向他脸上啐过去，他就逃掉了。

奥托里古斯　不瞒您说，先生，我不会和人打架。在那方面我是全然没用的；我相信他也知道。

小　丑　你现在怎样？

奥托里古斯　好先生，好得多啦；我可以站起来走了。我应该向您告别，慢慢地走到我的亲戚那儿去。

小　丑　要不要我带着你走？

奥托里古斯　不，和气面孔的先生；不，好先生。

小　丑　那么再会吧；我必须去买些香料来预备庆贺剪羊毛的喜宴。

奥托里古斯　愿您好运气，好先生！（小丑下。）你的钱袋可不够你买香料呢。等你们举行剪羊毛的喜宴，我也要来参加一下；假如我不能在这场把戏上再出把戏，叫那些剪羊毛的人自己变成了羊，那么把我在花名簿上除名，算作一个规矩人吧。

上前走！上前走，脚踏着人行道，
　高高兴兴地手扶着界木；
心里高兴走整天也不会累倒，
　愁人走一哩也像下地狱。（下。）

第三场　同前。牧人村舍前的草地

弗罗利泽及潘狄塔上。

弗罗利泽　你这种异常的装束使你的每一部分都有了生命；不像是一个牧女，而像是出现在四月之初的花神了。你们这场剪羊毛的喜宴正像群神集会，而你就是其中的仙后。

潘狄塔　殿下，要是我责备您不该打扮得这么古怪，那就是失礼了—— 唉！恕我，我已经说了出来。您把您尊贵的自身，全国瞻瞩的表记，用田舍郎的装束晦没起来；我这低贱的女子，却装扮做女神的样子。幸而我们这宴会在上每一道菜的时候都不缺少一些疯狂的胡闹，宾客们已视为惯例，不以为意，否则我见您这样打扮，仿佛看见了我镜中的自己，就难免脸红了。

弗罗利泽　我感谢我那好鹰飞过了你父亲的地面上！

潘狄塔　上帝保佑您这感谢不是全没有理由的吧！在我看来，我们阶级的不同只能引起畏惧；您的尊贵是不惯于畏惧的。就是在现在，我一想起您的父亲也许也像您一样偶然走过这里，就会吓得发抖。天啊！他要是看见他的高贵的大作装订得这么恶劣，将会觉得怎样呢？他会说些什么话？我穿着这种借来的华饰，又怎样抵御得住他的庄严的神气呢？

弗罗利泽　除了行乐之外，再不要担心什么。天神也曾经为了爱情，降低了他们的天神的身份，而化作禽兽的样子。朱庇特变成公牛作牛鸣；青色的海神涅普图恩变成牝羊学羊叫；穿着火袍的金色的阿波罗，也曾像我现在这样乔装作一个穷寒的田舍郎。他们化形所追求的对象并不比你更美，他们的目的也并不比我更纯洁，因为我是发乎情而止乎礼义的。

潘狄塔　唉！但是，殿下，您一定会遭到王上的反对，那时您的意志就不能不屈服了；结果不是您改变了您的主意，就是我必得放弃这种比翼双飞的生活。

弗罗利泽　最亲爱的潘狄塔，请你不要想着这种事情来扫宴乐的兴致。要是我不能成为你的，我的美人，那么我就不是我的父亲的；因为假如我不是你的，那么我也不能是我自己的，什么都是无所归属的了。即使命运反对我，我的心也是坚决的。高兴些，好人，用你眼前所见的事物把这种思想驱去了吧。你的客人们来了；抬起你的脸来，就像我们两人约定举行婚礼的那一天一样！

潘狄塔　运命的女神啊，请你慈悲一些！

弗罗利泽　瞧，你的客人们来了；活活泼泼地去招待他们，让我们大家开怀欢畅吧。

牧人偕波力克希尼斯及卡密罗各乔装上；小丑、毛大姐、陶姑儿及余人等随上。

牧　人　哎哟，女儿！我那老婆在世的时候，在这样一天她又要料理伙食，又要招呼酒席，又要烹调菜蔬；一面当主妇，一面做佣人；每一个来客都要她欢迎，都要她亲自侍候；又要唱歌，又要跳舞；一会儿在桌子的上首，一会儿在中央；一会儿在这人的肩头斟酒，一会儿又在那人的肩旁，辛苦得满脸火一样红，自己坐下来歇息喝酒也必须举杯向每个人奉敬。你躲在一旁，好像你是被招待的贵客，而不是这场宴会的女主人。请你过来欢迎这两位不相识的朋友；因为这样我们才可以相熟起来，大家做好朋友。来，别害羞，作出你的女主人的样子来吧。说呀，欢迎我们来参加你的剪羊毛的庆宴，你的好羊群将会繁盛起来。

潘狄塔　（向波力克希尼斯）先生，欢迎！是家父的意思要我担任今天女主人的职务。（向卡密罗）欢迎，先生！把那些花给我，陶姑儿。可尊敬的先生们，这两束迷迭香和芸香是给你们的；它们的颜色和香气在冬天不会消散。愿上天赐福给你们两位，永不会被人忘记！我们欢迎你们来。

波力克希尼斯　美丽的牧女，你把冬天的花来配合我们的年龄，倒是很适当的。

潘狄塔　先生，绚烂的季节已经过去，在这夏日的余辉尚未消逝、令人颤栗的冬天还没有到来之际，当令的最美的花卉，只有康乃馨和有人称为自然界的私生儿的斑石竹；我们这村野的园中不曾种植它们，我也不想去采一两枝来。

波力克希尼斯　好姑娘，为什么你瞧不起它们呢？

潘狄塔　因为我听人家说，在它们的斑斓的鲜艳中，人工曾经巧夺了天工。

波力克希尼斯　即使是这样的话，那种改进天工的工具，正也是天工所造成的；因此，你所说的加于天工之上的人工，也就是天工的产物，你瞧，好姑娘，我们常把一枝善种的嫩枝接在野树上，使低劣的植物和优良的交配而感孕。这是一种改良天然的艺术，或者可说是改变天然，但那种艺术的本身正是出于天然。

潘狄塔 您说得对。

波力克希尼斯 那么在你的园里多种些石竹花，不要叫它们做私生子吧。

潘狄塔 我不愿用我的小锹在地上种下一枝；正如要是我满脸涂脂抹粉，我不愿这位少年称赞它很好，只因为那副假象才想娶我为妻。这是给你们的花儿，浓烈的薄荷、香草；陪着太阳就寝、流着泪跟他一起起身的万寿菊；这些是仲夏的花卉，我想它们应当给与中年人。给您吧，欢迎您来。

卡密罗 假如我也是你的一头羊，我可以无须吃草，用凝视来使我活命。

潘狄塔 唉，别说了吧！您会消瘦到一阵正月的风可以把您吹来吹去的。（向弗罗利泽）现在，我的最美的朋友，我希望我有几枝春天的花朵，可以适合你的年纪—— 还有你，还有你，在你们处女的嫩枝上花儿尚含苞未放。普洛塞庇那啊！现在所需要的正是你在惊惶中从狄斯的车上坠下的花朵！在燕子尚未归来之前，就已经大胆开放，丰姿招展地迎着三月之和风的水仙花；比朱诺的眼睑，或是西塞利娅[①]的气息更为甜美的暗色的紫罗兰；像一般薄命的女郎一样，还不曾看见光明的福玻斯在中天大放荣辉，便以未嫁之身奄然长逝的樱草花；勇武的，皇冠一样的莲香花；以及各种的百合花，包括着泽兰。唉！我没有这些花朵来给你们扎成花圈；再把它们洒遍你，我的好友的全身！

弗罗利泽 什么！像一个尸体那样吗？

① 西塞利娅（Cytherea），希腊神话中爱与美的女神阿佛洛狄忒（Aphr Odite）的称号。

潘狄塔　不，像是给爱情所偃卧游戏的水滩，不是像一个尸体？或者是抱在我臂中的活体，而不是去埋葬的。来，把你们的花儿拿了。我简直像他们在圣灵降临节扮演的牧歌戏里一样放肆了；一定是我这身衣服改变了我的性情。

弗罗利泽　无论你做什么事，总比已经做过的更为美妙。当你说话的时候，亲爱的，我希望你永远说下去。当你唱歌的时候，我希望你做买卖的时候也这样唱着，布施的时候也这样唱着，祈祷的时候也这样唱着，管理家政的时候也这样唱着。当你跳舞的时候，我希望你是海中的一朵浪花，永远那么波动着，再不做别的事。你的每一个动作，在无论哪一点上都是那么特殊地美妙；每看到一件眼前的事，都会令人以为不会有更胜于此的了；在每项事情上你都是个女王。

潘狄塔　啊，道里克尔斯！你把我恭维得太过分了。倘不是因为你的年轻和你的真诚，表示出你确是一个纯洁的牧人的话，我的道里克尔斯，我是很有理由疑心你别有用意的。

弗罗利泽　我没有可以引起你疑心的用意，你也没有疑心我的理由。可是来吧，请你允许我陪你跳舞。把你的手给我，我的潘狄塔；就像一对斑鸠一样，永不分开。

潘狄塔　我誓愿如此。

波力克希尼斯　这是牧场上最美的小家碧玉；她的每一个动作、每一种姿态，都有一种比她自身更为高贵的品质，这地方似乎屈辱了她。

卡密罗　他对她说了句什么话儿，羞得她脸红起来了。真的，她可说是田舍的女王。

小　丑　来，奏起音乐来。

陶姑儿　叫毛大姐做你的情人吧；好，别忘记嘴里含个大蒜儿，接起吻来味道好一些。

毛大姐　岂有此理!

小　丑　别说了,别说了;大家要讲究礼貌。来,奏起来。(奏乐;牧人群舞。)

波力克希尼斯　请问,好牧人,跟你女儿跳舞的那个漂亮的田舍郎是谁?

牧　人　他们把他叫作道里克尔斯;他自己夸说他有很好的牧场。我相信他的话;他瞧上去是个老实人。他说他爱我的女儿。我也这样想;因为就是月亮凝视着流水,也赶不上他那么痴心地立定呆望着我女儿的眼波。老实说吧,从他们的接吻上要分别出谁更爱谁来,是不可能的。

波力克希尼斯　她跳舞跳得很好。

牧　人　她样样都精;虽然我不该这样自夸。要是年轻的道里克尔斯选中了她,她会给他梦想不到的好处的。

一仆人上。

仆　人　(向小丑)啊,大官人!要是你听见了门口的那个货郎,你就再不会跟着手鼓和笛子跳舞了;不,风笛也不能诱动你了。他唱了几支曲调比你数银钱还快,似乎他曾经吃过许多歌谣似的;大家的耳朵都生牢在他的歌儿上了。

小　丑　他来得正好;我们应当叫他进来。山歌我是再爱听不过的了,只要它是用快活的调子唱着悲伤的事,或是用十分伤心的调子唱着很快活的事儿。

仆　人　他有给各色男女的歌儿;没有哪个女服店主会像他那样恰如其分地用合适的手套配合着每个顾客了。他有最可爱的情歌给姑娘们,难得的是一点不粗俗,那和歌和尾声是这样优雅,“跳她一顿,揍她一顿”;唯恐有什么喜欢讲粗话的坏蛋要趁此开个恶作剧的玩笑,他便叫那姑娘回答说:“喔唷,饶饶我,好人儿!”把他推了开去，这么撇下了他："喔唷，饶饶我，好人儿！"

波力克希尼斯　这是一个有趣的家伙。

小　丑　真的，你说的是一个很调皮的东西。他有没有什么新鲜的货色？

仆　人　他有虹霓上各种颜色的丝带；带纽之多，可以叫波希米亚所有的律师们大批地来也点不清楚；羽毛带、毛绒带、细麻布、细竹布；他把它们一样一样唱着，好像它们都是男神女神的名字呢。他把女人衬衫的袖口和胸前的花样都唱得那么动听，你会以为每一件衬衫都是一个女天使呢。

小　丑　去领他进来；叫他一路唱着来。

潘狄塔　吩咐他可不许唱出粗俗的句子来。（仆人下。）

小　丑　瞧不出这班货郎真有点儿本事呢，妹妹。

潘狄塔　是的，好哥哥，我再瞧也不会瞧出什么来的。

奥托里古斯唱歌上。

奥托里古斯　（唱）

白布白，像雪花；
黑纱黑，像乌鸦；
一双手套玫瑰香；
假脸罩住俊脸庞；
琥珀项链琉璃镯，
绣闼生香芳郁郁；
金线帽儿绣肚罩，
买回送予姐儿俏；
烙衣铁棒别针尖，
闺房百宝尽完全；

来买来买快来买，
哥儿不买姐儿怪。

小　丑　要不是因为我爱上了毛大姐，你再不用想从我手里骗钱去，可是现在我既然爱她都爱得着了魔，不得不买些丝带手套了。

毛大姐　你曾经答应过买来送给我今天穿戴；但现在还不算太迟。

陶姑儿　他答应你的一定还不止这些哩。

毛大姐　他答应你的，都已经给了你了；也许他给你的比他所答应你的还要多哩，看你好意思说出来。

小　丑　难道姑娘家就不讲个礼数吗？穿裤子可以当着大家的脸吗？你们不可以在挤牛奶的时候、睡觉的时候或是在灶下悄声地谈说你们的秘密，一定要当着众位客人之前唠叨不停吗？怪不得他们都在那儿交头接耳了。闭住你们的嘴，别再多说一句话吧。

毛大姐　我已经说完了。来，你答应买一条围巾和一双香手套给我的。

小　丑　我不曾告诉你我怎样在路上给人掏了钱去吗？

奥托里古斯　真的，先生，外面拐子很多呢；一个人总得小心些才是。

小　丑　朋友，你不用担心，在这儿你不会失落什么的。

奥托里古斯　但愿如此，先生；因为我有许多值钱的东西呢。

小　丑　你有些什么？山歌吗？

毛大姐　请你买几支；我顶喜欢刻印出来的山歌，因为那样的山歌才一定是真的。

奥托里古斯　这儿是一支调子很悲伤的山歌，里面讲着一个放债人的老婆一胎生下二十只钱袋来，她尽想着吃蛇头和煮烂的虾蟆。

毛大姐　你想这是真的吗？

奥托里古斯　再真没有了，才一个月以前的事呢。

陶姑儿　天保佑我别嫁给一个放债的人！

奥托里古斯　收生婆的名字都在这上头，叫什么造谣言太太的，另外还有五六个在场的奶奶们。我干什么要到处胡说呢？

毛大姐　谢谢你，买了它吧。

小　丑　好，把它放在一旁。让我们看还有什么别的歌；别的东西等会儿再买吧。

奥托里古斯　这儿是另外一支歌，讲到有一条鱼在四月十八日星期三这一天在海岸上出现，离水面二十四万呎以上；它便唱着这一支歌打动姑娘们的硬心肠。据说那鱼本来是一个女人，因为不肯跟爱她的人交欢，故而变成一条冷血的鱼。这歌儿十分动人，而且是千真万确的。

陶姑儿　你想那也是真的吗？

奥托里古斯　五个法官调查过这件事，证人多得数不清呢。

小　丑　也把它放下来；再来一支看看。

奥托里古斯　这是一支轻松的小调，可是怪可爱的。

毛大姐　让我们买几支轻松的歌儿。

奥托里古斯　这才是非常轻松的歌儿呢，它可以用“两个姑娘争风”这个调子唱，西方一带的姑娘谁都会唱这歌；销路好得很呢，我告诉你们。

毛大姐　我们俩也会唱。要是你也加入唱，你便可以听我们唱得怎样；它是三部合唱。

陶姑儿　我们在一个月之前就学会这个调子了。

奥托里古斯　我可以参加；你们要知道这是我的吃饭本领呢。请唱吧。

（三人轮唱。）

奥托里古斯

你去吧，因为我必须走，

到哪里用不着你追究。

陶姑儿

哪里去?

毛大姐

啊!哪里去!

陶姑儿

哪里去?

毛大姐

赌过的咒难道便忘掉,
什么秘密该让我知晓?

陶姑儿

让我也到那里去。

毛大姐

你到农场还是到磨坊?

陶姑儿

这两处全不是好地方。

奥托里古斯

都不是。

陶姑儿

咦，都不是？

奥托里古斯

都不是。

陶姑儿

你曾经发誓说你爱我。

毛大姐

你屡次发誓说你爱我。
究竟你到哪里去？

小　丑　让我们把这个歌儿拣个清静的地方唱完它；我的爸爸跟那两位老爷在讲正经话，咱们别搅扰了他们。来，带着你的东西跟我来吧。两位大姐，你们两人都不会落空。货郎，让我们先发发利市。跟我来，姑娘们。（小丑、陶姑儿、毛大姐同下。）

奥托里古斯　你要大破其钞呢。（唱）

要不要买些儿时新花边？
要不要镶条儿缝上披肩？
我的小娇娇，我的好亲亲！
要不要买些儿丝线缎绸？
要不要首饰儿插个满头？
质地又出色，式样又时新。
要什么东西请告诉货郎，
钱财是个爱多事的魔王；

人要爱打扮，只须有金银。（下。）

仆人重上。

仆　人　主人，有三个推小车的，三个放羊的，三个看牛的和三个牧猪的，都身上披了毛皮，自己说是什么骚提厄尔[①] 的；他们跳的那种舞，姑娘们说全然是一阵乱窜乱跳，因为里面没有女的，可是他们自己却以为也许那些只懂得常规的人们会以为他们这种跳法太粗野了，其实倒是蛮有趣的。

牧　人　去！我们不要看他们；粗蠢的把戏已嫌太多了。先生！我知道一定会叫你们心烦。

波力克希尼斯　你在叫那些使我们高兴的人心烦呢。请你让我们瞧瞧这三个人一组的四班牧人吧。

仆　人　据他们自己说，先生，其中的三个人曾经在王上面前跳过舞，就是其中顶坏的三个，也会跳十二呎半呢。

牧　人　别多嘴了。这两位好先生既然高兴，就叫他们进来吧；可是快些。

仆　人　他们就在门口等着呢，主人。（下。）

仆人领十二乡人扮萨特重上。跳舞后同下。

波力克希尼斯　（向牧人）老丈，慢慢再让你知道吧。（向卡密罗）这不是太那个了吗？现在应该去拆散他们了。他果然很老实，把一切都讲出来了。（向弗罗利泽）你好，漂亮的牧人！你的心里充满了些什么东西，连宴会也忘记了？真的，当我年轻的时候，我也像你一样恋爱着，常常送给我的她许多小东西。我会把货郎的绸绢倾筐倒箧地送给她；可是你却轻轻地让他去了，不同他做成一点交易。

---

① 骚提厄尔（Saltiers）应是萨特（Satyr）：希腊神话中人身马尾，遨游山林的怪物，此处把音说错了。

要是你的姑娘误会了，以为这是你不爱她或是器量小的缘故，那么你假如不愿失去她，可就难于自圆了。

弗罗利泽　老先生，我知道她不像别人那样看重这种不值钱的东西。她要我给她的礼物，是深深地锁藏在我的心中的，我已经给了她了，可是还不曾正式递交。（向潘狄塔）这位年尊的先生似乎也曾经恋爱过，当着他的面前，听我诉说我的心灵吧！我握着你的手，这像鸽毛一样柔软而洁白、像非洲人的牙齿、像被北风簸扬过二次的雪花一样白的手。

波力克希尼斯　还有些什么下文呢？这个年轻的乡下女子似乎花了不少心血在洗那本来已经很美的手呢！恕我打扰；你说下去吧：让我听一听你要宣布些什么话。

弗罗利泽　好，就请您作个见证。

波力克希尼斯　我这位伙伴也可以听吗？

弗罗利泽　他也可以，再有别人也可以，一切的人，天地和万物，都可以来为我作见证：即使我戴上了最尊严最高贵的皇冠，即使我是世上引人注目的最美貌的少年，即使我有超人的力量和知识，我也不愿重视它们，假如我得不到她的爱情；它们都是她的臣仆，她可以赏擢它们使供奔走，或者贬斥它们沦于永劫。

波力克希尼斯　说得很好听。

卡密罗　这可以表示真切的爱悦。

牧　人　可是，我的女儿，你不会对他也说些什么吗？

潘狄塔　我不能说得像他那么好；我也没有比他更好一点的意思。用我自己的思想作为例子，我可以看出他的真诚来。

牧　人　握手吧；交易成功了。不相识的朋友们，你们可以作证：我把我的女儿给了他，她的嫁奁我要使它和他的财产相当。

弗罗利泽　啊！那该是你女儿自身的德性了。要是有一个人死了，我所有的将为你们梦想所不及；那时再叫你吃惊吧。现在来，当着这两位证人之前给我们订婚。

牧　人　伸出你的手来；女儿，你也伸出手来。

波力克希尼斯　且慢，汉子。你有父亲吗？

弗罗利泽　有的；为什么提起他呢？

波力克希尼斯　他知道这件事吗？

弗罗利泽　他不知道，也不会知道。

波力克希尼斯　我想一个父亲是他儿子的婚宴上最不能缺少的尊客。我再请问你一声，你的父亲已经老悖得做不了主了吗？他是不是一个老糊涂？他会说话吗？他耳朵听得见吗？能不能认识人，谈论自己的事情？他是不是躺在床上爬不起来，只会做些孩子气的事？

弗罗利泽　不，好先生，像他那个年纪的人，很少有他这样壮健的呢。

波力克希尼斯　凭着我的白胡子起誓，如果真是这样的话，你太不孝了。儿子自己选中一个妻子，这是说得过去的；可是做父亲的一心想望着子孙的好，在这种事情上也参与一点意见，总也是应该的吧。

弗罗利泽　我承认您的话很对；可是，我的尊严的先生，为了别的一些不能告诉您的理由，我不曾让我的父亲知道这回事。

波力克希尼斯　那你就该去告诉他才是。

弗罗利泽　他不能知道。

波力克希尼斯　他一定要知道。

弗罗利泽　不，他一定不能知道。

牧　人　去告诉他吧，我的孩子；他要是知道了你选了怎样一个妻子，绝不会不中意的。

弗罗利泽　不，不，他一定不能知道。来，给我们证婚吧。

波力克希尼斯　给你们离婚吧，少爷；（除去假装）我不敢叫你做儿子呢。你这没出息的东西，我还能跟你认父子吗？堂堂的储君，却爱上了牧羊的曲杖！你这老贼，我恨不得把你吊死：可是即使吊死了你，像你这样年纪，也不过促短了你几天的寿命。还有你，美貌的妖巫，你一定早已知道跟你发生关系的那人是个天潢贵胄的傻瓜——

牧　人　哎哟！

波力克希尼斯　我要用荆棘抓破你的美貌，叫你的脸比你的身份还寒伧！讲到你，痴心的孩子，我再不准你看见这丫头的脸了；要是你敢叹一口气，我就把你废为庶人，摈出王族，以后永绝关系。听好我的话；跟我回宫去。（向牧人）蠢东西，你虽然使我大大生气，可是暂时恕过你这遭。（向潘狄塔）妖精，你只配嫁个放牛的！若不是为了顾及我王家的体面，像他这样恬不知耻自贬身份的人和你倒也相配！要是你以后再开你的柴门接他进来，或者再敢去抱住他的身体，我一定要想出一种最惨酷的死刑来处决你这弱不禁风的娇躯。（下。）

潘狄塔　虽然一切都完了，我却并不恐惧。不止一次我想要对他明白说：同一的太阳照着他的宫殿，也不曾避过了我们的草屋；日光是一视同仁的。殿下，请您去吧；我对您说过会有什么结果的。请您留心着您自己的地位；我现在已经梦醒，就别再扮什么女王了。让我一路挤着羊奶，一路哀泣吧。

卡密罗　唉，怎么啦，老丈！在你没有死之前，说句话呀。

牧　人　我不能说话，也不能思想，更不敢知道我所知道的事。唉，殿下！我活了八十三岁，但愿安安静静地死去，在我的父亲葬身的地方，跟他正直的骸骨长眠在一块儿，可是您现在把我毁了！替我盖上殓衣的，将要是个行刑的绞手；我的埋骨之处，没有一个牧师会加上一铲土。唉,该死的孽根!你知道他是王子,却敢跟他谈情。完了。完了。要是我能够就在这点钟内死去,那么总算死得其时。(下。)

弗罗利泽　你为什么这样看着我?我不过有点悲伤,却并不恐惧;不过受了挫折,却没有变心;本来是怎样,现在仍旧是怎样。因为给拉住了而更要努力向前,不甘心委屈地给人拖了去。

卡密罗　殿下,您知道您父亲的脾气。这时候他一定不听人家的话;我想您也不会想去跟他说什么;而且我怕他现在也未必高兴见您的面;所以您还是等他的火性退了之后再去见他吧。

弗罗利泽　我没有这个意思。我想你是卡密罗吧?

卡密罗　正是,殿下。

潘狄塔　我不是常常对你说事情会弄到这样的!我不是常常说等到这事一泄露,我就要丢脸了。

弗罗利泽　你绝不会丢脸,除非我背了信;那时就让天把地球的两边碰了拢来,毁灭掉一切的生灵吧!抬起你的脸来。父亲,把我废斥了吧;我是我的爱情的后嗣。

卡密罗　请听劝告吧。

弗罗利泽　我听从着我的爱情的劝告呢。要是我的理性能服从指挥,那么我是有理性的;否则我的感觉就会看中疯闹,向它表示欢迎。

卡密罗　您这简直是乱来了,殿下。

弗罗利泽　随你怎样说吧;可是这才可以实现我的盟誓,我必须以为这样做是正当的。卡密罗,我不愿为了波希米亚,或是它的一切的荣华,或是太阳所临照、土壤所孕育以及无底的深海所隐藏的一切,而破毁了我向这位美貌的未婚妻所立的誓。所以,我拜托你,因为你一直是我父亲所看重的朋友,当他失去我的时候——不瞒你说,我预备再不见他了——请你好好安慰安慰他;让我自个儿挣扎我的未来的命运吧。我不妨告诉你，你也可以这样对他说，因为在岸上我不能保有她，我要同着她到海上去了；巧得很，我刚有一艘快船在此，虽然本来并非为着这次的计划。至于我预备采取什么方针，那你无须知道，我也不必告诉你了。

卡密罗　啊，我的殿下！我希望您的性子不那么固执，更能听取忠告，或者您的精神较为坚强，更能适合您的需要。

弗罗利泽　听我说，潘狄塔。（携潘狄塔至一旁。向卡密罗）等会儿再跟你谈。

卡密罗　他已经立志不移，一定要出走了。要是我能在他的这回出走上想个计策，一方面偿了我的心愿，一方面帮助他脱去危险，为他尽些力量；让我再看见我的亲爱的西西里和我渴想见面的不幸的旧君，那就一举两得了。

弗罗利泽　好卡密罗，我因为有许多难题要解决，多多失礼了。

卡密罗　殿下，我想您也听说过我对于您父亲的微末的忠勤吧？

弗罗利泽　你是很值得尊敬的；我父亲一提起你的功绩，总是极口称赞；他也常常想到要怎样补报你。

卡密罗　好，殿下，要是您愿意把我看成是忠心于王上，同时因为忠心于他的缘故，也愿意忠心于和他最关切的人，那就是说您殿下自己，那么请您接受我的指示：假如您那已经决定了的重要的计划可以略加更改的话，我可以指点您一处将会按着您的身份竭诚接待您的地方；您可以在那边陪您的恋人享着艳福，我知道要把你们拆散是不可能的，除非遭到了毁灭的命运——上帝保佑不会有这种事！您跟她结了婚；这边我可以竭力向您的怫意的父亲劝解，渐渐使他同意。

弗罗利泽　这简直是奇迹了，卡密罗；怎么可以实现呢？我要相信你不是个凡人，然后才可以相信你的话。

卡密罗　您有没有想到一个去处？

弗罗利泽　还没有；可是因为这回事情的突如其来，不得不使我们采取莽撞的行动。我们只好听从命运的支配，随着风把我们吹到什么方向。

卡密罗　那么听我说。要是您立定主意出走，那么到西西里去吧；您可以带着您这位美人去谒见里昂提斯，说她是位公主，把她穿扮得适合于做您妻子的身份。我想象得到里昂提斯将会伸出他的宽宏的手来，含着眼泪欢迎你；把你当作你父亲本人一样，向你请求原恕；吻着你的娇艳的公主的手；一面忏悔他过去的不仁，一面让眼前的殷勤飞快地愈加增长。

弗罗利泽　可尊敬的卡密罗，我要用些什么借口来向他说明这次访问呢？

卡密罗　您说是您父王差遣您来向他问候通好的。殿下，您要用什么方式去见他；作为您父亲的代表，您要向他说些什么话；那些在我们三人间所知道的事情，我都可以给您写下来，指示您每次朝见时所要说的话，他一定会相信您的父亲已经把心腹之事全告诉您了。

弗罗利泽　我真感谢你。这似乎有些可能。

卡密罗　比起您的鲁莽的做法来，总要有把握多了，照您的做法，只能听任无路可通的大海、梦想不到的海滨、无可避免的灾祸摆布，没有人能够帮助您，脱了这场险又会遭遇另一场险，除了尽力把你们留在你们所厌恶的地方的铁锚而外，而没有可靠之物。而且您知道幸运是爱情的维系；爱情的鲜艳的容色和热烈的心，也会因困苦而起了变化。

潘狄塔　你的话只算一半对；我想困苦可以使脸色惨淡，却未必能改变心肠。

卡密罗　噢,你这样说吗?你父亲的家里再七年也生不出像你这样一个人来。

弗罗利泽　我的好卡密罗,她虽然出身比我们低,她的教养却不次于我们。

卡密罗　我不能因为她的缺少教育而惋惜,因为她似乎比大多数教育别人的都更有教育。

潘狄塔　大人,承您过奖,惭愧得很。

弗罗利泽　我的最可爱的潘狄塔!可是唉!我们却立于荆棘之上!卡密罗,你曾经救了我的父亲,现在又救了我,你是我们一家人的良药;现在我们该怎么办呢?我既然穿得不像一个波希米亚的王子,到了西西里也没有办法好想。

卡密罗　殿下,您不用担心。我想您也知道我的财产全在那边;我一定会像关心自己的事一样设法让您穿着得富丽堂皇。譬如说,殿下,让您知道您不会缺少什么—— 过来我对您说。(三人退一旁谈话。)

奥托里古斯上。

奥托里古斯　哈哈!诚实真是个大傻瓜!他的把兄弟,"信任",脑筋也很简单!我的一切不值钱的玩意儿全卖光了;担子里空空如也,不剩一粒假宝石,一条丝带,一面镜子,一颗香丸,一枚饰针,一本笔记簿,一页歌曲,一把小刀,一根织带,一双手套,一副鞋带,一只手镯,或是一个明角戒指。他们争先恐后地抢着买,好像我这种玩意儿都是神圣的宝石,谁买了去就会有好福气似的。我就借此看了出来谁的袋里像是最有钱;凡是我的眼睛所看见的,我便记在心里备用。我那位傻小子混头混脑,听了那些小娘儿们的歌着了迷了,他那猪猡脚站定了动都不动,一定要把曲谱和歌词全买了才肯罢休;因此引集了许多人都到了我身边,只顾着听，别的全忘记了：你尽可以把哪个姑娘的衬裙抄走，她是绝不会觉得的；你要是把像个鸡巴似的钱袋剪了下来，简直不费吹灰之力！；我可以把一串链条上的钥匙都锉下来呢：什么都不听见，什么都不觉得，只顾着我那位大爷的唱歌，津津有味地听那种胡说八道。因此在这种昏迷颠倒的时候，我把他们中间大部分人为着来赶热闹而装满了的钱袋都掏空了；假如不是因为那个老头子连嚷带喊地走来，骂着他的女儿和国王的儿子，把那些砻糠上的蠢鸟都吓走了，我一定会叫他们的钱袋全军覆没的。（卡密罗、弗罗利泽、潘狄塔上前。）

卡密罗　不，可是用这方法我的信可以和您同时到那边，这困难便可以解决了。

弗罗利泽　同时你请里昂提斯王写信给我们斡旋——

卡密罗　那一定会把您父亲的心劝转来。

潘狄塔　多谢您！您所说的都是很好的办法。

卡密罗　（见奥托里古斯）谁在这儿？我们也许可以把这人利用利用；有机会总不要放过。

奥托里古斯　（旁白）要是我的话给他们听了去，那么我就该死了。

卡密罗　喂，好家伙！你干么这样发抖呀？别怕，朋友；我们并不要为难你。

奥托里古斯　我是个苦人儿，老爷。

卡密罗　那么你就是个苦人儿吧，没有人会来偷你这个名号的。可是我们倒要和你的贫穷的外表做一注交易哩。快脱下你的衣服来吧——你该知道你非脱不可——和这位先生换一身穿。虽然他换到的只是一件破旧不值一个子儿的东西，可是还有几个额外的钱给你，你拿了去吧。

奥托里古斯　我是个苦人儿，老爷。（旁白）我知道你们的把戏。

卡密罗　哎，请你赶快吧；这位先生已经脱下来了。

奥托里古斯　您不是开玩笑吧，老爷？（旁白）我有点儿明白这种诡计。

弗罗利泽　请你快些。

奥托里古斯　您虽然一本正经地给我定钱，可是我却有点儿不能相信呢。

卡密罗　脱下来，脱下来。（弗罗利泽、奥托里古斯二人换衣）幸运的姑娘、让我对你的预言成为真实吧！你应该拣一簇树木中间躲着，把你爱人的帽子拿去覆住了前额，蒙住你的脸，改变你的装束，竭力隐住了自己的原形，然后再上船去；路上恐怕眼目很多，免得被人瞧破。

潘狄塔　看来这本戏里我也要扮一个角色。

卡密罗　也是没有办法呀。——您已经好了吗？

弗罗利泽　要是我现在遇见了我的父亲，他不会叫我做儿子的。

卡密罗　不，这帽子不给你戴。（以帽给潘狄塔）来。姑娘，来吧。再见，我的朋友。

奥托里古斯　再见，老爷。

弗罗利泽　啊，潘狄塔，我们忘了一件事了！来跟你讲一句话。（弗罗利泽、潘狄塔在旁谈话。）

卡密罗　（旁白）这以后我便去向国王告知他们的逃亡和行踪；我希望因此可以劝他追赶他们，这样我便可以陪着他再见西西里的面，我真像一个女人那样相思着它呢。

弗罗利泽　幸运保佑我们！卡密罗，我们就此到海边去了。

卡密罗　一路顺风！（弗罗利泽、潘狄塔及卡密罗各下。）

奥托里古斯　我知道这回事情；我听见他们的话。一张好耳朵，一对快眼，一双妙手，这是当扒手所不可缺少的；而且还要有一个好鼻子，可以替别的器官嗅出些机会来。看来现今是小人得势之秋。不加小账,这已经是一桩好交易了;况且还有这样的油水!天老爷今年一定特别包容我们,我们尽可以放手干去。王子自己也就有点不大靠得住,拖着绊脚的东西逃开了父亲的身旁。假如把这消息去报告国王知道是一件正当的事情,我也不愿这样干。不去报告本是小人的行径,正合我的本色。我还是干我的本行吧。走开些,走开些;一个活动的头脑,又可以有些事情做了。每一条巷头巷尾,每一家店铺、教堂、法庭、刑场,一个小心的人都可以显他的身手。

小丑及牧人上。

小　丑　瞧,瞧,你现在弄到什么地步啦!唯一的办法是去告诉国王她是个拾来的孩子,并不是你的亲生骨肉。

牧　人　不,你听我说。

小　丑　不,你听我说。

牧　人　好,那么你说吧。

小　丑　她既然不是你的骨肉,你的骨肉就不曾得罪国王;因此他就不能责罚你的骨肉。只要把你在她身边找到的那些东西,那些秘密的东西,都拿出来给他们看,只除了她的财物。这么一来,我可以担保,法律也不会奈何你了。

牧　人　我要把一切都去告诉国王,每一个字,是的,还要告诉他他的儿子的胡闹;我可以说他这个人无论对于他的父亲和我都不是个好人,想要把我和国王攀做亲家。

小　丑　不错,你起码也可以做他的亲家;那时你的血就不知道要贵多少钱一两了。

奥托里古斯　(旁白)很聪明,狗子们!

牧　人　好,让我们见国王去;他见了这包裹里的东西,准要摸他的胡须呢。

奥托里古斯 （旁白）我不知道他们要是这样去说了会怎么阻碍我那主人的逃走。

小　丑 但愿他在宫里。

奥托里古斯 （旁白）虽然我生来不是个好人，有时我却偶然要做个好人；让我把货郎的胡须取下藏好。（取下假须）喂，乡下人！你们到哪儿去？

牧　人 不瞒大爷说，我们到宫里去。

奥托里古斯 你们到那边去有什么事？要去见谁？这包裹里是什么东西？你们家住何处？姓甚名谁？多大年纪？有多少财产？出身怎样？一切必须知道的事情，都给我说来。

小　丑 我们不过是平常百姓呢，大爷。

奥托里古斯 胡说；瞧你们这种满脸须发蓬松的野相，就知道不是好人。我不要听胡说；只有做买卖的才会胡说，他们老是骗我们军人；可是我们却不给他们吃刀剑，反而用银钱买他们的谎——所以他们也不算胡说。

小　丑 亏得您最后改过口来，不然您倒是对我们胡说一通了。

牧　人 大爷，请问您是不是个官？

奥托里古斯 随你们瞧我像不像官，我可真是个官。没看见这身衣服就是十足的官气吗？我穿着这身衣服走路，那样子不是十足的官派吗？你们没闻到我身上的官味道吗？瞧着你们这副贱相，我不是大摆着官架子吗？你们以为我对你们讲话的时候和气了点，动问你们微贱的底细，因此我就不是个官了吗？我从头到脚都是个官，一高兴可以帮你们忙，一发脾气你们就算遭了瘟；所以我命令你们把你们的事情说出来。

牧　人 大爷，我是去见国王的。

奥托里古斯 你去见他有什么脚路呢？

牧　人　请您原谅,我不知道。

小　丑　脚路是一句官话,意思是问你有没有野鸡送上去。你说没有。

牧　人　没有,大爷;我没有野鸡,公的母的都没有。

奥托里古斯　我们不是傻瓜的人真幸福!可是谁知道当初造物不会把我也造成他们这种样子?因此我也不要瞧不起他们。

小　丑　这一定是位大官儿。

牧　人　他的衣服很神气,可是他的穿法却不大好看。

小　丑　他似乎因为落拓不羁而格外显得高贵些。我可以担保他一定是个大人物;我瞧他剔牙齿的样子就看出来了。

奥托里古斯　那包裹是什么?里面有些什么东西?那箱子又是哪里来的?

牧　人　大爷,在这包裹和箱子里头有一个很大的秘密,除了国王以外谁也不能知道;要是我能够去见他说话,那么他在这一小时之内就可以知道了,

奥托里古斯　老头子,你白白辛苦了。

牧　人　为什么呢,大爷?

奥托里古斯　国王不在宫里;他已经坐了一只新船出去解闷养息去了。要是你这人还算懂事的话,你该知道国王心里很不乐意。

牧　人　人家正这么说呢,大爷;说是因为他的儿子想要跟一个牧人的女儿结婚。

奥托里古斯　要是那个牧人还不曾交保,还是赶快远走高飞的好。他将要受到的咒诅和刑罚,一定会把他的背膀压断,就是妖魔的心也禁不住要碎裂的。

小　丑　您以为这样吗,大爷?

奥托里古斯　不但他一个人要大吃其苦,就是跟他有点亲戚关系的,即使疏远得相隔五十层,也逃不了要上绞架。虽然那似乎太残忍

些，然而却是应该的。一个看羊的贱东西，居然胆敢叫他的女儿妄图非分！有人说应当用石头砸死他！可是我说这样的死法太惬意了。把九五之尊拉到了羊棚里来！这简直是万死犹有余辜，极刑尚嫌太轻哩。

小　丑　大爷，请问您听没听见说那老头子有一个儿子？

奥托里古斯　他有一个儿子，要把他活活剥皮；然后涂上蜜，放在胡蜂窠的顶上；等他八分是鬼两分是人的时候，再用火酒把他救活过来；然后拣一个历本上所说的最热的日子，把他那块生猪肉似的身体背贴着砖墙上烤烤，太阳向着正南方蒸晒着他，让那家伙身上给苍蝇下卵而死去。可是我们说起这种奸恶的坏人做什么呢？他们犯了如此大罪，受这种苦难也不妨付之一笑。你们瞧上去像是正直良民，告诉我你们见国王有什么公干。你们如果向我孝敬孝敬，我可以带你们到他的船上去，给你们引见，悄悄地给你们说句好话。要是国王身边有什么人能够影响你们的请求的话，这个人就在你们的眼前。

小　丑　他瞧上去是个有权有势的人，跟他商量，送给他些金子吧；虽然权势是一头固执的熊，可是金子可以拉着它的鼻子走。把你钱袋里的东西放在他手掌之上，再不用瞎操心了。记住，用石头砸死，活活地剥皮！

牧　人　大爷，要是您肯替我们担任这件事情，这儿是我的金子；我还可以去给您拿这么多来，这个年轻人可以留在您这儿权作抵押。

奥托里古斯　那是说等我做了我所允许的事情以后吗？

牧　人　是的，大爷。

奥托里古斯　好，就先给我一部分吧。这事情你也有份儿吗？

小　丑　略为有点儿份，大爷；可是我的情形虽然很可怜，我希望我不至于给剥了皮去。

奥托里古斯　啊！那说的是那牧人的儿子呢；这家伙应该吊死，以昭炯戒。

小　丑　鼓起精神来！我们必须去见国王，给他看些古怪的东西。他一定要知道她不是你的女儿，也不是我的妹妹；我们是全不相干的。大爷，等事情办完之后，我要送给您像这位老头子送给您的一样多；而且照他所说的，在没有去拿来给您之前，我可以把我自己抵押给您。

奥托里古斯　我可以相信你。你们先到海边去，向右边走。我略为张望张望就来。

小　丑　我们真运气遇见这个人，真运气！

牧　人　让我们照他的话先去。他真是老天爷派来帮我们忙的。（牧人、小丑下。）

奥托里古斯　假如我有一颗要做老实人的心，看来命运也不会允许我；她会把横财丢到我嘴里来的。我现在有了个一举两得的机会，一方面有钱财到手，一方面又可以向我的主人王子邀功；谁知道那会不会使我再高升起来呢？我要把这两只瞎眼珠的耗子带到他的船上去；假如他以为不妨把他们放回岸上，让他们去向国王告发也没甚关系，那么就让他因为我的多事而骂我混蛋吧；那个头衔以及连带着的耻辱，反正对我都没有影响。我要带他们去见他；也许会有什么事情要见分晓。（下。）

第五幕

第一场　西西里。里昂提斯宫中一室

里昂提斯、克里奥米尼斯、狄温、宝丽娜及余人等同上。

克里奥米尼斯　陛下，像一个忏悔的圣者一样，你已经伤心得够了。无论怎样的错处，您的忏悔也都已经可以补赎而有余。请您遵照着天意，忘怀了您的罪过，宽恕了自己吧。

里昂提斯　当我记起她和她的圣德来的时候，我忘不了我自己的罪；我也永远想到我对自己所铸成的大错，使我的国统失去了嗣续，毁灭了一位人间最可爱的伴侣。

宝丽娜　真的，一点不错，陛下。要是您和世间的每一个女子依次结婚，或者把所有的女子的美点提出来造成一个完美的女性，也抵不上给您害死的那位那样好。

里昂提斯　我也这样想。害死！她是给我害死的！我的确害死了她，可是你这样说，太使我难过了；在你舌头上吐出来的这句话，正像在我心中的一样刻毒。请你少说几次吧。

克里奥米尼斯　您别说了吧，好夫人；千不说，万不说，为什么一定要说这种火上浇油的话呢？

宝丽娜　你也是希望他再结婚的。

狄　温　要是您不这样希望，那么您未免太不能为王上设身处地想一想，假如陛下绝了后嗣，国家将会遇到怎样的危机，就是一筹莫展、袖手旁观的人也难脱身事外。还有什么事情比之让先后瞑目地下更为神圣呢？为了王统的恢复，为了目前的安慰和将来的利益，还有什么比再诞生一位可爱的小王子尤其神圣的事？

宝丽娜　想到已经故世了的王后，那么世上是没有人有资格继承她的。而且神们也一定要实现他们秘密的意旨；神圣的阿波罗不是曾经在他的神谕里说过，里昂提斯在不曾找到他的失去的孩子之前，将不会有后裔？这种事情照我们凡人的常理推想起来，正像我的安提哥纳斯会从坟墓里出来一样不可能，我相信他是一定和那婴孩死在一起了。可是你们却要劝陛下违反了天意。（向里昂提斯）不要担心着后嗣；王冠总会有人戴的。亚力山大皇帝把他的王位传给功德最著的人；他的继位者因此是最好的贤人。

里昂提斯　好宝丽娜，我知道你忘不了赫米温妮的贤德；唉！要是我早听你的话就好了！那么即使在现在，我也可以正视着我的王后的双眼，从她的唇边领略着仙露的滋味——

宝丽娜　那是取之不竭的；当您离开之后，它会变得愈加富裕。

里昂提斯　你说得对。佳人难再得，我也不愿再娶了。是娶了一个不如她的人，却受到胜于她的待遇，一定会使她在天之灵不安，她将重新以肉身出现在罪恶的人间，而责问着："为什么对我那样？"

宝丽娜　要是她有那样力量，她是很有理由这样做的。

里昂提斯　是的，而且她要引动我杀害了我所娶的那个人。

宝丽娜　假如是我，我一定会这样的。要是我是那现形的鬼魂，我要叫你看着她的眼睛，告诉我你为了她哪一点不足取的地方而选中了她；然后我要锐声呼叫，你的耳朵也会听了震裂；于是我要说："记着我吧！"

里昂提斯　她的眼睛是闪烁的明星，一切的眼睛都是消烬的寒煤！不用担心我会再娶；我不会再娶的，宝丽娜。

宝丽娜　您愿意发誓说不得到我的许可，决不结婚吗？

里昂提斯　决不结婚，宝丽娜；祝福我的灵魂！

宝丽娜　那么，各位大人，请为他立的誓作见证。

克里奥米尼斯　你使他激动得太过分。

宝丽娜　除非他的眼睛将会再看见一个就像赫米温妮的画像那样跟她相像的人。

克里奥米尼斯　好夫人——

宝丽娜　我已经说好了。可是，假如陛下要结婚的话——假如您要，陛下，那也没有办法，只好让您结婚——可是允许我代您选一位王后。她不会像先前那位那样年轻；可是一定要是那种人，假设先后的幽灵出现，看着您把她抱在怀里，她会感觉高兴的。

里昂提斯　我的忠实的宝丽娜，你不叫我结婚，我就不结婚。

宝丽娜　等您的第一位王后复活的时候，您就可以结婚。

一侍从上。

侍　从　启禀陛下，有一个自称为波力克希尼斯之子，名叫弗罗利泽王子的，带着他的夫人，要来求见；他的夫人是一位我平生所见的最美的美人。

里昂提斯　他随身带些什么人？他来得不大合于他父亲的那种身份；照这样轻骑简从，又是那么突然的样子看起来，一定不是预定的访谒，而是出于意外的需要。他的随从是什么样子的？

侍　从　很少，也不大像样。

里昂提斯　你说他的夫人也同来了吗？

侍　从　是的，我想她是灿烂的阳光所照射到的举世无双的美人。

宝丽娜　唉，赫米温妮！“现在”总是夸说它自己胜于比它更好的“过去”，因此泉下的你也必须让眼前的人掩去你的光荣了。先生，你自己曾经亲口说过，亲手写过这样的句子，“她是空前绝后的”；你曾经这样歌颂过她的美貌,可是现在你的文字已经比给你歌咏的那人更冷了。你怎么好说你又见了一个更好的呢?

侍　从　恕我,夫人。那一位我差不多已经忘了——恕我—— 现在的这一位要是您看见了,您一定也会称赞的。这一个人儿,要是她创始了一种新的教派,准会叫别派的信徒冷却了热诚,所有的人都会皈依她。

宝丽娜　什么!女人可不见得跟着她吧?

侍　从　女人爱她,因为她是一个比任何一个男人更好的女人;男人爱她,因为她是一切女人中的最稀有者。

里昂提斯　去,克里奥米尼斯,你带着你的高贵的同僚们去把他们迎接进来。可是那总是一件怪事,(克里奥米尼斯及若干大臣及侍从同下。)他会这样悄悄地溜到我们这儿来。

宝丽娜　要是我们那位宝贝王子现在还活着,他和这位殿下一定是很好的一对呢;他们的出世相距不满一个月。

里昂提斯　请你别说了;你知道一提起他,又会使我像当时一样难过起来。你这样说了,我一看见这位贵宾,便又要想起了可以使我发狂的旧事。他们来了。

克里奥米尼斯偕弗罗利泽、潘狄塔及余人等重上。

里昂提斯　你的母后是一位忠贞的贤妇,王子;因为她在怀孕你的时候,全然把你父王的形象铸下来了。你那样酷肖你的父亲,跟他的神气一模一样,要是我现在还不过二十一岁,我一定会把你当作了他,叫你一声王兄,跟你谈一些我们从前的浪漫事儿,欢迎欢迎!还有你,天仙一样美貌的公主!——唉!我失去了一双人儿,要是活在世上,一定也会像你们这一双佳偶那样令人惊;于是我又失去了—— 都是我的愚蠢!——你的贤明的父王的友谊,我宁愿遭受困厄,只要能再见他一次面。

弗罗利泽　奉了他的命，我才到这儿西西里来，向陛下转达友谊的问候。倘不是因为年迈无力，他渴想亲自渡过了间隔着两国的山河而来跟陛下谋面。他吩咐我多多拜上陛下；他说他对您的友情是远胜于一切王位的尊荣的。

里昂提斯　啊，我的王兄！我对你的负疚又重新在我的心头搅动了，你这样无比的殷勤，使我惭愧我的因循的疏慢。像大地欢迎春光一样，我们欢迎你的来临！他也忍心让这位无双的美人冒着大海的风波，来问候一个她所不值得这样奔波着来问候的人吗？

弗罗利泽　陛下，她是从利比亚来的。

里昂提斯　就是那位高贵的勇武的斯曼勒斯在那里受人慑服敬爱的利比亚吗？

弗罗利泽　陛下，正是从那边来的；她便是他的女儿，从那边含泪道别。赖着一帆善意的南风，我们从那边渡海而来，执行我父王的使命，来访问陛下。我的重要的侍从我已经在贵邦的海岸旁边遣走，叫他们回到波希米亚去，禀复我在利比亚的顺利，以及我和贱内平安到此的消息。

里昂提斯　但愿可赞美的天神扫清了我们空气中的毒氛，当你们耽搁在敝国的时候！你有一位可敬的有德的父亲，我很抱歉对他负着罪疚，为此招致了上天的恼怒，罚我没有后裔；你的父亲却因为仁德之报，天赐给他你这样一个好儿子。要是我也有一双儿女在眼前，也像你们一样俊美，那我将要怎样快活啊！

一大臣上。

大　臣　陛下，倘不是因为证据就在眼前，您一定不会相信我所要说的话。波希米亚王命我代向陛下致意，请陛下就把他的儿子逮捕；他不顾自己的尊严和责任，和一个牧人的女儿逃出了父亲的国土，使他的父亲对他大失所望。

里昂提斯　波希米亚王在哪里？说呀。

大　臣　就在此间陛下的城里，我刚从他那儿来。我的说话有点昏乱，因为我的惊奇和我的使命把我搅昏了。他向陛下的宫廷行来，目的似乎是要追拿这一对佳偶，在路上却遇见了这位冒牌的公主的父亲和她的哥哥，他们两人都离乡背井跟这位年轻王子同来。

弗罗利泽　我上了卡密罗的当了；他的命令和真诚，向来都是坚持不变的。

大　臣　都是他出的主意；他陪着你的父王同来呢。

里昂提斯　谁？卡密罗？

大　臣　卡密罗，陛下；我跟他交谈过，他现在正在盘问这两个苦人儿。我从来不曾见过可怜的人们发抖到这样子；他们跪着，头碰着地。满口赌神发咒。王上塞紧了耳朵，恐吓着要用各种死罪一起加在他们身上。

潘狄塔　唉，我的可怜的父亲！上天差了密探来侦察着我们，不愿成全我们的好事。

里昂提斯　你们已经结了婚吗？

弗罗利泽　我们还没有，陛下。而且大概也没有希望了，正像星辰不能和山谷接吻一样；命运的残酷是不择高下的。

里昂提斯　贤侄，这是一位国王的女儿吗？

弗罗利泽　假如她成为我的妻子以后，她便是一位国王的女儿了。

里昂提斯　照着令尊的急性看来，这“假如”恐怕要等好久吧。我很抱歉你已经背弃子道，失了他的欢心；我也很抱憾你的意中人的身份与美貌不能相称，不配做你合适的配偶。

弗罗利泽　亲爱的，抬起头来。命运虽然明明白白是我们的敌人，驱使我的父亲来追赶我们；可是它却全无能力来改变我们的爱情。陛下，请您回想到您跟我一样年纪的时候，回想到那时的您所感到的爱情，挺身出来为我的行事辩护吧！只要您肯向我的父亲说句话，是怎样宝贵的东西，他都会看作戋戋小物而答应给您的。

里昂提斯　要是他真会这样，那么我要向他要求你这位宝贵的姑娘，被他所看作戋戋小物的。

宝丽娜　陛下，您的眼睛里有太多的青春。在娘娘未死之前，她是更值得受您这样注视的。

里昂提斯　我在作这样注视的时候，心里就在想起她。（向弗罗利泽）可是我还没有回答你的请求。我可以去见你的父亲；只要你的荣誉没有因你的感情而颠覆，我就可以协助你；现在我就去见他调停。跟我来瞧我的手段吧。来，王子。（同下。）

第二场　同前。宫前

奥托里古斯及侍从甲上。

奥托里古斯　请问你，先生，这次的谈话你也在场吗？

侍从甲　打开包裹来的时候我也在场，听见那老牧人说当时他怎样发见它的。他的话引起了一些惊异，以后我们便都奉命退出宫外；好像只听见那牧人说孩子是他找到的。

奥托里古斯　我真想知道后来的情形。

侍从甲　我只能零零碎碎地报告一些；可是我看见国王和卡密罗的脸色都变得十分惊奇。他们面面相觑，简直像要把眼皮撑破似的。在他们的静默里含着许多话语；在他们的姿势里表示着充分的意义。他们瞧上去像是听见了一个世界赎回或是灭亡的消息。他们的脸上可以看得出有一种惊奇的感情；可是即使观察最灵敏的人倘使不曾知道前因后果；也一定辨不出来那意义究竟是欢喜还是伤心；但那倘不是极端的欢喜，一定是极端的伤心。

侍从乙上。

侍从甲　这儿来的这位先生也许知道得更详细一些。什么消息，洛哲罗？

侍从乙　喜事喜事！神谕已经应验；国王的女儿已经找到了。在这点钟内突然发生的这许多奇事，编歌谣的人一定描写不出。

侍从丙上。

侍从乙　宝丽娜夫人的管家来了；他可以告诉你更详细的情形。事情怎样啦，先生？这件据说是真的消息太像一段故事，叫人难于置信。国王找到他的后嗣了吗？

侍从丙　照情形看起来是千真万确的；听着那样凿凿可靠的证据，简直就像亲眼目睹一样。赫米温妮王后的罩衫，挂在孩子头颈上的她的珠宝，安提哥纳斯的亲笔书信，那姑娘跟她母亲那么相像的一副华贵的相貌，她的天然的高贵，以及其他许多的证据，都证明她即是国王的女儿。你有没有看见两位国王会面的情形？

侍从乙　没有。

侍从丙　那么你错过了一场只可以目击不可以言述的情景了。一桩喜事上再加一桩喜事，使他们悲喜交集，老泪横流。他们大张着眼，紧握着手，脸上的昏惘的神情，人们要不是看见他们身上的御袍，简直都不认识他们了。我们的王上因为找到了他的女儿而欢喜得要跳起来，乐极生悲，他只是喊着："啊。你的母亲！你的母亲！"于是向波希米亚求恕；于是拥抱他的女婿；于是又搂着他的女儿；一会儿又向立在一旁像一道年深日久的泄水沟一样的牧羊老人连声道谢。我从来不曾听见过这样的遭遇，简直叫人话都来不及说，描摹都描摹不出来。

侍从乙　请问把孩子带出去的那个安提哥纳斯下落如何？

侍从丙　像一个老故事一样，不管人家相信不相信，要不要听，故事总是说不完的。他给一头熊撕裂了,这是那牧人的儿子说的;瞧他的傻样子不像是个会说谎话的,何况还有安提哥纳斯的手帕和戒指,宝丽娜认得是他的。

侍从甲　他的船和他的从人呢?

侍从丙　那船就在他们的主人送命的时候破了,这是那牧人看见的;因此一切帮着把这孩子丢弃的工具,在孩子给人发见的时候,便都灭亡了。可是唉!那时宝丽娜心里是多么悲喜交战!她的一只眼睛因为死了丈夫而黯然低垂,另一只眼睛又因为神谕实现而欣然扬举。她把公主抱了起来,紧紧地把她拥在怀里,似乎怕再失去她。

侍从甲　这一场庄严的戏剧值得君王们观赏,因为扮演者正是这样高贵的人。

侍从丙　最动人的是当讲起王后奄逝的时候,国王慨然承认他的过失,痛悼她的死状;他的女儿全神贯注地听着,她的脸色越变越惨,终于一声长叹,我觉得她的眼泪像血一样流下来,因为那时我相信我心里的血也像眼泪一样在奔涌。在场的即使是心肠最硬的人,也都惨然失色;有的晕了过去,没有人不伤心。要是全世界都看见这场情景,那么整个地球都会罩上悲哀的。

侍从甲　他们回到宫里去了吗?

侍从丙　不,公主听见宝丽娜家里藏着一座她母亲的雕像,那是意大利名师裘里奥·罗曼诺费了几年辛苦新近才完成的作品,那真是巧夺天工,简直就像她活了过来的模样;人家说谁只要一见这座雕像,都会向她说话而等着她的回答的。她们已经怀着满心的渴慕前去瞻仰了,预备就在那儿进晚餐。

侍从乙　我早就猜到她在那边曾经进行着什么重大的事情,因为自从赫米温妮死了之后,她每天总要悄悄地到那间隐僻的屋子里去两三次。我们也到那边去大家助助兴好不好?

侍从甲　要是能够进去，谁不愿意去？眨一眨眼睛便有新的好事出来；我们去大可以添一番见识。走吧。（侍从甲、乙、丙同下。）

奥托里古斯　倘不是因为我过去的名气不好，现在准可以升官发财了。我把那老头子和他的儿子带到了王子的船上，禀告他说我听见他们说起一个什么包裹，如此如此，这般这般；可是他在那时太爱那个牧人的女儿了——他那时以为她是个牧人的女儿——她有点儿晕船，他也不大舒服，风浪继续不停，这秘密终于没有揭露出来。可是那对于我反正是一样，因为即使我是发现这场秘密的人，为了我的别种坏处，人家也不会赏识我。这儿来的是两个我无心给了他们好处的人，瞧他们已经神气起来了。

牧人及小丑上。

牧　人　来，孩子；我已经不能再添丁了，可是你的儿子女儿，一生下来就是个上等人了。

小　丑　朋友，咱们遇见得很巧。那天你不肯跟我打架，因为我不是个上等人。你看见没看见我这身衣服？说你没看见，仍旧以为我不是个上等人吧；你还是说这身衣服不是上等人吧。你说我说谎，你说，咱们来试试看我现在究竟是不是个上等人。

奥托里古斯　少爷，我知道您现在是个上等人了。

小　丑　嗳，我已经做了四个钟头的上等人了。

牧　人　我也是呢，孩子。

小　丑　你也是的。可是我比我爸爸先是个上等人；因为国王的儿子握着我的手，叫我做舅兄，于是两位王爷叫我的爸爸做亲家；于是我的王子妹夫叫我的爸爸做岳父，我的公主妹妹叫我的爸爸做父亲；于是我们流起眼泪来，那是我们第一次流的上等人的眼泪。

牧　人　我们活下去还要流许许多多的上等人的眼泪呢，我儿。

小　丑　嗳，否则才是横财不富命穷人哩。

奥托里古斯　少爷，我低声下气地恳求您饶恕我一切冒犯少爷您的地方，在殿下那儿给我说句好话。

牧　人　我儿，你就答应了他吧；因为我们现在是上等人了，应该宽宏大量一些。

小　丑　你愿意改过自新吗？

奥托里古斯　是的，少爷。

小　丑　让我们握手。我愿意向王子发誓说你在波希米亚是个再规矩不过的好人。

牧　人　你说说倒不妨，可不用发誓。

小　丑　现在我已经是个上等人了，不用发誓吗？让那些下等人乡下人去空口说白话吧，我是要发誓的。

牧　人　假如那是假的呢，我儿？

小　丑　假如那是假的，一个真的上等人也该为他的朋友而发誓。我一定要向王子发誓说你是个很勇敢的人，说你不喝酒，虽然我知道你不是个勇敢的人，而且你是要喝酒的；可是我却要这样发誓，而且我希望你会是个勇敢的人。

奥托里古斯　少爷，我一定尽力孚您的期望。

小　丑　嗽，无论如何你要证明你自己是个勇敢的人；你既不是个勇敢的人，怎么又敢喝酒，这事我如果不觉得奇怪，那你就不要相信我好了。听！各位王爷们，我们的亲戚，都去瞧王后的雕像去了。来，跟我们走，我们一定可以做你的很好的靠山。（同下。）

第三场　同前。宝丽娜府中的礼拜堂

里昂提斯、波力克希尼斯、弗罗利泽、潘狄塔、卡密罗、宝丽娜、众臣及侍从等上。

里昂提斯　可敬的善良的宝丽娜啊，你给了我多大的安慰！

宝丽娜　啊，陛下，我虽然怀着满腔的愚诚，还不曾报效于万一。一切的微劳您都已给我补偿；这次又蒙您许可，同着友邦的元首和缔结同心的储贰光临蓬荜，真是天大的恩宠，终身都难报答的。

里昂提斯　啊，宝丽娜！我们不过来打扰你而已。可是我来是要看一看我的先后的雕像；我已经浏览过你的收藏，果然是琳琅满目，可是却还没有瞧见我的女儿专程来此的目的物，她母亲的雕像呢。

宝丽娜　她活着的时候是绝世无双的；她身后的遗像，我相信一定远胜于你们眼中所曾见到，或者人手所曾制作的一切，因此我才把它独自另放在一处。它就在这儿；请你们准备着观赏一座逼真的雕像，睡眠之于死也没有这般酷肖。瞧着赞美吧。（拉开帏幕，赫米温妮如雕像状赫然呈现）我喜欢你们的静默，因为它更能表示出你们的惊奇；可是说吧——陛下，您先说，它不有点儿像吗？

里昂提斯　她的自然的姿势！骂我吧，亲爱的石像，好让我相信你真的便是赫米温妮；可是你不骂我更使我觉得你真的是她，因为她是像赤子一样温柔，天神一样慈悲的。可是宝丽娜，赫米温妮脸上没有那么多的皱纹，并不像这座雕像一样老啊。

波力克希尼斯　是啊！远不是这样老。

宝丽娜　这格外见得雕刻师的手段，使十六年的岁月一气度过，而雕出了假如她现在还活着的形貌。

里昂提斯　假如她活着，她本该给我许多安慰的，现在却让我瞧着伤心。唉！当我最初向她求爱的时候，她正也是这样立着，带着这样庄严的神情和温暖的生命，如同她现在这般冷然立着一样。我好惭愧！那石头不在责备我比它心肠更硬吗？啊，高贵的杰作！在你的庄严里有一种魔术，提起了我过去的罪恶，使你那孺慕的女儿和你一样化石而呆立了。

潘狄塔　允许我，不要以为我崇拜偶像，我要跪下来求她祝福我。亲爱的母后，我一生下你便死去，让我吻一吻你的手吧！

宝丽娜　啊，耐心些！雕像新近塑好，色彩还不曾干哩。

卡密罗　陛下，您把您的伤心看得太认真了，十六个冬天的寒风也不能把它吹去，十六个夏天的烈日也不能使它干涸，欢乐是从没有这么经久的；任何的悲哀也早就自生自灭了。

波力克希尼斯　我的王兄，让惹起这一场不幸的人分担着你的悲哀吧。

宝丽娜　真的，陛下，要是我早想到我这座小小的石像会使您这样感动，我一定不给您看。

里昂提斯　别拉下帏幕！

宝丽娜　您再看着它，就要以为它是会动的了。

里昂提斯　别动！别动！我死也不会相信她已经不在——谁能造出这么一件神工来呢？瞧，王兄，你不以为她在呼吸吗？那些血管里面不真的流着血吗？

波力克希尼斯　妙极！她的嘴唇上似乎有着温暖的生命。

里昂提斯　艺术的狡狯使她的不动的眼睛在我们看来似乎在转动。

宝丽娜　我要把帏幕拉下了；陛下出神得就要以为她是活的了。

里昂提斯　啊，亲爱的宝丽娜！让我把这种思想保持二十年吧。没有一种清明的理智比得上这种疯狂的喜乐。让它去。

宝丽娜　陛下！我很抱歉这样触动了您的心事；可是我还能够再给您一些痛苦的。

里昂提斯　好的，宝丽娜，因为这种痛苦是像抚慰一样甜蜜。可是我仍然觉得她的嘴里在透着气；哪一把好凿子会刻得出气息来呢？谁也不要笑我，我要吻她。

宝丽娜　陛下，您不能！她嘴上的红润还没有干燥，吻了之后要把她弄坏了，那油漆还要弄脏了您的嘴唇。我把帏幕拉下了吧？

里昂提斯　不，二十年也不要下幕。

潘狄塔　我可以整整地站二十年瞧着她。

宝丽娜　好了吧，立刻离开这座礼拜堂，否则准备着更大的惊异吧。要是你们有这胆子瞧着，我可以叫这座雕像真的动起来，走下来握住你们的手；可是那时你们一定会以为我有妖法相助，那我可绝对否认。

里昂提斯　无论你能够叫她做些什么动作，我都愿意瞧着；无论你叫她说什么话，我都愿意听着。倘使能够叫她动，那么一定也能叫她说话。

宝丽娜　你们必须唤醒你们的信仰；然后大家静立。倘有谁以为我行的是犯法的妖术，他们可以走开。

里昂提斯　进行你的法术吧；谁都不准走动一步。

宝丽娜　音乐，奏起来，唤醒她！（音乐）是时候了，下来吧，不要再做石头了；过来，让瞧着你的众人大吃一惊。来，我会把你的坟墓填塞；转动你的身体，走下来吧，把你僵固的姿态交还给死亡，因为你已经从死里重新得到了生命。你们瞧她已经动起来了。（赫米温妮走下。）别怕，我的法术并非左道，她的行动是神圣的。不要见她惊避，否则她将再死去；那时你便是第二次把她杀害了。哎，伸出你的手来；当她年轻的时候，你曾经向她求爱；如今她老了，她却成为求爱的人！

里昂提斯　（抱赫米温妮）啊！她是温暖的！假如这是魔术，那么让它是一种和吃饭一样合法的技术吧。

波力克希尼斯　她抱着他！

卡密罗　她攀住他的头颈！假如她是活的，那么让她开口吧。

波力克希尼斯　是的，而且宣布她一向住在哪里，怎样会死而复生。

宝丽娜　要是告诉你们她还活着，那一定会被你们斥为无稽之谈；可是好像她确乎活着，虽然还没有开口说话。再瞧一下吧。请你走过去，好姑娘，跪下来求你的母亲祝福。转过身来，娘娘，我们的潘狄塔已经找到了。（潘狄塔跪于赫米温妮前。）

赫米温妮　神们，请下视人间，降福于我的女儿！告诉我，我的亲亲，你是在哪里遇救的？你在什么地方过活？怎样会找到你父亲的宫廷？我因为宝丽娜告诉我，说按照着神谕，你或者尚在人世，因此才偷生到现在，希望见到有这一天。

宝丽娜　那以后再说吧，免得他们都争着用同样的叙述来使你心烦。一块儿去吧，你们这辈命运的骄儿；让大家分享你们的欢喜吧！我，一只垂老的孤鸽，将去拣一株枯枝栖息，哀悼着我那永不回来的伴侣，直至死去。

里昂提斯　啊！别这样说，宝丽娜！我当初同意接受你指定的妻子，你也要接受我所指定的丈夫；这是我们约定在先的。你已经给我找到了我的妻子，可是我却不懂得事情的究竟；因为我觉得我明明看见她已经死了，好多次在她的墓前作过徒然的哀祷。不必给你远远地找一位好丈夫，我有几分知道他的心。来，卡密罗，握着她的手；你的德行和正直为众人所仰望，并且可以由我们这一对国王证明。我们走吧。啊，瞧我的王兄！我恳求你们两位原谅我卑劣的猜疑。这个王子是你的女婿，上天替你的女儿作成了这件好事。好宝丽娜，给我们带路；一路上我们大家可以互相畅叙这许多年来的契阔。快走。（众下。）

William Shakespeare
COMPLETE WORKS

约翰王

朱生豪 译

莎士比亚
全集

剧中人物

约翰王

亨利亲王　约翰王之子

亚瑟　布列塔尼公爵，　约翰王之侄

彭勃洛克伯爵

爱塞克斯伯爵

萨立斯伯雷伯爵

俾高特勋爵

赫伯特·德·勃格

罗伯特·福康勃立琪　罗伯特·福康勃立琪爵士之子

庶子腓力普　罗伯特之庶兄

詹姆士·葛尼　福康勃立琪夫人之仆

彼得·邦弗雷特　预言者

腓力普王　法国国王

路易　法国太子

利摩琪斯　奥地利公爵

潘杜尔夫主教　教皇使臣

茂伦伯爵　法国贵族

夏提昂　法国使臣

艾莉诺　约翰王之母

康斯丹丝　亚瑟之母

白兰绮　西班牙郡主，　约翰王之侄女

福康勃立琪夫人

群臣、侍女、安及尔斯市民、郡吏、传令官、军官、兵士、使者及其他侍从等

地　　点

英国；法国

第一幕

第一场　宫中大厅

约翰王，艾莉诺太后、彭勃洛克伯爵、爱塞克斯伯爵、萨立斯伯雷伯爵等及夏提昂同上。

约翰王　说，夏提昂，法兰西对我们有什么见教？

夏提昂　我奉法兰西国王之命，向英国的僭王致意。

艾莉诺　奇了，怎么叫作僭王？

约翰王　不要说话，母后；听这使臣怎么说。

夏提昂　法王腓力普代表你的已故王兄吉弗雷的世子亚瑟·普兰塔琪纳特，向你提出最合法的要求，追还这一座美好的岛屿和其他的全部领土，爱尔兰，波亚叠，安佐，妥伦和缅因；他要求你放弃这些用威力霸占的权利，把它们交给你的侄儿和合法的君王，少年的亚瑟的手里。

约翰王　要是我拒绝这个要求，那便怎样？

夏提昂　残暴而流血的战争，将要强迫你放弃这些霸占的权利。

约翰王　我们要用战争对付战争，流血对付流血，压迫对付压迫：就这样去答复法兰西吧。

夏提昂　那么从我的嘴里接受我们王上的挑战吧，这是我的使命付给我的权力的极限。

约翰王　把我的答复带给他，好好离开我们的国境。愿你成为法兰西眼中的闪电，因为不等你有时间回去报告，我就要踏上你们的国土，我的巨炮的雷鸣将要被你们所听见。去吧！愿你像号角一般，宣告我们的愤怒，预言你们自己悲哀的没落。让他得到使臣应有的礼遇；彭勃洛克，你护送他安全出境。再会，夏提昂。（夏提昂、彭勃洛克同下。）

艾莉诺　嘿！我的儿，我不是早就说过，那野心勃勃的康斯丹丝一定要煽动法兰西和整个的世界起来，帮助她的儿子争权夺利才肯甘休吗？这种事情本来只要说几句好话，就可以避免决裂，现在却必须出动两国的兵力，用可怕的流血解决一切了。

约翰王　我们坚强的据守和合法的权利，便是我们的保障。

艾莉诺　你有的是坚强的据守，若指望合法的权利作保障，你和我就要糟糕了。我的良心在你耳边说着这样的话，除了上天和你我以外，谁也不能让他听见。（一郡吏上，向爱塞克斯耳语。）爱塞克斯陛下，有一件从乡间来的非常奇怪的讼案，要请您判断一下，我从来没有听见过这种古怪的事情。要不要把他们叫上来？

约翰王　叫他们来吧。（郡吏下。）我们的寺庙庵院将要替我们付出这一次出征的费用。

郡吏率罗伯特·福康勃立琪及其庶兄腓力普重上。

约翰王　你们是些什么人？

庶　子　启禀陛下，我是您的忠实的臣民，一个出生在诺桑普敦郡的绅士，据说是罗伯特·福康勃立琪的长子；我的父亲是一个军人，曾经跟随狮心王[①]作战，还从他溥施恩荣的手里受到了骑士

① 狮心王即英王理查一世（Richard I，Coeur de Lion，1157—1199年）；曾参加第三次十字军。

的策封。

约翰王　你是什么人?

罗伯特　我就是那位已故的福康勃立琪的嫡子。

约翰王　他是长子,你又是嫡子,那么看来你们不是同母所生的。

庶　子　陛下,我们的的确确是同母所生,这是大家都知道的。我想我们也是一个父亲的儿子;可是这一点究竟靠得住不住!那可只有上天和我的母亲知道;我自己是有点儿怀疑的,正像每个人的儿子都有同样的权利怀疑一样。

艾莉诺　啐,无礼的家伙!你怎么可以用这种猜疑的言语污辱你的母亲,毁坏她的名誉?

庶　子　我吗,娘娘?不,我没有抱这种猜疑的理由;这是我弟弟所说的,不是我自己的意思;要是他能够证实他的说法,他就可以使我失去至少每年五百镑的大好收入。愿上天保卫我母亲的名誉和我的田地!

约翰王　一个出言粗鲁的老实汉子。他既然是幼子,为什么要争夺你的继承的权利?

庶　子　我不知道为什么,只知道他要抢夺我的田地。可是他曾经造谣诽谤,说我是个私生子;究竟我是不是我的父母堂堂正正生下来的儿子,那只好去问我的母亲;可是陛下,您只要比较比较我们两人的面,就可以判断我有什么地方不及他——愿生养我的人尸骨平安!要是我们两人果然都是老罗伯特爵士所生,他是我们两人的父亲,而只有这一个儿子像他的话,老罗伯特爵士,爸呀,我要跪在地上,感谢上天,我并不生得像你一样!

约翰王　哎哟,我们这儿来了一个多么莽撞的家伙!

艾莉诺　他的面貌有些像狮心王的样子;他说话的音调也有点儿像他。你看这汉子的庞大的身体上,不是存留着几分我的亡儿的特征吗?

约翰王　我已经仔细打量过他的全身,果然和理查十分相像。喂,小子,说,你为什么要争夺你兄长的田地?

庶　子　因为从侧面看,他那半边脸正像我父亲一样。凭着那半边脸,他要占有我的全部田地。一枚半边脸的银圆也值一年五百镑的收入!

罗伯特　陛下,先父在世的时候,曾经多蒙您的王兄重用,——

庶　子　嘿,弟弟,你说这样的话是不能得到我的田地的;你应该告诉陛下他怎样重用我的母亲才是。

罗伯特　有一次他奉命出使德国,和德皇接洽要公。先王乘着这个机会,就驾幸我父亲的家里;其中经过的暧昧情形,我也不好意思说出来,可是事实总是事实。当我的母亲怀孕这位勇壮的哥儿的时候,广大的海陆隔离着我的父亲和母亲,这是我从我的父亲嘴里亲耳听到的。他在临终之际,遗命把他的田地传授给我,发誓说我母亲的这一个儿子并不是他的,否则他不应该早生下来十四个星期。所以,陛下,让我遵从先父的意旨,得到我所应得的这一份田地吧。

约翰王　小子,你的哥哥是合法的;他是你的父亲的妻子婚后所生,即使她有和外人私通的情事,那也是她的过错,是每一个娶了妻子的丈夫无法保险的。告诉我,要是果然如你所说,我的王兄曾经费过一番辛苦生下这个儿子,假如他向你的父亲索讨起他这儿子来,那便怎样?老实说,好朋友,既然这头小牛是他的母牛生下来的,听凭全世界来索讨,你的父亲也可以坚决不给。真的,他可以这样干;那么即使他是我王兄的种子,我的王兄也无权索讨;虽然他不是你父亲的骨肉,你的父亲也无须否认了。总而言之,我的母亲的儿子生下你的父亲的嫡嗣;你的父亲的嫡嗣必须得到你的父亲的田地。

罗伯特　那么难道我的父亲的遗嘱没有力量摈斥一个并不是他所生的儿子吗？

庶　子　兄弟，当初生下我来，既不是他的主意；承认我，拒绝我，也由不得他做主。

艾莉诺　你是愿意像你兄弟一样，做一个福康勃立琪家里的人，享有你父亲的田地呢，还是愿意被人认作狮心王的儿子，除了一身之外，什么田地也没有呢？

庶　子　娘娘，要是我的兄弟长得像我一样，我长得像他——罗伯特爵士一样；要是我的腿是这样两根给小孩子当马骑的竹竿，我的手臂是这样两条塞满柴草的鳗鲡皮，我的脸瘦得使我不敢在我的耳边插一朵玫瑰花，因为恐怕人家说："瞧，这不是一个三分的小钱[①]吗？"要是我必须长成这么一副模样才能够承继到我父亲的全部田地，那么我宁愿一辈子站在这儿，宁愿放弃每一尺的土地，跟他交换这一张面庞，再也不要做什么捞什子的爵士。

艾莉诺　我很喜欢你；你愿意放弃你的财产，把你的田地让给他，跟着我走吗？我是一个军人，现在要出征法国去了。

庶　子　弟弟，你把我的田地拿去吧，我要试一试我的运气。你的脸已经使你得到每年五百镑的收入，可是把你的脸卖五个便士，还嫌太贵了些（向艾莉说。）娘娘！我愿意跟随您直到死去。

艾莉诺　不，我倒希望你比我先走一步呢。

庶　子　按照我们乡间的礼貌，卑幼者是应该让尊长先走的。

约翰王　你叫什么名字？

① 这种三分的小钱与二分、四分的小钱类似；因此在钱面上的皇后像耳后添一朵玫瑰花，以资识别。

庶　子　启禀陛下，我的名字叫腓力普；腓力普，老罗伯特爵士的妻子的长子。

约翰王　从今以后，顶着那赋给你这副形状的人的名字吧。腓力普，跪下来，当你站起来的时候，你将要比现在更高贵；起来，理查爵士，你也是普兰塔琪纳特一家的人了。

庶　子　我的同母的兄弟，把你的手给我；我的父亲给我荣誉，你的父亲给你田地。不论黑夜或白昼，有福的是那个时辰，当罗伯特爵士不在家里，我母亲的腹中有了我！

艾莉诺　正是普兰塔琪纳特的精神！我是你的祖母，理查，你这样叫我吧。

庶　子　娘娘，这也是偶然的机会，未必合于正道；可是那有什么关系呢？略为走些弯斜的歪路，干些钻穴逾墙的把戏，并不是不可原谅的；谁不敢在白昼活动，就只好在黑夜偷偷摸摸；只要目的达到，何必管它用的是什么手段？不论距离远近，射中的总是好箭；私生也好，官生也好，我总是这么一个我。

约翰王　去，福康勃立琪，你已经满足了你的愿望；一个没有寸尺之地的骑士使你成为一个有田有地的乡绅。来，母后；来，理查：我们必须火速出发到法国去，不要耽误了我们的要事。

庶　子　兄弟，再会；愿幸运降临到你身上；因为你是你的父母堂堂正正生下来的。（除庶子外均下。）牺牲了许多的田地，换到这寸尺的荣誉。好，现在我可以叫无论哪一个村姑做起夫人来了，“晚安，理查爵士！”“你好，朋友！”假如他的名字是乔治，我就叫他彼得；因为做了新贵，是会忘记人们的名字的；身份转变之后，要是还记得每个人的名字，就显得太恭敬或是太跟人家亲密了。要是有什么旅行的人带着他的牙签奉陪我这位爵士大人进餐，等我的尊腹装饱以后，我就要咂咂我的嘴，向这位游历各国的人发问；把上身斜靠在臂肘上,我要这样开始:“足下,我要请教,”—— 这就是问题,于是回答来了,就像会话入门书上所载的一样;“啊,阁下,”这是回答,“您有什么吩咐,鄙人总是愿意竭力效劳的。”“岂敢岂敢,”这是问题,“足下如有需用鄙人之处,鄙人无不乐于尽力。”照这样扯上了一大堆客套的话,谈谈阿尔卑斯山,亚平宁山,比利尼山和波河的风景,在回答还没有知道问题所要问的事情以前,早又到晚餐的时候了。可是这样才是上流社会,适合于像我自己这样向上的精神;因为谁要是不懂得适应潮流,他就是一个时代的私生子。我正是一个私生子,不管我适应得好不好。不单凭着服装,容饰,外形和徽纹,我还要从内心发出一些甜甜蜜蜜的毒药来,让世人受我的麻醉;虽然我不想有意欺骗世人,可是为了防止受人欺骗起见,我要学习学习这一套手段,因为在我升发的路途上一定会铺满这一类谄媚的花朵。可是谁穿了骑马的装束,这样急急忙忙地跑来啦?这是什么报急信的女公差?难道她竟没有一个丈夫,可以替她在前面作吹喇叭的乌龟吗?

福康勃立琪夫人及詹姆士·葛尼上。

庶　子　哎哟!那是我的母亲。啊,好太太!您为什么这样急急忙忙上宫廷里来?

福康勃立琪夫人　那畜生,你的兄弟呢?他到处破坏我的名誉,他到哪儿去了?

庶　子　我的弟弟罗伯特吗?老罗伯特爵士的儿子吗?那个三头六臂的巨人,那个了不得的英雄吗?您找的是不是罗伯特爵士的儿子?

福康勃立琪夫人　罗伯特爵士的儿子!哎,你这不敬尊长的孩子!罗伯特爵士的儿子;为什么你要瞧不起罗伯特爵士?他是罗伯特爵士的儿子,你也是。

庶　子　詹姆士·葛尼,你愿意离开我们一会儿吗?

葛　尼　可以可以，好腓力普。

庶　子　什么鬼腓力普！詹姆士，事情好玩着呢，等一会儿我告诉你。（葛尼下。）母亲，我不是老罗伯特爵士的儿子；罗伯特爵士可以在耶稣受难日吃下他在我身上的一部分血肉而没有破了斋。罗伯特爵士是个有能耐的；嘿，老实说，他能够生下我来吗？罗伯特爵士没有这样的本领；我们知道他的手艺。所以，好妈妈，究竟我这身体是谁给我的？罗伯特爵士再也制造不出这么一条好腿来。

福康勃立琪夫人　你也和你的兄弟串通了来跟我作对吗？为了你自己的利益，你是应该竭力卫护我的名誉的。这种讥笑的话是什么意思，你这不孝的畜生？

庶　子　骑士，骑士，好妈妈；就像巴西利斯柯[①]所说的一样。嘿！我已经受了封啦，剑头已经碰到我的肩上。可是，妈，我不是罗伯特爵士的儿子；我已经否认罗伯特爵士，放弃我的田地；法律上的长子地位，名义，什么都没有了。所以，我的好妈妈，让我知道谁是我的父亲；我希望是个很体面的人；他是谁，妈？

福康勃立琪夫人　你已经否认你是福康勃立琪家里的人了吗？

庶　子　正像我否认跟魔鬼有什么关系一般没有虚假。

福康勃立琪夫人　狮心王理查是你的父亲；在他长时期的热烈追求之下，我一时受到诱惑，让他登上了我丈夫的眠床。上天饶恕我的过失！我不能抵抗他强力的求欢，你便是我那一次销魂的罪恶中所结下的果实。

庶　子　天日在上，母亲，要是我重新投胎，我也不希望有一个更好的父亲。有些罪恶在这世上是有它们的好处的，您的也是这样；

① 巴西利斯柯（Basilisco）：当时一出流行戏里的人物，在受辱的时候还要求人称他为“骑士”。

您的过失不是您的愚蠢。在他君临一切的爱情之前，您不能不俯首臣服，掏出您的心来呈献给他，他的神威和无比的强力，曾经使无畏的雄狮失去战斗的勇气，让理查剖取它的高贵的心。他既然能够凭着勇力夺去狮子的心，赢得一个女人的心当然是易如反掌的。啾，我的妈，我用全心感谢你给我这样一位父亲！哪一个活着的人嘴里胆敢说您在怀着我的时候干了坏事，我要送他的灵魂下地狱。来，太太，我要带您去给我的亲属引见引见；他们将要说，当理查留下我这种子的时候，要是您拒绝了他，那才是一件罪恶；照现在这样，谁要说您犯了罪，他就是说谎；我说。这算不了罪恶。（同下。）

第二幕

第一场　法国。安及尔斯城前

奥地利公爵利摩琪斯率军队自一方上；法王腓力普率军队及路易要、康斯丹丝、亚瑟、侍从等自另一方上。

腓力普王　英勇的奥地利，今天在安及尔斯城前和你相遇，真是幸会。亚瑟，那和你同血统的你的伟大的前驱者理查，那曾经攫取狮心，在巴勒斯坦指挥圣战的英雄，是在这位英勇的公爵手里崩殂的；为了向他的后裔补偿前愆起见，他已经听从我的敦请，到这儿来共举义旗，为了你的权利，孩子，向你的逆叔英王约翰声讨篡窃之罪。拥抱他，爱他，欢迎他到这儿来吧。

亚　瑟　上帝将要宽宥你杀害狮心王的罪愆，因为你把生命给予他的后裔，用你武力的羽翼庇护他们的权利。我举起无力的手来欢迎你，可是我的心里却充满着纯洁的爱；欢迎你驾临安及尔斯城前，公爵。

腓力普王　一个高贵的孩子！谁不愿意为你出力呢？

利摩琪斯　我把这一个热烈的吻加在你的颊上，作为我的爱心的印证；我誓不归返我的故国，直到安及尔斯和你在法国所有的权利，连同那惨淡苍白的海岸——它的巨足踢回大洋汹涌的潮汐，把那岛国的居民隔离在世界之外——还有那为海洋所围护的英格兰，那未遭外敌侵凌的以水为城的堡垒，那海角极西的国土，全都敬礼你为国王；直到那时候，可爱的孩子，我要坚持我的武器，决不思念我的家乡。

康斯丹丝　啊！接受他的母亲的感谢，一个寡妇的感谢，直到你的坚强的手给他充分的力量，可以用更大的报酬答谢你的盛情。

利摩琪斯　在这样正义的战争中举起宝剑来的人，上天的平安是属于他们的。

腓力普王　那么好，我们动手吧。我们的大炮将要向这顽抗的城市轰击。叫我们那些最熟谙军事的人来，商讨安置火器的合宜地点。我们不惜在城前横陈我们尊严的骸骨，踏着法兰西人的血迹向市中前进，可是我们一定要使它向这孩子屈服。康斯丹丝等候你的使臣回来！看他带给你什么答复吧！不要轻率地让热血玷污了你们的刀剑。夏提昂大人也许会用和平的手段，从英国带来了我们现在要用武力争取的权利，那时我们就要因为在一时的鲁莽中徒然轻掷的每一滴血液而悔恨了。

夏提昂上。

腓力普王　怪事，夫人！瞧，你刚想起，我们的使者夏提昂就到了。简单一点告诉我，贤卿，英格兰怎么说；我们在冷静地等候着你；夏提昂，说吧。

夏提昂　命令你们的军队停止这场无谓的围攻，鼓动他们准备更重大的厮杀吧。英格兰已经拒斥您的公正的要求，把她自己武装起来了。逆风延误了我的行程，可是却给英王一个机会，使他能够带领他的大军跟我同时登陆；他的行军十分迅速，快要到达这座城市了；他的兵力强盛，他的士卒都抱着必胜的信心。跟着他来的是他的母后，像一个复仇的女神，怂恿他从事这一场流血和争斗；她的侄孙女，西班牙的白兰绮郡主，也跟着同来；此外还有一个前王的庶子，和全国一切少年好事之徒，浮躁；轻率而勇猛的志愿军人，他们有的是妇女的容貌和猛龙的性情，卖去了故乡的田产，骄傲地挺着他们了无牵挂的身子，到这儿来冒险寻求新的运气。总而言之！这次从英国渡海而来的，全是最精锐的部队，从来没有比他们更勇敢而无畏的战士曾经凌风破浪，前来蹂躏过基督教的国土。（内鼓声）他们粗暴的鼓声阻止我作更详细的叙述；他们已经到来，要是谈判失败，就要进行决战，所以准备起来吧。

腓力普王　他们来得这样快，倒是意想不到的。

利摩琪斯　越是出于意外，我们越是应该努力加强我们的防御，因为勇气是在磨炼中生长的。让我们欢迎他们到来，我们已经准备好了。

约翰王、艾莉诺、白兰绮、庶子、群臣及军队同上。

约翰王　愿和平归于法兰西，要是法兰西容许我们和平进入我们自己的城市；不然的话，流血吧，法兰西，让和平升上天空；我们将要躬行天讨，惩罚这蔑视神意、拒斥和平的罪人。

腓力普王　愿和平归于英格兰，要是你们愿意偃旗息鼓，退出法兰西的领土，在你们本国安享和平的幸福。我们是爱英国的；为了英国的缘故，我们才不辞劳苦而来，在甲胄的重压之下流汗。这本来是你的责任，不该由我们越俎代庖；可是你不但不爱英国，反而颠覆她的合法的君主，斩断绵绵相承的王统，睥睨幼弱的朝廷，奸污纯洁的王冠。瞧这儿你的兄长吉弗雷的脸吧：这一双眼睛，这两条眉毛，都是照他的模型塑成的；这一个小小的雏形，具备着随吉弗雷同时死去的种种特征，时间之手将会把他扩展成一个同样雄伟的巨人。那吉弗雷是你的长兄，这是他的儿子；英格兰的主权是应该属于吉弗雷和他的后嗣的。凭着上帝的名义，他应该戴上这一顶被你篡窃的王冠，热血还在他的脑门中跳动，你有什么权力擅自称王？

约翰王　谁给你这样伟大的使命，法兰西，使我必须答复你的质问呢？

腓力普王　我的权力得自那至高无上的法官，那在权威者的心中激发正直的思想，使他鉴照一切枉法背义的行为的神明；这神明使我成为这孩子的保护人；因为尊奉他的旨意，所以我来纠责你的过失，凭借他的默助，我要给不义者以应得的惩罚。

约翰王　唉！你这是篡窃上天的威权了。

腓力普王　恕我，我的目的是要击倒篡窃的奸徒。

艾莉诺　法兰西，你骂哪一个人是篡窃的奸徒？

康斯丹丝　让我回答你吧：你那篡位的儿子。

艾莉诺　呸，骄悍的妇人！你那私生子做了国王，你就可以做起太后来，把天下一手操纵了。

康斯丹丝　对你的儿子恪守贞节，像你对你的丈夫一样；然你跟约翰在举止上十分相像，像雨点和流水，鬼和他的母亲一般难分彼此，是还不及我这孩子在容貌上和他父亲吉弗雷那样酷肖的孩子是个私生子！用我的灵魂起誓，想他的父亲生下来的时候，不会比他更光明正大；你这样一位母亲，什么都是说不定的。

艾莉诺　好一位母亲，孩子，把你的父亲都污辱起来了。

康斯丹丝　好一位祖母，孩子，她要把你污辱哩。

利摩琪斯　静些！

庶　子　听传令官说话。

利摩琪斯　你是个什么鬼东西？

庶　子　我是个不怕你、还能剥下你的皮来的鬼东西。你正是俗话所说的那头兔子，它的胆量只好拉拉死狮子的胡须。要是我把你捉住了，我一定要敲你的皮。嘿，留点儿神吧，我是不会骗你的。

白兰绮　啊！他穿着从狮子身上剥下来的皮衣，那样子是多么威武！

庶　子　看上去是很体面的，就像一头蒙着狮皮的驴子一样；可是，驴子，我要剥下您的狮皮，要不然就敲碎您的肩骨。

利摩琪斯　这是哪儿来的吹法螺的狂徒，用他满口荒唐的胡说震聋我们的耳朵？王兄，——路易，赶快决定我们应该采取怎样的行动吧。

腓力普王　妇女们和无知的愚人们，不要多说。约翰王，我的唯一的目的，就是代表亚瑟，向你要求归还英格兰、爱尔兰、安佐、妥伦和缅因的各部分领土。你愿意放弃它们，放下你的武器吗？

约翰王　我宁愿放弃我的生命。接受我的挑战，法兰西。布列塔尼的亚瑟，赶快归降；凭着我对你的眷宠，我要给你极大的恩典，远过于懦怯的法兰西所能为你赢得的。投降吧，孩子。

艾莉诺　到你祖母的身边来，孩子。

康斯丹丝　去吧，孩子，到你祖母的身边去，孩子；把王国送给祖母，祖母会赏给你一颗梅子、一粒樱桃和一枚无花果。好一位祖母！

亚　瑟　我的好妈妈，别说了吧！我但愿自己躺在坟墓里；我是不值得你们为我闹起这一场纠纷来的。

艾莉诺　他的母亲丢尽了他的脸，可怜的孩子，他哭了。

康斯丹丝　别管他的母亲，你才丢脸呢！是他祖母给他的损害，不是他母亲给他的耻辱，从他可怜的眼睛里激起了那些感动上天的珠泪，上天将要接受这一份礼物，是的，这些晶莹的珠玉将要贿赂上天，为他主持公道，向你们报复他的仇恨。

艾莉诺　你这诽谤天地的恶妇！

康斯丹丝　你这荼毒神人的妖媪！不要骂我诽谤天地；你跟你的儿子篡夺了这被迫害的孩子的领土、王位和主权；这是你长子的嫡子，他有的是生来的富贵，都是因为你才遭逢这样的不幸。这可怜的孩子头上顶着你的罪恶，因为他和你的淫邪的血液相去只有二代,所以他必须担负你的不祥的戾气。

约翰王　疯妇,闭嘴!

康斯丹丝　我只有这一句话要说,他不但因为她的罪恶而受难,而且上帝已经使她的罪恶和她自己本身把灾难加在她这隔代的孙儿身上;他必须为她受难,又必须担负她的罪恶;一切的惩罚都降在这孩子的身上,全是因为她的缘故。愿她不得好死!

艾莉诺　你这狂妄的悍妇,我可以给你看一张遗嘱,上面载明取消亚瑟继承的权利。

康斯丹丝　嗯,那是谁也不能怀疑的。一张遗嘱!一张奸恶的遗嘱!一张妇人的遗嘱!一张坏心肠的祖母的遗嘱!

腓力普王　静下来,夫人!停止你的吵闹,安静点儿吧;当着这么多人的面前,尽是这样反复嚷叫,未免有失体统。吹起喇叭来,叫安及尔斯城里的人们出来讲话;让我们听听他们怎么说,究竟他们承认谁是他们合法的君王,亚瑟还是约翰。(吹喇叭。市民若干人在城墙上出现。)

市民甲　谁呼唤我们到城墙上来?

腓力普王　法兰西的国王,代表英格兰向你们说话,

约翰王　英格兰有她自己的代表。安及尔斯的人们,我的亲爱的臣民——

腓力普王　亲爱的安及尔斯的人们,亚瑟的臣民,我们的喇叭呼唤你们来作这次和平的谈判——

约翰王　为了英国的利益;所以先听我们说吧。这些招展在你们城市之前的法国的旌旗,原是到这里来害你们的;这些法国人的大炮里满装着愤怒,已经高高架起,要向你们的城墙喷出凶暴的铁弹。他们准备当着你们城市的眼睛,这些紧闭的城门之前,进行一场流血的围攻和残酷的屠杀;倘不是因为我们来到,这些像腰

带一般围绕在你们四周的酣睡的石块，在他们炮火的威力之下，早已四散纷飞，脱离它们用泥灰胶固的眠床，凶恶的暴力早已破坏你们的和平，造成混乱的恐怖了。我们好容易用最快的速度，赶到你们的城前，方才及时阻止了他们的暴行，保全了你们这一座受威胁的城市的完整；瞧，这些法国人看见了我，你们的合法的君王，就吓得愿意举行谈判了；现在他们不再用包裹在火焰中的弹丸使你们的城墙震颤，只是放射一些蒙蔽在烟雾里的和平的字句，迷惑你们的耳朵，使你们把没有信义的欺骗误认为真。所以，善良的市民们，不要相信那套话，让我，你们的君王，进来吧；我的劳苦的精神因为这次马不停蹄的长途跋涉而疲惫，要求在你们的城内暂息征骖。

腓力普王　等我说完以后，你们再答复我们两人吧。瞧！在这右边站着年轻的普兰塔琪纳特，保护他的权利是我对上天发下的神圣誓言，他就是这个人的长兄的儿子，按照名分，他应该是他和他所占有的一切的君王。为了伸张被蹂躏的正义，我们才整饬师旅，涉足在你们的郊野之上；除了被扶弱济困的热情所激动，使我们向这被迫害的孩子伸出援手以外，对你们绝对没有任何的敌意。所以，向这位少年王子致献你们的忠诚吧，这是你们对他应尽的天职。那时候我们的武器就像套上口罩的巨熊一样，只剩下一副狰狞的外形，它们的凶气将要收藏起来；我们的炮火将要向不可摧毁的天空的白云发出徒然的轰击；我们将要全师而退，刀剑无缺，盔甲完好，那准备向你们的城市溅洒的热血，依然保留在我们的胸腔里，无恙而归，让你们和妻子儿女安享和平。可是你们要是执迷不悟，轻视我们的提议，那么即使这些久经征战的英国人都在你们的围城之内，这些古老的城墙也不能保护你们避免战争的荼毒。所以告诉我们，你们愿不愿意接受你们合法的君王，向我们献城投降；还是我们必须发出愤怒的号令，踏着战死者的血迹把你们的城市占领。

市民甲　简单一句话，我们是英格兰国王的子民；为了他和他的权利，我们才坚守着这一座城市。

约翰王　那么承认你们的君王，让我进去吧。

市民甲　那我们可不能；谁能够证明他是真正的国王，我们愿意向他证明我们的忠诚；否则我们将要继续向全世界紧闭我们的门户，。

约翰王　英格兰的王冠不能证明我是你们的国王吗？要是那还不足凭信，我给你们带来了见证，三万个生长在英国的壮士——

庶　子　私生子也包括在内。约翰王可以用他们的生命证明我的权利。

腓力普王　同样多的出身高贵的健儿——

庶　子　也有几个私生子在内。

腓力普王　可以站在他的面前驳斥他的僭妄。

市民甲　在你们还没有决定谁的权利更合法以前，为了保持合法者的权利，我们只好同时拒绝你们双方进入。

约翰王　那么在夕露未降以前，为了用残酷的手段判明谁是这王国的合法君主，许多人的灵魂将要奔向他们永久安息的所在，愿上帝宽恕他们的一切罪愆！

腓力普王　阿门，阿门！上马，骑士们！拿起武器来！

庶　子　圣乔治[①]啊，你自从打死了那条恶龙以后，就一直骑在马背上，悬挂在酒店主妇的门前，现在快教给我们一些剑法吧！（向奥地利公爵）喂，要是我在你的窠里，跟你那头母狮在一起，我要在你的狮皮上安一个牛头，让你变成一头四不像的怪妖精。

利摩琪斯　住口！别胡说。

---

① 圣乔治（St，George），圣徒之一，英国守护神，传说曾杀恶龙。

庶　子　啊！发抖吧，你听狮子在怒吼了。

约翰王　到山上去，让我们好好地布置我们的阵容。

庶　子　那么赶快吧，还是先下手为强。

腓力普王　就这样办；（向路易）你在另外一个山头指挥余众，叫他们坚守阵地。上帝和我们的权利保卫我们！（各下。）

号角声，两军交锋；随即退却。一名法国传令官率喇叭手至城门前。

法传令官　安及尔斯的人民，打开你们的城门，让布列塔尼公爵，少年的亚瑟进来吧；他今天借着法兰西的臂助，已经造成许多的惨剧，无数英国的母亲将要为她们僵毙在血泊中的儿子们哭泣，无数寡妇的丈夫倒卧地上，拥抱着变了色的冰冷的泥土。法兰西的飘扬的旗帜夸耀着他们损失轻微的胜利，在一片奏凯声中，他们就要到来，以战胜者的身份长驱直进，宣布布列塔尼的亚瑟为英格兰和你们的君王。

英国传令官率喇叭手上。

英传令官　欢呼吧，安及尔斯的人们，敲起你们的钟来；约翰王，你们和英格兰的君王，今天这一场恶战中的胜利者，快要到来了。当他们从这儿出发的时候，他们的盔甲是那样闪耀着银光，现在他们整队而归，染满了法兰西人的鲜血；没有一片英国人盔上的羽毛被法国的枪尖挑下；高举着我们的旗帜出发的人们，依旧高举着我们的旗帜回来；像一队快乐的猎人，我们这些勇壮的英国人带着一双双殷红的血手，从战场上杀敌回来了。打开你们的城门，让胜利者进来。

市民甲　两位传令官，我们从城楼上，可以从头到尾很清楚地看到你们两军进退的情形；即使用我们最精密的眼光，也不能判断双方的优劣；流血交换流血，打击回答打击，实力对付实力，两边都是旗鼓相当，我们也不能对任何一方意存偏袒。必须有一方面证明它的势力是更强大的；既然你们不分胜败，我们就只好闭门固守，拒绝你们进来，同时也就是为你们双方守住这一座城市。

二王各率军队重上。

约翰王　法兰西，你还有更多的血可以溅洒吗？说，我们合法的权利是否应该畅行无阻？像一道水流一样，因为横遭你的阻碍，我们的愤怒将要泛滥横决，淹没你的堤岸，除非你放任它的银色的波涛顺流直下，倾注在大洋之中。

腓力普王　英格兰，你在这一次激烈的比试里，并没有比我们法国人多保全一滴血；你们的损失比我们更大。我现在凭着我这一只统治这一方土地的手起誓，我们向你举起我们正义的武器，在我们放下武器之前，我们一定要使你屈服，或是在战死者的名单上多添一个国王的名字。

庶　子　嘿，君主的威严！当国王们的高贵的血液燃烧起来的时候，那将是怎样的光芒万丈！啊！现在死神的嘴里满插着兵器，兵士们的刀剑便是他的利齿，他的毒牙；在两个国王未决胜负的争战中，他现在要撕碎人肉供他大嚼了。为什么你们两人相对，大家都这样呆呆地站着不动？高声喊杀吧，国王们！回到血染的战场上去，你们这些势均力敌、燃烧着怒火的勇士们！让一方的溃乱奠定另一方的和平；直到那时候，让刀剑、血肉和死亡决定一切吧！

约翰王　哪一方面是市民们所愿意接纳的？

腓力普王　说吧，市民们，为了英格兰的缘故，谁是你们的君王？

市民甲　英格兰的国王是我们的君王，可是我们必须知道谁是真正的国王。

腓力普王　我是他的代表，他的主权就是我现在所要支持的。

约翰王　我就是英王本人，亲自驾临你们的城前，是唯我独尊的君主，也是你们安及尔斯城的主人。

市民甲　一种比我们伟大的力量否认这一切；在我们的怀疑没有消释以前，我们仍然要保持原来的审慎，紧锁我们坚强的城门，让疑虑作我们的君王；除非另有一个确凿的君王来到，这个疑虑的君王是不能被推翻废黜的。

庶　子　天哪，这些安及尔斯的贱奴们在玩弄你们哩，两位王上；他们安安稳稳地站在城楼上，就像在戏园子里瞧热闹一般，指手画脚地看你们表演杀人流血的戏剧。请两位陛下听从我的计策，像耶路撒冷城里的暴动分子[①]一样，暂时化敌为友，用你们联合的力量，向这城市施行你们最严厉的惩罚。让东西两方同时架起英法两国满装着弹药的攻城巨炮，直到它们那使人心惊胆裂的吼声震碎了这傲慢的城市的坚硬的肋骨，把这些贱奴们所倚赖的垣墙摧为平地，使他们像在露天的空气中一般没有保障。这以后你们就可以分散你们联合的力量！举起各自的旗帜！脸对着脸！流血的剑锋对着剑锋！拼一个你死我活！那时候命运之神就可以在片刻之间选择她所宠爱的一方作为她施恩的对象，使他得到光荣的胜利。伟大的君王们，对于这一个狂妄的意见，你们觉得怎样？这不是一个很巧妙的策略吗？

约翰王　苍天在上，我很喜欢这一个计策。法兰西，我们要不要集合我们的力量，把这安及尔斯摧为平地，然后再用战争决定谁是它的君王？

庶　子　你也像我们一样受到这愚蠢的城市的侮辱，要是你有一个国王的胆气，把你的炮口转过来对着这傲慢的城墙吧，我们也会和你们一致行动；等我们把它踏成平地以后，那时我们可以再来一

① 公元七十年罗马军攻打耶路撒冷的时候，城里正在进行内战的暴动分子，曾联合起来共同抵御侵略。

决雌雄，杀它一个天昏地暗、日月无光。

腓力普王　就这样吧。说，你们预备向什么地方进攻？

约翰王　我们从西方直捣这城市的心脏。

利摩琪斯　我从北方进攻。

腓力普王　我们将要从南方向这城市抛下我们火雷的弹丸。

庶　子　啊，聪明的策略！从北方到南方，奥地利和法兰西彼此对准了各人发射；我要怂恿他们这样干。来，去吧，去吧！

市民甲　请听我们说，伟大的君王们；俯从我们的请求，暂驻片刻，我将要贡献你们一个和平合作的方策；不损一剑，不伤一卒，就可以使你们得到这一座城市，让这些准备捐躯在战场上的活跃的生命将来还能寿终正寝。不要固执，听我说，伟大的君王们。

约翰王　说吧，我们愿意听一听你的意见。

市民甲　那位西班牙的女儿，白兰绮郡主，是英王的近亲；瞧吧，路易太子和那位可爱的女郎正是年龄相当的一对。要是英勇的情郎想要物色一位美貌的佳人，什么地方可以找得到比白兰绮更娇艳的？要是忠诚的情郎想要访求一位贞淑的贤媛，什么地方可以找得到比白兰绮更纯洁的？要是野心的情郎想要匹配一位名门的贵女，谁的血管里包含着比白兰绮郡主更高贵的血液？正像她一样，这位少年的太子在容貌、德性和血统上，也都十全十美。要是他有缺陷的话，那就是缺少了这样一个她；她唯一的美中不足，也就是缺少了这样一个他。他只是半个幸福的人，需要她去把他补足；她是一个美妙的全体中的一部分，必须有了他方才完满。啊！像这样两道银色的水流，当它们合而为一的时候，是会使两旁的河岸倍添光彩的两位国王，你们就是汇聚这两道水流的两道堤岸，要是你们促成了这位王子和这位郡主的良缘。这一个结合对于我们紧闭的城门将要成为比炮火更有力的武器；因为这段婚姻实现以后，无须弹药的威力，我们就会迅速打开我们的门户，欢迎你们进来。要是没有这一段婚姻，我们就要固守我们的城市；怒海不及我们顽强，雄狮不及我们自信，山岩不及我们坚定，不，残暴的死神也不及我们果决。

庶　子　这是一个意外的打击，把死神腐烂的尸骸上披着的破碎的衣服都吓得掉下来了！好大的一张嘴；死、山岳、岩石、海水，都被它一口气喷了出来，它讲起怒吼的雄狮，就像十三岁的小姑娘谈到小狗一般熟悉。哪一个炮手生下这强壮的汉子？他的话简直就是冒着浓烟、威力惊人的炮火；他用舌头殴打我们，我们的耳朵都受到他的痛击；他所说的每一个字，都比法国人的拳头更有力量。他妈的！自从我第一次叫我兄弟的父亲做爸爸以来，我从不曾给人家用话打得这样不能动弹过。

艾莉诺　（向约翰王旁白）我儿，听从这一个结合的建议，成全了这门婚事吧；给我的孙女一笔大大的嫁奁；因为凭着这次联姻，可以巩固你现在基础尚未稳定的王位，让那乳臭未干的小儿得不到阳光的照耀，像一朵富于希望的鲜花，结不出灿烂的果实。我看见法王的脸上好像有允从的意思；瞧他们在怎样交头接耳。趁他们心中活动的时候，竭力怂恿怂恿吧，免得一时被婉转的陈辞和天良的愧悔所感动的热诚，在瞬息之间又会冷淡下来，变得和从前一样。

市民甲　两位陛下为什么不答复我们这危城所提出的这一个善意的建议？

腓力普王　让英格兰先说吧，他是最先向这城市发言的，你怎么说？

约翰王　要是这位太子，你的尊贵的令郎，能够在这本美貌的书卷上读到“我爱”的字样，她的嫁奁的价值将要和一个女王相等；安佐和美好的妥伦、缅因、波亚叠以及为我们王冠的威权所及的大海这一边的全部领土，除了现在被我们所包围的这一个城市以外，将要成为她新床上的盛饰，使她拥有无限的尊荣富贵，正像她在美貌、教养和血统上，可以和世上任何一个公主相比一样。

腓力普王　你怎么说，孩子？瞧瞧这位郡主的脸吧。

路　易　我在瞧着呢，父王；在她的眼睛里我发现一个奇迹，我看见她的一汪秋水之中，荡漾着我自己的影子，它不过是您儿子的影子，可是却化为一轮太阳，使您的儿子反倒成为它的影子。我平生从不曾爱过我自己，现在在她眼睛的美妙的画板上，看见我自己粉饰的肖像，却不禁顾影自怜了。（与白兰绮耳语。）

庶　子　粉饰的肖像在她眼睛的美妙的画板上！悬挂在她眉梢的颦蹙的皱纹上！站守在她的心头！他等于供认自己是爱情的叛徒，因为他已经被“分尸”、“悬挂”和“斩首”了。可惜高谈着这样的爱情的，却是像他这么一个伧夫俗子。

白兰绮　在这件事上，我的叔父的意志就是我的意志；要是他在您的身上发现有可以使他喜欢您的地方，我也一定会对他表示同意；更适当地说，我要全不费力地强迫我自己喜爱它们。我不愿恭维您，殿下，说我所看到的您的一切都是值得喜爱的；可是我可以这样说一句，即使让鄙俗的思想来评判您，我也找不出您身上有哪一点是值得憎恨的。

约翰王　这一对年轻人怎么说？你怎么说，我的侄女？

白兰绮　一切听凭叔父的高见；您怎么吩咐我。我就怎么做。这是我的本分。

约翰王　那么说吧，太子，你能够爱这个女郎吗？

路　易　不，您还是问我能不能不去爱她吧；因为我是最真诚地爱着她的。

约翰王　那么我就给你伏尔克森、妥伦、缅因、波亚叠和安佐五州作为她的妆奁，另外再加增英国国币三万马克[①]。法兰西的腓力普，要是你满意这样的处置，命令你的佳儿佳妇互相握手吧。

腓力普王　我很满意。我儿和这位年轻的郡主，你们握手吧。

利摩琪斯　把你们的嘴唇也接合起来；因为我记得清清楚楚，当我订婚的时候，我也来过这么一下的。

腓力普王　现在，安及尔斯的市民们，打开你们的城门，你们已经促成我们的和好，让我们双方同时进来吧；因为我们就要在圣玛丽教堂举行婚礼。康斯丹丝夫人不在我们的队伍里吗？我知道她不在这里，因为否则她一定会多方阻挠这一段婚姻的成就。她和她的儿子在什么地方？有谁知道的，请告诉我。

路　易　她在陛下的营帐里，非常悲哀愤激。

腓力普王　凭良心说，我们这次缔结的联盟，是不能疗治她的悲哀的。英格兰王兄，我们应该怎样安慰安慰这位寡居的夫人？我本来是为了争取她的权利而来，可是上帝知道，我却转换了方向，谋求我自身的利益了。

约翰王　我可以和解一切，因为我要封少年的亚瑟为布列塔尼公爵兼里士满伯爵，同时使他成为这一座富庶的城市的主人。请康斯丹丝夫人过来；差一个急足的使者去叫她来参加我们的婚礼。我相信即使我们不能充分满足她的心愿，至少也可以使她感到相当的满意，停止她的不平的叫嚣。去吧，让我们尽快举行这一次出人意外的盛典。（除庶子外均下；市民们退下城内。）

庶　子　疯狂的世界！疯狂的国王！疯狂的和解！约翰为了阻止亚瑟夺取他的全部的权利，甘心把他一部分的权利割舍放弃；法兰西，他是因为受到良心的驱策而披上盔甲的，义侠和仁勇的精神

① 英古币名，合十三先令四便士。

引导着他，使他以上帝的军人自命而踏上战场，却会勾搭上了那个惯会使人改变决心的狡猾的魔鬼，那个专事出卖信义的掮客，那个把国王、乞丐、老人、青年玩弄于股掌之间的毁盟的能手，那个使可怜的姑娘们失去她们一身仅有的“处女”两字空衔的骗子，那个笑脸迎人的绅士，使人心痒骨酥的“利益”。“利益”，这颠倒乾坤的势力；这世界本来是安放得好好的，循着平稳的轨道平稳前进，都是这“利益”，这引人作恶的势力，这动摇不定的“利益”使它脱离了不偏不颇的正道，迷失了它正当的方向、目的和途径；就是这颠倒乾坤的势力，这“利益”，这牵线的淫媒，这掮客，这变化无常的名词，蒙蔽了反复成性的法兰西的肉眼，使他放弃他的援助弱小的决心，从一场坚决的正义的战争，转向一场卑鄙恶劣的和平。为什么我要辱骂这“利益”呢？那只是因为他还没有垂青到我的身上。并不是当灿烂的金银引诱我的手掌的时候，我会有紧握拳头的力量；只是因为我的手还不曾受过引诱，所以才像一个穷苦的乞儿一般。向富人发出他的咒骂。好，当我是一个穷人的时候，我要信口谩骂，说只有富有是唯一的罪恶；要是有了钱，我就要说，只有贫穷才是最大的坏事。既然国王们也会因“利益”而背弃信义；“利益”，做我的君主吧，因为我要崇拜你！（下。）

第三幕

第一场　法国。法王营帐

康斯丹丝及萨立斯伯雷上。

康斯丹丝　去结婚啦！去缔结和平的盟约啦！虚伪的血和虚伪的血结合！去做起朋友来啦！路易将要得到白兰绮，白兰绮将要得到这几州的领土吗？不会有这样的事；你一定说错了，听错了。想明白了，再把你的消息重新告诉我。那是不可能的；你不过这样说说罢了。我想我不能信任你，因为你的话不过是一个庸人的妄语。相信我，家伙，我不相信你；我有的是一个国王的盟誓，那是恰恰和你的话相反的。你这样恐吓我，应该得到惩罚，因为我是个多病之人，受不起惊吓；我受尽人家的欺凌，所以我的心里是充满着惊恐的；一个没有丈夫的寡妇，时时刻刻害怕被人暗算；一个女人，天生的惊弓之鸟；即使你现在承认刚才不过向我开了个玩笑，我的受激动的心灵也不能就此安定下来，它将要整天惊惶而颤栗。你这样摇头是什么意思？为什么你用这样悲哀的神情瞧着我的儿子？你把你的手按在你的胸前，这又是什么意思？为什么你的眼睛里噙着满眶的伤心之泪，就像一条水涨的河流，泛滥到它的堤岸之上？这些悲哀的表现果然可以证实你所说的话吗？那么你再说吧；我不要你把刚才所说的全部复述，只要你回答我一句话，你的消息是不是确实的。

萨立斯伯雷　它是全然确实的,正像你说的那班人是全然虚伪的一样;他们的所作所为可以证明我的话全然确实。

康斯丹丝　啊!要是你让我相信这种悲哀的消息,还是让这种悲哀把我杀死了吧。让我这颗相信的心和生命,像两个不共戴天的仇人狭路相逢,在遭遇的片刻之间就同时倒地死去吧。路易要娶白兰绮!啊,孩子!什么地方还有你的立足之处呢?法兰西和英格兰做了朋友,那我可怎么好呢?家伙,去吧!我见了你的脸就生气;这消息已经使你变成一个最丑恶的人。

萨立斯伯雷　好夫人,我不过告诉您别人所干的坏事,我自己可没有干错什么呀。

康斯丹丝　那坏事的本身是那样罪大恶极,谁要是说起了它,也会变成一个坏人。

亚　瑟　母亲,请您宽心点儿吧。

康斯丹丝　你还叫我宽心哩!要是你长得又粗恶,又难看,丢尽你母亲的脸;你的身上满是讨厌的斑点和丑陋的疤痕,跛脚、曲背、又黑、又笨,活像个妖怪,东一块西一块的全是些肮脏的黑痣和刺目的肉瘤,那我就可以用不着这样操心;因为我不会爱你,你也有忝你的高贵的身世,不配戴上一顶王冠。可是你长得这样俊美;在你出世的时候,亲爱的孩子,造化和命运协力使你成为一个伟大的人物。百合花和半开的玫瑰是造化给你的礼物。可是命运,啊!她却变了心肠,把你中途抛弃。她时时刻刻都在和你的叔父约翰卖弄风情;她还用她金色的手臂操纵着法兰西,使她蹂躏了君主的尊严,甘心替他们勾引成奸。法兰西是替命运女神和约翰王牵线的淫媒,那无耻的娼妇"命运",那篡位的僭王约翰!告诉我,家伙,法兰西不是背弃了他的盟誓吗?用恶毒的话把他痛骂一顿,否则你还是去吧,让我一个人独自忍受着这些悲哀。

萨立斯伯雷　恕我，夫人，您要是不跟我同去，叫我怎么回复两位王上呢？

康斯丹丝　你可以一个人回去，你必须一个人回去；我是不愿跟你同去的。我要让我的悲哀骄傲起来；因为忧愁是骄傲成性的，它甚至能压倒它的主人。让国王们聚集到我的面前来吧，因为我的悲哀是如此沉重，除了坚实的大地以外，什么也不能把它载负起来。我在这儿和悲哀坐在一起，这便是我的宝座，叫国王们来向它敬礼吧。（坐于地上。）

约翰王、腓力普王、路易、白兰绮、艾莉诺、庶子、奥地利公爵及侍从等上。

腓力普王　真的，贤媳；这一个幸福的日子将要在法兰西永远成为欢乐的节日。为了庆祝今天的喜事，光明的太阳也停留在半空之中，做起炼金的术士来，用他宝眼的灵光，把寒伧的土壤变成灿烂的黄金。年年岁岁，这一天永远是一个值得纪念的良辰。

康斯丹丝　（起立）一个邪恶的日子，说什么吉日良辰！这一个日子有些什么值得纪念的功德？它干了些什么好事，值得在日历上用金字标明，和四时的佳节并列？不，还是把这一天从一周之中除去了吧，这一个耻辱、迫害、背信的日子。要是它必须继续存在的话，让怀孕的妇人们祈祷她们腹中的一块肉不要在这一天呱呱坠地，免得她们的希望横遭摧残；除了这一天以外，让水手们不用担忧海上的风波；一切的交易只要不是在这一天缔结的，都可以顺利完成；无论什么事情，凡是在这一天开始的，都要得到不幸的结果，就是真理也会变成空虚的欺诳！

腓力普王　苍天在上，夫人，你没有理由咒诅我们今天美满的成就；我不是早就用我的君主的尊严向你担保过了吗？

康斯丹丝　你用虚有其表的尊严欺骗我，它在一经试验以后，就证明毫无价值。你已经背弃了盟誓，背弃了盟誓；你武装而来，为的是要溅洒我的仇人的血,可是现在你却用你自己的血增强我仇人的力量;战争的猛烈的铁掌和狰狞的怒容,已经在粉饰的和平和友好之下松懈消沉,我们所受的迫害,却促成了你们的联合。举起你们的武器来,诸天的神明啊,惩罚这些背信的国王们!一个寡妇在向你们呼吁;天啊,照顾我这没有丈夫的妇人吧!不要让这亵渎神明的日子在和平中安然度过;在日没以前,让这两个背信的国王发生争执而再动干戈吧!听我!啊,听我!

利摩琪斯　康斯丹丝夫人,安静点儿吧。

康斯丹丝　战争!战争!没有安静,没有和平!和平对于我也是战争。啊,利摩琪斯!啊,奥地利!你披着这一件战利品的血袍,不觉得惭愧吗?你这奴才,你这贱汉,你这懦夫!你这怯于明枪、勇于暗箭的奸贼!你这借他人声势,长自己威风的恶徒!你这投机取巧、助强凌弱的小人!你只知道趋炎附势,你也是个背信的家伙。好一个傻瓜。一个激昂慷慨的傻瓜,居然也会向我大言不惭,举手顿足,指天誓日地愿意为我尽力!你这冷血的奴才,你不是曾经用怒雷一般的音调慷慨声言,站在我这一方面吗?你不是发誓做我的兵士吗?你不是叫我信赖你的星宿,你的命运和你的力量吗?现在你却转到我的敌人那边去了?你披着雄狮的毛皮!羞啊!把它剥下来,套一张小牛皮在你那卑怯的肢体上吧!

利摩琪斯　啊!要是一个男人向我说这种话,我可是不答应的。

庶　子　套一张小牛皮在你那卑怯的肢体上吧!

利摩琪斯　你敢这样说,混蛋,你不要命了吗?

庶　子　套一张小牛皮在你那卑怯的肢体上吧?

约翰王　我不喜欢你这样胡说;你忘记你自己了。

潘杜尔夫上。

腓力普王　教皇的圣使来了。

潘杜尔夫　祝福，你们这两位受命于天的人君！约翰王，我要向你传达我的神圣的使命。我，潘杜尔夫，米兰的主教，奉英诺森教皇的钦命来此，凭着他的名义，向你提出严正的质问，为什么你对教会，我们的圣母，这样存心藐视；为什么你要用威力压迫那被选为坎特伯雷大主教的史蒂芬·兰顿，阻止他就任圣职？凭着我们圣父英诺森教皇的名义，这就是我所要向你质问的。

约翰王　哪一个地上的名字可以向一个不受任何束缚的神圣的君王提出质难？主教，你不能提出一个比教皇更卑劣猥琐荒谬的名字来要求我答复他的讯问。你就这样回报他；从英格兰的嘴里，再告诉他这样一句话：没有一个意大利的教士可以在我们的领土之内抽取捐税；在上帝的监临之下，我是最高的元首，凭借主宰一切的上帝所给与我的权力，我可以独自统治我的国土，无须凡人的协助。你就把对教皇和他篡窃的权力的崇敬放在一边，这样告诉他吧！

腓力普王　英格兰王兄，你说这样的话是亵渎神圣的。

约翰王　虽然你和一切基督教国家的君主都被这好管闲事的教士所愚弄，害怕那可以用金钱赎回的咒诅，凭着那万恶的废物金钱的力量，向一个擅自出卖赦罪文书的凡人购买一纸豁免罪恶的左道的符箓；虽然你和一切被愚弄的君主不惜用捐税维持这一种欺人的巫术，可是我要用独自的力量反对教皇，把他的友人认为我的仇敌。

潘杜尔夫　那么，凭着我所有的合法的权力，你将要受到上天的咒诅，被摈于教门之外。凡是向异教徒背叛的人，上天将要赐福于他；不论何人，能够用任何秘密的手段取去你的可憎的生命的，将被称为圣教的功臣，死后将要升入圣徒之列。

康斯丹丝　啊！让我陪着罗马发出我的咒诅，让我的咒诅也成为合法吧。好主教神父，在我的刻毒的咒诅以后，请你高声回应阿门；因为没有受到像我所受这样的屈辱，谁也没有力量可以给他适当的咒诅。

潘杜尔夫　我的咒诅，夫人，是法律上所许可的。

康斯丹丝　让法律也许可我的咒诅吧；当法律不能主持正义的时候，至少应该让被害者有倾吐不平的合法权利。法律不能使我的孩子得到他的王国，因为占据着他的王国的人，同时也一手把持着法律。所以，法律的本身既然是完全错误，法律怎么能够禁止我的舌头咒诅呢？

潘杜尔夫　法兰西的腓力普，要是你不愿受咒诅，赶快放开那异教元凶的手，集合法国的军力向他讨伐，除非他向罗马降服。

艾莉诺　你脸色变了吗，法兰西？不要放开你的手。

康斯丹丝　留点儿神，魔鬼，要是法兰西悔恨了，缩回手去，地狱里就要失去一个灵魂。

利摩琪斯　腓力普王，听从主教的话。

庶　子　套一张小牛皮在他那卑怯的肢体上。

利摩琪斯　好，恶贼，我必须暂时忍受这样的侮辱，因为——

庶　子　你可以把这些侮辱藏在你的裤袋里。

约翰王　腓力普，你对这位主教怎么说？

康斯丹丝　他除了依从主教以外，还有什么话好说？

路　易　想一想吧，父亲；我们现在所要抉择的，是从罗马取得一个重大的咒诅呢，还是失去英国的轻微的友谊。在这两者之间，我们应该舍轻就重。

白兰绮　轻的是罗马的咒诅，重的是英国的友谊。

康斯丹丝　啊，路易，抱定你的主见！魔鬼化成一个长发披肩的新娘的样子，在这儿诱惑你了。

白兰绮　康斯丹丝夫人所说的话，并不是从良心里发出来的，只是出于她自己的私怨。

康斯丹丝　啊，如果你承认我确有私怨，这种私怨的产生正是由于良心的死亡，因此你可以得出这样的结论：在我的私怨死去后，良心会重生；那么把我的私怨压下去，让良心振作起来吧；在我的私怨还在发作的时候，良心是受到践踏的。

约翰王　法王的心里有些动摇，他不回答这一个问题。

康斯丹丝　啊！离开他，给大家一个好好的答复。

利摩琪斯　决定吧，腓力普王，不要再犹疑不决了。

庶　子　还是套上一张小牛皮吧，最可爱的蠢货。

腓力普王　我全然迷惑了，不知道应该怎么说才好。

潘杜尔夫　要是你被逐出教，受到咒诅，那时才更要心慌意乱哩。

腓力普王　好神父，请你设身处地替我想一想，告诉我要是你站在我的地位上，将要采取怎样的措置。这一只尊贵的手跟我的手是新近紧握在一起的，我们互相结合的灵魂，已经凭着神圣的盟誓的一切庄严的力量联系起来；我们最近所发表的言语，是我们两国之间和我们两王本人之间永矢不渝的忠诚、和平、友好和信爱；当这次和议成立不久以前，天知道，我们释嫌修好的手上还染着没有洗去的战血，无情的屠杀在我们手上留下了两个愤怒的国王的可怕的斗争的痕迹；难道这一双新近涤除血腥气、在友爱中连接的同样强壮的手，必须松开它们的紧握，放弃它们悔过的诚意吗？难道我们必须以誓言为儿戏，欺罔上天，使自己成为反复其手、寒盟背信的小人，让和平的合欢的枕席为大军的铁蹄所蹂躏，使忠诚的和蔼的面容含羞掩泣？啊！圣师，我的神父，让我们不要有这样的事！求你大发慈悲，收回成命，考虑一个比较温和的办法，使我们乐于遵从你的命令，同时可以继续保持我们的友谊。

潘杜尔夫　除了和英国敌对以外，一切命令都是不存在的。所以拿起武器来吧！为保卫我们的教会而战，否则让教会，我们的母亲，向她叛逆的儿子吐出她的咒诅，一个母亲的咒诅。法兰西，你可以握住毒蛇的舌头，怒狮的脚掌，饿虎的牙齿，可是和这个人握手言欢，是比那一切更危险的。

腓力普王　我可以收回我的手，可是不能取消我的誓言。

潘杜尔夫　那你就是要使忠信成为忠信的敌人，使盟誓和盟誓自相争战，使你的舌头反对你的舌头。啊！你应该最先履行你最先向上天所发的誓，那就是做保卫我们教会的战士。你后来所发的盟誓是违反你的本心的，你没有履行它的义务；因为一个人发誓要干的假如是一件坏事，那么反过来做好事就不能算是罪恶；对一件做了会引起恶果的事情，不予以履行恰恰是忠信的表现。与其向着错误的目标前进，不如再把这目标认错了，也许可以从间接的途径达到正当的大道；欺诳可以医治欺诳，正像火焰可以使一个新患热病的人浑身的热气冷却。宗教的信心是使人遵守誓言的唯一的力量，可是你所发的誓言，却和宗教作对；你既然发誓反对你原来的信誓，现在竟还想以誓言做你忠信的保证吗？当你不能肯定所发的誓言是否和忠信有矛盾的时候，那么一切誓言就要以不背弃原来的信誓为前提！不然发誓岂不成了一桩儿戏？但你所发的誓却恰恰背弃了原来的信誓；要再遵守它就是进一步的背信弃义，那样自相矛盾的誓言，是对于你自身的叛变，你应该秉持你的忠贞正大的精神，征服这些轻率谬妄的诱惑，我们将要用祈祷为你的后援，如果你肯于听从。不然的话，我们沉重的咒诅将要降临在你身上，使你无法摆脱，在它们黑暗的重压下绝望而死。

利摩琪斯　叛变，全然的叛变！

庶　子　怎么？一张小牛皮还堵不了你的嘴吗？

路　易　父亲，作战吧！

白兰绮　在你结婚的日子，向你妻子的亲人作战吗？什么！我们的喜宴上将要充满被杀的战士吗？叫嚣的喇叭，粗暴的战鼓，这些地狱中的喧声，将要成为我们的婚乐吗？啊，丈夫，听我说！唉！这丈夫的称呼，在我的嘴里是多么新鲜，直到现在，我的舌头上还不曾发出过这两个字眼；即使为了这一个名义的缘故，我向你跪下哀求，不要向我的叔父作战吧。

康斯丹丝　啊！我屈下我那因久跪而僵硬的膝盖向你祈求，你贤明的太子啊，不要变更上天预定的判决。

白兰绮　现在我可以看出你的爱情来了；什么力量对于你比你妻子的名字更能左右你的行动？

康斯丹丝　那支持着他，也就是你所倚为支持的人的荣誉。啊！你的荣誉，路易，你的荣誉！

路　易　陛下，这样有力的理由敦促着您，您还像是无动于衷，真叫我奇怪。

潘杜尔夫　我要向他宣告一个咒诅。

腓力普王　你没有这样的必要。英格兰，我决定和你绝交了。

康斯丹丝　啊，已失的尊严光荣地挽回了！

艾莉诺　啊，反复无常的法兰西的卑劣的叛变！

约翰王　法兰西，你将要在这个时辰内悔恨你这时所造成的错误。

庶　子　时间老人啊，你这钟匠，你这秃顶的掘墓人，你真能随心所欲地摆弄一切吗？那么好，法兰西将要悔恨自己的错误。

白兰绮　太阳为一片血光所笼罩，美好的白昼，再会吧！我应该跟着哪一边走呢？我是两方面的人，两方的军队各自握着我的一只手；任何一方我都不能释手，在他们的暴怒之中，像旋风一般，他们南北分驰，肢裂了我的身体。丈夫，我不能为你祈祷胜利；叔父，我必须祈祷你的失败；公公，我的良心不容许我希望你得到幸运；祖母，我不希望你的愿望得到满足。无论是谁得胜，我将要在得胜的那一方失败；决战还没有开始，早已注定了我的不幸的命运。

路　易　妻子，跟我去；你的命运是寄托在我的身上的。

白兰绮　我的命运存在之处，也就是我的生命沦亡的所在！

约翰王　侄儿，你去把我们的军队集合起来！（庶子下。）法兰西，我的胸头燃烧着熊熊的怒火，除了血，法兰西的最贵重的血以外，什么也不能平息它的烈焰。

腓力普王　在我们的血还没有把你的火浇灭以前，你自己的怒气将要把你烧成灰烬。小心点儿，你的末日就在眼前了。

约翰王　说这样的话恫吓人，他自己的死期怕也不远了。让我们各自去准备厮杀吧！（各下。）

第二场　同前。安及尔斯附近平原

号角声；两军交锋。庶子提奥地利公爵首级上。

庶　子　哎哟，今天热得好厉害！天空中一定有什么魔鬼在跟我们故意捣乱。奥地利的头在这儿，腓力普却还好好地活着。

约翰王、亚瑟及赫伯特上。

约翰王　赫伯特，把这孩子看守好了。腓力普，快去，我的母亲在我们营帐里被敌人攻袭。我怕她已经给他们掳去了。

庶　子　陛下。我已经把太后救出；她老人家安全无恙。您放心吧。陛下；不用再费多大力气。我们就可以胜利完成我们今天的战果。（同下。）

第三场　同前

号角声；两军交锋；吹号归队。约翰王、艾莉诺、亚瑟、庶子、赫伯特及群臣等上。

约翰王　（向艾莉诺）就这样吧；请母后暂时留守，坚强的兵力可以保卫您的安全。（向亚瑟）侄儿，不要满脸不高兴，你的祖母疼你，你的叔父将要像你的父亲一样爱护你。

亚　瑟　啊！我的母亲一定要伤心死了。

约翰王　（向庶子）侄儿，你先走一步，赶快到英国去吧！在我们没有到来以前，你要把那些聚敛的僧正们的肥满的私囊一起倒空，让被幽囚的财神重见天日；他们靠着国家升平的福，养得肠肥脑满，现在可得把他们的肉拿出来给饥饭的人们吃了。全力执行我的命令，不要宽纵了他们。

庶　子　当金子银子招手叫我上前的时候，铃铎、《圣经》和蜡烛都不能把我赶退。陛下，我去了，祖母，要是我有时也会想起上帝，我会祈祷您的平安的；让我向您吻手辞别。

艾莉诺　再会，贤孙。

约翰王　侄儿，再会。（庶子下。）

艾莉诺　过来，小亲人，听我说句话。（携亚瑟至一旁。）

约翰王　过来，赫伯特。啊，我的好赫伯特，我受你的好处太多啦；在这肉体的围墙之内，有一个灵魂是把你当作他的债主的，他预备用加倍的利息报偿你的忠心。我的好朋友，你的发自忠诚的誓言，深深地铭刻在我的胸头。把你的手给我。我有一件事要说，可是等适当的时候再说吧。苍天在上，赫伯特，我简直不好意思说我是多么看重你。

赫伯特　我的一切都是陛下的恩赐。

约翰王　好朋友，你现在还没有理由说这样的话，可是有一天你将会有充分的理由这样说；不论时间爬行得多么迂缓，总有一天我要大大地照顾你。我有一件事情要说，可是让它去吧。太阳高悬在天空，骄傲的白昼耽于世间的欢娱，正在嬉戏酣游，不会听我的说话；要是午夜的寒钟启动它的铜唇铁舌，向昏睡的深宵发出一响嘹亮的鸣声；要是我们所站的这一块土地是一块墓地；要是你的心头藏着一千种的冤屈，或者那阴沉的忧郁凝结了你的血液，使它停止轻快的跳动，使你的脸上收敛了笑容，而那痴愚无聊的笑容，对于我是可憎而不相宜的；或者，要是你能够不用眼睛看我，不用耳朵听我，不用舌头回答我，除了用心灵的冥会传达我们的思想以外，全然不凭借眼睛、耳朵和有害的言语的力量；那么，即使在众目昭彰的白昼，我也要向你的心中倾吐我的衷肠；可是，啊！我不愿。然而我是很喜欢你的；凭良心说，我想你对我也很忠爱。

赫伯特　苍天在上，陛下无论吩咐我干什么事，即使因此而不免一死，我也决不推辞。

约翰王　我难道不知道你会这样吗？好赫伯特！赫伯特，赫伯特，转过你的眼去，瞧瞧那个孩子。我告诉你，我的朋友，他是挡在我路上的一条蛇；无论我的脚踏到什么地方，他总是横卧在我的前面。你懂得我的意思吗？你是他的监守人。

赫伯特　我一定尽力监守他，不让他得罪陛下。

约翰王　死。

赫伯特　陛下？

约翰王　一个坟墓。

赫伯特　他不会留着活命。

约翰王　够了。我现在可以快乐起来了。赫伯特，我喜欢你；好，我不愿说我将要给你怎样的重赏；记着吧。母后；再会，我就去召集那些军队来听候您的支配。

艾莉诺　我的祝福一路跟随着你！

约翰王　到英国去；侄儿；去吧。赫伯特将要侍候你；他会尽力照料你的一切。喂！传令向卡莱进发！（同下。）

第四场　同前。法王营帐

腓力普王、路易、潘杜尔夫及侍从等上。

腓力普王　海上掀起一阵飓风，一整队失利的战舰就这样被吹得四散溃乱了。

潘杜尔夫　不要灰心！一切还可以有转机。

腓力普王　我们失利到这步田地，还有什么转机？我们不是打败了吗？安及尔斯不是失去了吗？亚瑟不是给掳去了吗？好多亲爱的朋友不是战死了吗？凶恶的约翰王不是冲破了法军的阻碍，回到英国去了吗？

路　易　凡是他所征服的土地，他都设下坚强的防御；行动那么迅速，布置又那么周密，在这样激烈的鏖战之中，能够有这样镇静的调度，真是极少前例的。谁曾经从书本上读到过，或是从别人的嘴里听到过与此类似的行动？

腓力普王　我可以容忍英格兰得到这样的赞美，只要我们也能够替我们的耻辱找到一些前例。

康斯丹丝上。

腓力普王　瞧，谁来啦！一个灵魂的坟墓；虽然她已厌弃生命，却不能不把那永生的精神锁闭在痛苦喘息的牢狱之中。夫人，请你跟我去吧。

康斯丹丝　瞧！现在瞧你们和平的结果。

腓力普王　忍耐，好夫人！安心，温柔的康斯丹丝！

康斯丹丝　不，我蔑视一切的劝告，一切的援助；我只欢迎那终结一切劝告的真正的援助者，死，死。啊，和蔼可爱的死！你芬芳的恶臭！健全的腐败！从那永恒之夜的卧榻上起来吧，你幸运者的憎恨和恐怖！我要吻你丑恶的尸骨，把我的眼球嵌在你那空洞的眼眶里，让蛆虫绕在我的手指上，用污秽的泥土塞住这呼吸的门户，使我自己成为一个和你同样腐臭的怪物。来，向我狞笑吧；我要认为你在微笑，像你的妻子一样吻你！受难者的爱人，啊！到我身边来！

腓力普王　啊，苦恼的好人儿，安静点吧！

康斯丹丝　不，不，只要有一口气可以呼喊，我是不愿意安静下来的。啊！但愿我的舌头装在雷霆的嘴里！那时我就要用巨声震惊世界；把那听不见一个女人的微弱的声音，不受凡人召唤的狰狞的枯骨从睡梦中唤醒。

潘杜尔夫　夫人，你的话全然是疯狂，不是悲哀。

康斯丹丝　你是一位神圣的教士，不该这样冤枉我；我没有疯。我扯下的这绺头发是我的；我的名字叫作康斯丹丝；我是吉弗雷的妻子；小亚瑟是我的儿子，他已经失去了！我没有疯；我巴不得祈祷上天，让我真的疯了！因为那时候我多半会忘了我自己；啊！要是我能够忘了我自己，我将要忘记多少悲哀！教诲我一些使我疯狂的哲理，主教，你将因此而被封为圣徒；因为我现在还没有疯，还有悲哀的感觉，我的理智会劝告我怎样可以解除这些悲哀，叫我或是自杀，或是上吊。假如我疯了，我就会忘记我的儿子，或是疯狂地把一个布片缝成的娃娃当作是他。我没有疯。每一次灾祸的不同的痛苦，我都感觉得太清楚，太清楚了。

腓力普王　把你的头发束起来。啊！在她这一根根美好的头发之间，存在着怎样的友爱！只要偶然有一颗银色的泪点落在它们上面，一万缕亲密的金丝就会胶合在一起，表示它们共同的悲哀；正像忠实而不可分的恋人们一样，在患难之中也不相遗弃。

康斯丹丝　杀到英国去吧，要是你愿意的话。

腓力普王　把你的头发束起来。

康斯丹丝　是的，我要把它们束起来。为什么我要把它们束起来呢？当我扯去它们的束缚的时候，我曾经高声呼喊："啊！但愿我这一双手也能够救出我的儿子，正像它们使这些头发得到自由一样！"可是现在我却妒恨它们的自由，我要把它们重新束缚起来，因为我那可怜的孩子是一个囚人。主教神父，我曾经听见你说，我们将要在天堂里会见我们的亲友。假如那句话是真的，那么我将会重新看见我的儿子；因为自从第一个男孩子该隐的诞生起，直到在昨天夭亡的小儿为止，世上从来不曾生下过这样一个美好的人物。可是现在悲哀的蛀虫将要侵蚀我的娇蕊，逐去他脸上天然的美丽；他将要形销骨立，像一个幽魂或是一个患虐病的人；他将要这样死去；当他从坟墓中起来，我在天堂里会见他的时候，我再也不会认识他；所以我永远、永远不能再看见我的可爱的亚瑟了！

潘杜尔夫　你把悲哀过分重视了。

康斯丹丝　从来不曾生过儿子的人，才会向我说这样的话。

腓力普王　你喜欢悲哀，就像喜欢你的孩子一样。

康斯丹丝　悲哀代替了不在我眼前的我的孩子的地位；它躺在他的床上，陪着我到东到西，装扮出他的美妙的神情，复述他的言语，提醒我他一切可爱的美点，使我看见他的遗蜕的衣服，就像看见他的形体一样，所以我是有理由喜欢悲哀的。再会吧；要是你们也遭到像我这样的损失，我可以用更动听的言语安慰你们。我不愿梳理我头上的乱发，因为我的脑海里是这样紊乱混杂。主啊！我的孩子，我的亚瑟，我的可爱的儿！我的生命，我的欢乐，我的粮食，我的整个的世界！我的寡居的安慰，我的销愁的药饵！（下。）

腓力普王　我怕她会干出些什么意外的事情来，我要跟上去瞧瞧她。（下。）

路　易　这世上什么也不能使我快乐。人生就像一段重复叙述的故事一般可厌，扰乱一个倦怠者的懒洋洋的耳朵；辛酸的耻辱已经损害了人世的美味，除了耻辱和辛酸以外，它便一无所有。

潘杜尔夫　在一场大病痊愈以前，就在开始复元的时候，那症状是最凶险的；灾祸临去之时，它的毒焰也最为可怕。你们今天战败了，有些什么损失呢？

路　易　一切光荣、快乐和幸福的日子。

潘杜尔夫　要是你们这次得到胜利，这样的损失倒是免不了的。不，不，当命运有心眷顾世人的时候，她会故意向他们怒目而视。约翰王在这次他所自以为大获全胜的战争中，已经遭到了多大的损失，恐怕谁也意想不到。你不是因为亚瑟做了他的俘虏而伤心吗？

路　易　我从心底里悲伤，正像捉了他去的人满心喜欢一样。

潘杜尔夫　你的思想正像你的血液一样年轻。现在听我用预言者的精神宣告吧；因为从我的言语中所发出的呼吸，也会替你扫除你的平坦的前途上的每一粒尘土、每一根草秆和每一种小小的障碍，使你安然达到英国的王座；所以听着吧，约翰已经捉住了亚瑟，当温暖的生命活跃在那婴孩的血管里的时候，窃据非位的约翰绝不会有一小时、一分钟或是一口气的安息。用暴力攫取的威权必须用暴力维持；站在易于滑跌的地面上的人，不惜抓住一根枯朽的烂木支持他的平稳，为要保全约翰的地位，必须让亚瑟倾覆；这是必然的结果，就让它这样吧。

路　易　可是亚瑟倾覆以后，对我有什么利益呢？

潘杜尔夫　凭着你妻子白兰绮郡主所有的权利，你可以提出亚瑟所提的一切要求。

路　易　像亚瑟一样，王位没有夺到，却把生命和一切全都牺牲了。

潘杜尔夫　你在这一个古老的世界上是多么少不更事！约翰在替你设谋定计；时势在替你造成机会；因为他为了自身的安全而溅洒了纯正的血液，他将会发现他的安全是危险而不可靠的。这一件罪恶的行为将会冷淡了全体人民对他的好感，使他失去他们忠诚的拥戴；他们将会抓住任何微细的机会，打击他的统治权。每一次天空中星辰的运转，每一种自然界的现象，每一个雷雨阴霾的日子，每一阵平常的小风，每一件惯有的常事，他们都要附会曲解，说那些都是流星陨火、天灾地变、非常的预兆以及上帝的垂示，在明显地宣布对约翰的惩罚。

路　易　也许他不会伤害小亚瑟的生命，只是把他监禁起来。

潘杜尔夫　啊！殿下，当他听见你的大军压境的时候，小亚瑟倘不是早已殒命，这一个消息也会使他不免于一死。那时候他的民心就要离弃他，欢迎新来的主人，从约翰的流血的指尖，挑出叛变和怨怒的毒脓来了。我想这一场骚乱已经近在眼前；啊！对于你还有什么比这更好的机会？那福康勃立琪家的庶子正在搜掠教会，不顾人道的指责；只要有十二个武装的法国人到了那边，振臂一呼，就会有一万个英国人前来归附他们，就像一个小小的雪块，在地上滚了几滚,立刻变成一座雪山一样。啊,尊贵的太子!跟我去见国王吧。现在他们的灵魂里已经罪恶满盈,从他们内部的不安之中,我们可以造成一番怎样惊人的局面!到英国去吧;让我先去鼓动你的父王。

路 易 有力的理由造成有力的行动;我们去吧。只要您说一声是,我的父王绝不会说不的。(同下。)

第四幕

第一场　诺桑普敦。堡中一室

赫伯特及二侍从上。

赫伯特　把这两块铁烧红了，站在这帏幕的后面；听见我一跺脚，你们就出来，把那孩子缚紧在椅上，不可有误。去，留心着吧。

侍从甲　我希望您确实得到了指令，叫我们这样干。

赫伯特　卑劣的猜疑！你放心吧，瞧我好了。（二侍从下。）孩子，出来；我有话跟你说。

亚瑟上。

亚　瑟　早安，赫伯特。

赫伯特　早安，小王子。

亚　瑟　我这王子确实很小，因为我的名分本来应该使我大得多的。怎么？你看来不大高兴。

赫伯特　嗯，我今天确实没有平常那么高兴。

亚　瑟　哎哟！我想除了我以外，谁也不应该不快乐的。可是我记得我在法国的时候，少年的公子哥儿们往往只为了游荡过度的缘故，变得像黑夜一般忧郁。凭着我的基督徒身份起誓，要是我出了监狱做一个牧羊人，我一定会一天到晚快快乐乐地不知道有什么忧愁。我在这里本来也可以很开心，可是我疑心我的叔父会加害于我；他怕我，我也怕他。我是吉弗雷的儿子，这难道是我的过失吗？不，不是的；我但愿上天使我成为您的儿子，要是您愿意疼我的话，赫伯特。

赫伯特 （旁白）要是我跟他谈下去，他这种天真的饶舌将会唤醒我的已死的怜悯；所以我必须把事情赶快办好。

亚　瑟 您不舒服吗，赫伯特？您今天的脸色不大好看。真的，我希望您稍微有点儿不舒服，那么我就可以终夜坐在您床边陪伴您了。我敢说我爱您是胜过您爱我的。

赫伯特 （旁白）他的话已经打动我的心。——读一读这儿写着的字句吧，小亚瑟。（出示文书。旁白）怎么，愚蠢的眼泪！你要把无情的酷刑撵出去吗？我必须赶快动手，免得我的决心化成温柔的妇人之泪，从我的眼睛里滚了下来——你不能读吗，它不是写得很清楚吗？

亚　瑟 像这样邪恶的主意，赫伯特，是不该写得这样清楚的。您必须用烧热的铁把我的两只眼睛一起烫瞎吗？

赫伯特 孩子，我必须这样做。

亚　瑟 您真会这样做吗？

赫伯特 真会。

亚　瑟 您能这样忍心吗？当您不过有点儿头痛的时候，我就把我的手帕替您扎住额角，那是我所有的一块最好的手帕，一位公主亲手织成送我的，我也从不曾问您要过；半夜里我还用我的手捧住您的头，像不息的分钟用它嘀嗒的声音安慰那沉重的时辰一样，我不停地问着您："您要些什么？您什么地方难受？"或是"我可以帮您做些什么事？"许多穷人家的儿子是会独自睡觉，不来向您说一句好话的；可是您却有一个王子侍候您的疾病。呃，您也许以为我的爱出于假意，说它是狡猾的做作，那也随您的便吧。要是您必须虐待我是上天的意旨，那么我只好悉听您的处置。您要烫瞎我的眼睛吗？这一双从来不曾、也永远不会向您怒视的眼睛？

赫伯特　我已经发誓这样干了；我必须用热铁烫瞎你的眼睛。

亚　瑟　啊！只有这顽铁时代的人才会干这样的事！铁块它自己虽然烧得通红，当它接近我的眼睛的时候，也会吸下我的眼泪，让这些无罪的水珠浇熄它的怒焰；而且它将要生锈而腐烂，只是因为它曾经容纳着谋害我的眼睛的烈火。难道您比锤打的顽铁还要冷酷无情吗？要是一位天使下来告诉我，赫伯特将要烫瞎我的眼睛，我也绝不会相信他，只有赫伯特亲口所说的话才会使我相信。

赫伯特　（顿足）出来！

二侍从持绳、烙铁等重上。

赫伯特　照我吩咐你们的做吧。

亚　瑟　啊！救救我，赫伯特，救救我！这两个恶汉的凶暴的面貌，已经把我的眼睛吓得睁不开了。

赫伯特　喂，把那烙铁给我，把他绑在这儿。

亚　瑟　唉！你们何必这样凶暴呢？我又不会挣扎；我会像石头一般站住不动。看在上天的面上，赫伯特，不要绑我！不，听我说，赫伯特，把这两个人赶出去，我就会像一头羔羊似地安静坐下；我会一动不动，不躲避，也不说一句话，也不向这块铁怒目而视。只要您把这两个人撵走，无论您给我怎样的酷刑，我都可以宽恕您。

赫伯特　去。站在里边；让我一个人处置他。

侍从甲　我巴不得不参加这种事情。（二侍从下。）

亚　瑟　唉！那么我倒把我的朋友赶走了；他的面貌虽然凶恶，他的心肠却是善良的。叫他回来吧，也许他的恻隐之心可以唤醒您的同情。

赫伯特　来，孩子，准备着吧。

亚　瑟　没有挽回的余地了吗?

赫伯特　没有,你必须失去你的眼睛。

亚　瑟　天啊!要是您的眼睛里有了一粒微尘、一点粉屑、一颗泥沙、一只小小的飞虫、一根飘荡的游丝,妨碍了您那宝贵的视觉,您就会感到这些微细的东西也会给人怎样的难堪,那么像您现在这一种罪恶的决意,应该显得多么惨酷。

赫伯特　这就是你给我的允许吗?得了,你的舌头不要再动了。

亚　瑟　为一双眼睛请命,是需要两条舌头同时说话的。不要叫我停住我的舌头;不要,赫伯特!或者您要是愿意的话,赫伯特,割下我的舌头,让我保全我的眼睛吧。啊!饶赦我的眼睛,即使它们除了对您瞧看以外,一点没有别的用处。瞧!不骗您,那刑具也冷了,不愿意伤害我。

赫伯特　我可以把它烧热的,孩子。

亚　瑟　不,真的,那炉中的火也已经因为悲哀而死去了;上天造下它来本来为要给人温暖,你们却利用它做非刑的工具。不信的话,您自己瞧吧:这块燃烧的煤毫无恶意,上天的气息已经吹灭它的活力,把忏悔的冷灰撒在它的头上了。

赫伯特　可是我可以用我的气息把它重新吹旺,孩子。

亚　瑟　要是您把它吹旺了,赫伯特,您不过使它对您的行为感觉羞愧而涨得满脸通红。也许它的火星会跳进您的眼里,正像一头不愿争斗的狗,反咬那唆使它上去的主人一样。一切您所用来伤害我的工具,都拒绝执行它们的工作;凶猛的火和冷酷的铁,谁都知道它们是残忍无情的东西,也会大发慈悲,只有您才没有一点怜悯之心。

赫伯特　好,做一个亮眼的人活着吧;即使你的叔父把他所有的钱财一起给我,我也不愿碰一碰你的眼睛;尽管我已经发过誓,孩子,的确预备用这烙铁烫瞎它们。

亚　瑟　啊！现在您才像个赫伯特，刚才那一会儿您都是喝醉的。

赫伯特　静些！别说了。再会。你的叔父必须知道你已经死去；我要用虚伪的消息告诉这些追踪的密探；可爱的孩子，安安稳稳地睡吧，整个世界的财富，都不能使赫伯特加害于你。

亚　瑟　天啊！我谢谢您，赫伯特。

赫伯特　住口！别说了，悄悄地跟我进去。我为你担着莫大的风险呢！（同下。）

第二场　同前。宫中大厅

约翰王戴王冠，彭勃洛克、萨立斯伯雷及群臣等上。王就座。

约翰王　我在这儿再度升上我的宝座，再度戴上我的王冠，我希望再度为欢悦的眼睛所瞻仰。

彭勃洛克　这“再度”两字，虽然为陛下所乐用，其实是多余的；您已经加过冕了，您的至高的威权从来不曾失坠，臣民拥戴的忠诚从来不曾动摇；四境之内，没有作乱的阴谋，也没有人渴望着新的变化和改革。

萨立斯伯雷　所以，炫耀着双重的豪华，在尊贵的爵号之上添加饰美的谀辞，把纯金镀上金箔，替纯洁的百合花涂抹粉彩，紫罗兰的花瓣上浇洒人工的香水，研磨光滑的冰块，或是替彩虹添上一道颜色，或是企图用微弱的烛火增加那灿烂的太阳的光辉，实在是浪费而可笑的多事。

彭勃洛克　倘不是陛下的旨意必须成就，这一种举动正像重讲一则古老的故事，因不合时宜，而在复述中显得絮烦可厌。

萨立斯伯雷　那为众人所熟识的旧日的仪式，已经在这次典礼中毁损了它纯真的面目；像扯着满帆的船遇到风势的转变一样，它迷惑了人们思想的方向，引起种种的惊疑猜虑，不知道披上这一件崭新的衣裳是什么意思。

彭勃洛克　当工人们拼命想把他们的工作做得格外精巧的时候，因为贪心不足的缘故，反而给他们原有的技能带来损害；为一件过失辩解，往往使这过失显得格外重大，正像用布块缝补一个小小的窟窿眼儿，反而欲盖弥彰一样。

萨立斯伯雷　在陛下这次重新加冕以前，我们就已经提出过这样的劝告；可是陛下不以为然，那我们当然只有仰体宸衷，不敢再持异议，因为在陛下的天聪独断之前，我们必须捐弃一切个人的私见。

约翰王　这一次再度加冕的一部分理由，我已经对你们说过了，我想这些理由都是很有力的；等我的忧虑消除以后，我还可以告诉你们一些更有力的理由。现在你们只要向我提出任何改革的建议，你们就可以看出我是多么乐于采纳你们的意见，接受你们的要求。

彭勃洛克　那么我就代表这里的一切人们，说出他们心里所要说的话；为我自己、为他们，但更重要的是：为了我们大家都密切关怀的陛下的安全，我们诚意地要求将亚瑟释放；他的拘禁已经引起啧啧不满的人言，到处都在发表这样危险的议论：照他们说起来，只有做了错事的人，才会心怀戒惧，要是您所据有的一切都是您的合法的权益，那么为什么您的戒惧之心要使您把您的幼弱的亲人幽禁起来，用愚昧的无知闭塞他的青春，不让他享受一切发展身心活动的利益？为了不让我们的敌人利用这一件事实作为借口，我们敬如陛下所命，提出这一个要求：他的自由；这并不是为了我们自身的利益，我们的幸福是有赖于陛下的，他的自由才是陛下的幸福。

赫伯特上。

约翰王　那么很好，我就把这孩子交给你们教导。赫伯特，你有些什么消息？（招赫伯特至一旁。）

彭勃洛克　这个人就是原定要执行那流血惨案的凶手，他曾经把他的密令给我的一个朋友看过。他的眼睛里隐现着一件万恶的重罪的影子；他那阴郁的脸上透露着烦躁不安的心情。我担心我们所害怕的事情他已经奉命执行了。

萨立斯伯雷　王上的脸色因为私心和天良交战的缘故，一会儿变红，一会儿变白，正像信使们在兵戎相见的两阵之间不停地奔跑。他的感情已经紧张到快要爆发了。

彭勃洛克　当它爆发的时候，我怕我们将要听到一个可爱的孩子惨遭毒手的消息。

约翰王　我们不能拉住死亡的铁手；各位贤卿，我虽然有意允从你们的要求，可惜你们所要求的对象已经不在人世；他告诉我们亚瑟昨晚死了。

萨立斯伯雷　我们的确早就担心他的病是无药可医的。

彭勃洛克　我们的确早就听说这孩子在自己还没有觉得害病以前，就已经与死为邻了。这件事情不管是在今生，还是在来生，总会遭到报应的。

约翰王　你们为什么向我这样横眉怒目的？你们以为我有操纵命运的力量，支配生死的威权吗？

萨立斯伯雷　这显然是奸恶的阴谋；可惜身居尊位的人，却会干出这种事来。好，愿你王业昌隆！再会！

彭勃洛克　等一等，萨立斯伯雷伯爵；我也要跟你同去，找寻这可怜的孩子的遗产，一座被迫葬身的坟墓便是他的小小的王国。他的血统应该统治这岛国的全部，现在却只占有三呎的土地；好一个万恶的世界！这件事情是不能这样忍受下去的；我们的怨愤将会爆发，我怕这一天不久就会到来。（群臣同下。）

约翰王　他们一个个怒火中烧。我好后悔。建立在血泊中的基础是不会稳固的，靠着他人的死亡换到的生命也绝不会确立不败。

一使者上。

约翰王　你的眼睛里充满着恐怖，你脸上的血色到哪儿去了？这样阴沉的天空是必须等一场暴风雨来把它廓清的；把你的暴风雨倾吐出来吧。法国怎么样啦？

使　者　法国到英国来啦。从来不曾有一个国家为了侵伐邻邦的缘故，征集过这样一支雄厚的军力。他们已经学会了您的敏捷的行军；因为您还没有听见他们在准备动手，已经传来了他们全军抵境的消息。

约翰王　啊！我们这方面的探子都在什么地方喝醉了？他们到哪儿睡觉去了？我的母亲管些什么事，这样一支军队在法国调集，她却没有听到消息？

使　者　陛下，她的耳朵已经为黄土所掩塞了；太后是在四月一日崩驾的。我还听人说，陛下，康斯丹丝夫人就在太后去世的三天以前发疯而死；可是这是我偶然听到的流言，不知道是真是假。

约翰王　停止你的快步吧，惊人的变故！啊！让我和你作一次妥协，等我先平息了我的不平的贵族们的怒气。什么！母后死了！那么我在法国境内的领邑都要保不住了！你说得这样确确实实的在这儿登陆的那些法国军队是受谁节制的？

使　者　他们都受太子的节制。

约翰王　你这些恶消息已经使我心神无主了。

庶子及彼得·邦弗雷特上。

约翰王　呀，世人对于你所干的事有些什么反响？不要用更多的恶消息塞进我的头脑，因为我的头里已经充满了恶消息。

庶　子　要是您害怕听见最恶的消息，那么就让那最不幸的祸事不声不响地降在您的头上吧。

约翰王　原谅我，侄儿，意外的祸事像怒潮般冲来，使我一时失去了主意；可是现在我的头已经伸出水面，可以自由呼吸了，无论什么人讲的无论什么话，我都可以耐心听下去。

庶　子　我所搜集到的金钱的数目，可以说明我在教士们中间工作的成绩。可是当我一路上回来的时候，我发现到处的人民都怀着诞妄的狂想，谣言和无聊的怪梦占据在他们的心头，不知道害怕些什么，可是充满了恐惧。这儿有一个预言者，是我从邦弗雷特的街道上带来的；我看见几百个人跟在他的背后，他用粗劣刺耳的诗句向他们歌唱，说是在升天节[①]的正午以前，陛下将要除下王冠。

约翰王　你这愚妄的梦想者，为什么你要这样说？

彼　得　因为我预知将会发生这样的事实。

约翰王　赫伯特，带他下去；把他关起来。他说我将要在那天正午除下我的王冠，让他自己也就在那时候上绞架吧。留心把他看押好了，再回来见我，因为我还要差遣你。（赫伯特率彼得下。）啊，我的好侄儿，你听见外边的消息，知道谁到了吗？

庶　子　法国人，陛下；人们嘴里都在谈论这件事。我还遇见俾高特勋爵和萨立斯伯雷伯爵，他们的眼睛都像赤热的火球，带领着其余的许多人，要去找寻亚瑟的坟墓；据他们说，他是昨晚您下密令杀掉的。

约翰王　好侄儿，去，把你自己插身在他们的中间。我有法子可以挽回他们的好感；带他们来见我。

---

① 升天节（Ascenion-dat）：耶稣死后升天的一日，即复活节后第四十日。

庶　子　我就去找寻他们。

约翰王　好，可是事不宜迟，越快越好。啊！当异邦的敌人用他们强大的军容侵凌我的城市的时候，不要让我自己的臣民也成为我的仇敌。愿你做一脚上插着羽翼的麦鸠利，像思想一般迅速地从他们的地方飞回到我的身边。

庶　子　我可以从这激变的时世学会怎样迅速行动的方法。

约翰王　说这样的话，不愧为一个富于朝气的壮士。（庶子下。）你也跟他同去；因为也许他需要一个使者在我和那些贵族之间传递消息，你就去担任这件工作吧。

使　者　很好。陛下。（下。）

约翰王　我的母亲死了！

赫伯特重上。

赫伯特　陛下，他们说昨晚有五个月亮同时出现；四个停着不动，还有一个围绕着那四个飞快地旋转。

约翰王　五个月亮！

赫伯特　老头儿和老婆子们都在街道上对这种怪现象发出危险的预言。小亚瑟的死是他们纷纷谈论的题目；当他们讲起他的时候，他们摇着头，彼此低声说话；那说话的人紧紧握住听话的人的手腕，那听话的人一会儿皱皱眉，一会儿点点头，一会儿滚动着眼珠，做出种种惊骇的姿态。我看见一个铁匠提着锤这样站着不动，他的铁已经在砧上冷了，他却张开了嘴恨不得把一个裁缝所说的消息一口吞咽下去；那裁缝手里拿着剪刀尺子，脚上趿着一双拖鞋，因为一时匆忙，把它们左右反穿了，他说起好几千善战的法国人已经在肯特安营立寨；这时候旁边就有一个瘦瘦的肮脏的工匠打断他的话头，提到亚瑟的死。

约翰王　为什么你要用这种恐惧充塞我的心头？为什么你老是开口

闭口地提到小亚瑟的死？他是死在你手里的？我有极大的理由希望他死，可是你没有杀死他的理由。

赫伯特　没有，陛下！您没有指使我吗？

约翰王　国王们最不幸的事，就是他们的身边追随着一群逢迎取媚的奴才，把他们一时的喜怒当作了神圣的谕旨，狐假虎威地杀戮无辜的生命；这些佞臣们往往会在君王的默许之下曲解法律，窥承主上的意志，虽然也许那只是未经熟虑的一时的愤怒。

赫伯特　这是您亲笔写下的敕令，亲手盖下的御印，指示我怎样行动。

约翰王　啊！当上天和人世举行最后清算的时候，这笔迹和这钤记将要成为使我沦于永劫的铁证。看见了罪恶的工具，多么容易使人造成罪恶！假如那时你不在我的身旁，一个天造地设的适宜于干这种卑鄙的恶事的家伙，这一个谋杀的念头就不会在我的脑中发生；可是我因为注意到你的凶恶的面貌，觉得你可以担当这一件流血的暴行，特别适宜执行这样危险的使命，所以我才向你略微吐露杀死亚瑟的意思，而你因为取媚一个国王的缘故，居然也就恬不为意地伤害了一个王子的生命。

赫伯特　陛下——

约翰王　当我隐隐约约提到我心里所蓄的念头的时候，你只要摇一摇头，或者略示踌躇，或者用怀疑的眼光瞧着我，好像要叫我说得明白一些似的，那么深心的羞愧就会使我说不出话来，我就会中止我的话头，也许你的恐惧会引起我自己心中的恐惧；可是你却从我的暗示中间懂得我的意思，并且用暗示跟我进行罪恶的谈判，毫不犹豫地接受我的委托，用你那粗暴的手干下了那为我们两人所不敢形诸唇舌的卑劣的行为。离开我的眼前，再也不要看见我！我的贵族们抛弃了我；外国的军队已经威胁到我的国门之前；在我这肉体的躯壳之内，战争和骚乱也在破坏这血液与呼吸之王国的平和，我的天良因为我杀死我的侄儿，正在向我兴起问罪之师。

赫伯特　准备抵抗您那其余的敌人吧，我可以替您和您的灵魂缔结和平。小亚瑟并没有死；我这手还是纯洁而无罪的，不曾染上一点殷红的血迹。在我这胸膛之内，从来不曾进入过杀人行凶的恶念；您单凭着我的外貌，已经冤枉了好人，虽然我的形状生得这般丑恶，可是它却包藏着一颗善良的心，断不会举起屠刀，杀害一个无辜的小儿。

约翰王　亚瑟还没有死吗？啊！你赶快到那些贵族们的地方去，把这消息告诉他们，让他们平息怒火，重尽他们顺服的人臣之道。原谅我在一时气愤之中对你的面貌作了错误的批评；因为我的恼怒是盲目的，在想象之中，我的谬误的眼睛看你满身血迹，因此把你看得比你实际的本人更为可憎。啊！不要回答；快去把那些愤怒的贵族们带到我的密室里来，一分钟也不要耽搁。我吩咐你得太慢了；你快飞步前去。（各下。）

第三场　同前。城堡前

亚瑟上，立城墙上。

亚　瑟　城墙很高，可是我决心跳下去，善良的大地啊，求你大发慈悲，不要伤害我！不会有什么人认识我；即使有人认识，穿着这一身船童的服装，也可以遮掩我的真相。我很害怕；可是我要冒险一试。要是我下去了，没有跌坏我的肢体，我一定要千方百计离开这地方；即使走了也不免一死，总比留着等死好些。（跳下。）哎哟！这些石头上也有我叔父的精神；上天收去我的灵魂，英国保藏我的尸骨！（死。）

彭勃洛克、萨立斯伯雷及俾高特上。

萨立斯伯雷　两位大人,我要到圣爱德蒙兹伯雷去和他相会。那是我们的万全之计,在这扰攘的时世中,这样一个善意的建议是不可推却的。

彭勃洛克　那封主教的信是谁送来的?

萨立斯伯雷　茂伦伯爵,一位法国的贵人,他在给我的私信里所讲起的太子的盛情,要比这信上所写的广大得多哩。

俾高特　那么让我们明天早上去会他吧。

萨立斯伯雷　我们应该说在明天早上出发;因为,两位大人,我们要赶两整天的路程,才可以谈得到相会哩。

庶子上。

庶　子　难得我们今天又碰见了,列位愤愤不平的大人们!我奉王上之命,请列位立刻前去。

萨立斯伯雷　王上已经用不着我们了;我们不愿用我们纯洁的荣誉,文饰他那纤薄而污秽的外衣,更不愿追随在那到处留下血印的足跟之后。你回去这样告诉他吧;我们已经知道这件事的丑恶真相了。

庶　子　随你们怎样想都可以,我总以为最好还是说两句好话。

萨立斯伯雷　替我们说话的是我们的悲哀,不是我们的礼貌。

庶　子　可是你们的悲哀是没有理由的。所以你们应该保持你们的礼貌。

彭勃洛克　足下,足下,愤怒是有它的权利的。

庶　子　不错,它的唯一的权利是伤害它自己的主人。

萨立斯伯雷　这儿就是监狱。(见亚瑟)什么人躺在这儿?

彭勃洛克　死神啊!你把这纯洁而美好的王子攫夺了去,你可以骄傲起来了。地上没有一个窟窿可以隐藏这一件恶事。

萨立斯伯雷　那杀人的凶手好像也痛恨他自己所干的事，有意把它暴露在众目之前，鼓动人们为死者复仇。

俾高特　也许当他准备把这绝妙的姿容投下坟墓的时候，忽然觉得那寒伧的坟墓不配容纳这样一具高贵的尸身。

萨立斯伯雷　理查爵士，你觉得怎样？你有没有看到过、读到过，或是听到过这样的事？你能够想到这样的事吗？虽然你已经亲眼看见了，你能够想象果然会有这样的事在你眼前发生吗？要是你没有看见这种情形，你能够想象一件同样的事实吗？这是突破一切杀人罪案的最高峰，瞪目的愤怒呈献于怜悯的泪眼之前的一场最可耻的惨剧、一件最野蛮的暴行、一个最卑劣的打击。

彭勃洛克　过去的一切杀人罪案，在这一件暴行之前都要被赦为无罪，这一件空前无比的暴行，将要使未来的罪恶蒙上圣洁的面目；有了这一件惊人的惨案作为前例，杀人流血都不过是一场儿戏。

庶　子　这是一件不可饶恕的残忍的行为；不知哪一个人下这样无情的毒手，要是他果然是遭人毒手的话。

萨立斯伯雷　要是他果然是遭人毒手的话！我们早就预料到会有怎样的事发生；这是赫伯特干的可耻的工作，那国王是主使授意的人；我的灵魂永远不再服从他的号令。跪在这可爱的生命的残迹之前，我燃起一瓣心香，向他无言的静穆呈献一个誓言，一个神圣的誓言，自今以往，我要摈斥世间的种种欢娱，决不耽于逸乐，苟安游惰，直到我这手上染着光荣的复仇之血为止。

彭勃洛克
俾高特　我们的灵魂虔诚地为你的誓言作证。

赫伯特上。

赫伯特　列位大人，我正在忙着各处寻找你们哩。亚瑟没有死；王上叫你们去。

萨立斯伯雷　啊！他好大胆，当着死人的面前还会厚脸撒谎。滚开，你这可恨的恶人！去！

赫伯特　我不是恶人。

萨立斯伯雷　（拔剑）我必须僭夺法律的威权吗？

庶　子　您的剑是很亮的，大人；把它收起来吧。

萨立斯伯雷　等我把它插到一个杀人犯的胸膛里去再说。

赫伯特　退后一步，萨立斯伯雷大人，退后一步。苍天在上，我想我的剑是跟您的剑同样锋利的，我希望您不要忘记您自己，也不要强迫我采取正当的防卫，那对于您是一件危险的事，因为我在您的盛怒之下，也许会忘记您的高贵尊荣的身份和地位。

俾高特　呸，下贱的东西！你敢向贵人挑战吗？

赫伯特　那我怎么敢？可是即使在一个皇帝的面前，我也敢保卫我的无罪的生命。

萨立斯伯雷　你是一个杀人的凶手。

赫伯特　不要用您自己的生命证实您的话；我不是杀人的凶手。谁说着和事实相反的话，他就是说谎。

彭勃洛克　把他碎尸万段！

庶　子　我说，你们还是不要争吵吧。

萨立斯伯雷　站开，否则莫怪我的剑不生眼睛碰坏了你，福康勃立琪。

庶　子　你还是去向魔鬼的身上碰碰吧，萨立斯伯雷。要是你向我蹙一蹙眉，抬一抬脚，或是逞着你的暴躁的脾气，给我一点儿侮辱，我就当场结果你的生命。赶快收好你的剑；否则我要把你和你那炙肉的铁刺一起剁个稀烂，让你以为魔鬼从地狱里出来了。

俾高特　你预备怎样呢，声名卓著的福康勃立琪？帮助一个恶人和凶手吗？

赫伯特　俾高特大人，我不是什么恶人凶手。

俾高特　谁杀死这位王子的?

赫伯特　我在不满一小时以前离开他,他还是好好的。我尊敬他,我爱他;为了他可爱的生命的夭亡,我要在哭泣中消耗我的残生。

萨立斯伯雷　不要相信他眼睛里这种狡猾的泪水,奸徒们是不会缺少这样的急泪的;他玩惯了这一套把戏,所以能够做作得好像真是出于一颗深情而无罪的心中的滔滔的泪河一样。跟我去吧,你们这些从灵魂里痛恨屠场中的血腥气的人们;我已经为罪恶的臭气所窒息了。

俾高特　向伯雷出发,到法国太子那里去!

彭勃洛克　告诉国王,他可以到那里去打听我们的下落。(彭勃洛克、萨立斯伯雷、俾高特同下。)

庶　子　好一个世界!你知道这件好事是谁干的吗?假如果然是你把他杀死的,赫伯特,你的灵魂就要打下地狱,即使上帝的最博大为怀的悲悯也不能使你超生了。

赫伯特　听我说,大人。

庶　子　嘿!我告诉你吧:你要永坠地狱,什么都比不上你的黑暗;你比魔王路锡福还要罪加一等;你将要成为地狱里最丑的恶鬼,要是你果然杀死了这个孩子。

赫伯特　凭着我的灵魂起誓——

庶　子　即使你对于这件无比残酷的行为不过表示了你的同意,你也没有得救的希望了。要是你缺少一根绳子,从蜘蛛肚子里抽出来的最细的蛛丝也可以把你绞死;一根灯芯草可以作为吊死你的梁木;要是你愿意投水的话,只要在汤匙里略微放一点水,就可以抵得过整个的大洋,把你这样一个恶人活活溺死。我对于你这个人很有点不放心呢。

赫伯特　要是我曾经实行、与谋,或是起意劫夺这美丽的躯壳里的温柔的生命,愿地狱里所有的酷刑都不足以惩罚我的罪恶。我离开他的时候,他还是好好的。

庶　子　去,把他抱起来。我简直发呆了,在这遍地荆棘的多难的人世之上,我已经迷失我的路程。你把整个英国多么轻易地举了起来!全国的生命、公道和正义已经从这死了的王裔的躯壳里飞到天上去了;英国现在所剩下的,只有一个强大繁荣的国家的无主的权益,供有力者的争持攫夺。为了王权这一根啃剩的肉骨,蛮横的战争已经耸起它的愤怒的羽毛,当着和平的温柔的眼前大肆咆哮;外侮和内患同时并发,广大的混乱正在等候着霸占的威权的迅速崩溃,正像一只饿鸦眈眈注视着濒死的病兽一般。能够束紧腰带,拉住衣襟,冲过这场暴风雨的人是有福的。把这孩子抱着,赶快跟我见王上去。要干的事情多着呢,上天也在向这国土蹙紧它的眉头。(同下。)

第五幕

第一场　诺桑普敦。宫中一室

约翰王、潘杜尔夫持王冠及侍从等上。

约翰王　现在我已经把我的荣冠交在你的手里了。

潘杜尔夫　（以王冠授约翰王）从我这代表教皇的手里，重新领回你的尊荣和威权吧。

约翰王　现在请你遵守你的神圣的诺言，到法国人那儿去，运用教皇圣上给你的全部权力，在战火烧到我们身上之前，阻止他们进军。我们那些怨愤不平的州郡都在纷纷叛变，我们的人民都不愿服从王命，反而向异族的君主输诚纳款。这一种人心思乱的危局，只能仰仗你的大力安定下来。所以千万不要耽搁吧；因为这是一个重病的时世，必须赶快设法医治，否则就要不可救药了。

潘杜尔夫　这场风波原是我因为你轻侮教皇而掀动起来的，现在你既已诚心悔改，我这三寸不烂之舌仍旧可以使这场风波化为无事，让你这风云险恶的国土重见晴和的气象。记住，在今天升天节，因为你已经向教皇宣誓效忠，我要去叫法国人放下他们的武器。（下。）

约翰王　今天是升天节吗？那预言者不是说过，在升天节正午以前，我要摘下我的王冠吗？果然有这样的事。我还以为我将被迫放弃我的王冠；可是，感谢上天，这一回却是自动的。

庶子上。

庶　子　肯特已经全城降敌，只有多佛的城堡还在我军手中。伦敦像一个好客的主人一样，已经开门迎接法国太子和他的军队进去。您那些贵族们不愿接受您的命令，全都投奔您的敌人去了；剩下来的少数站在您这一方面的人们，也都吓得惊慌失措，个个存着首鼠两端的心理。

约翰王　那些贵族们听见了亚瑟未死的消息，还不肯回来吗？

庶　子　他们发现他的尸身被人丢在街上，就像一具空空的宝箱，那藏在里面的生命的珠宝，已经不知被哪一个恶人劫夺去了。

约翰王　赫伯特那混蛋对我说他没有死。

庶　子　凭着我的灵魂起誓，他是这样说的，因为他并不知情。可是您为什么这样意气消沉？您的脸色为什么郁郁寡欢？您一向是雄心勃勃的，请在行动上表现您的英雄气概吧；不要让世人看见恐惧和悲观的疑虑主宰着一位君王的眼睛。愿您像这动乱的时代一般活跃；愿您自己成为一把火，去抵御那燎原的烈焰；给威胁者以威胁，用无畏的眼光把夸口的恐吓者吓退；那些惯于摹仿大人物的行为的凡庸群众，将要看着您的榜样而增加勇气，鼓起他们不屈不挠的坚决的精神。去！像庄严的战神一样，在战场上大显您的神威，充分表现您的勇气和必胜的信心。嘿！难道我们甘心让他们直入狮穴，难道我们这一头雄狮将要在他们的威吓之下战栗吗？啊！让我们不要给人笑话。采取主动，趁着敌人还没有进门，赶快跑出门外去给他迎头痛击。

约翰王　教皇的使节刚才来过，我已经和他成立圆满的和解；他答应劝告法国太子撤退他率领的军队。

庶　子　啊，可耻的联盟！难道我们在敌军压境的时候，还想依仗别人主持公道，向侵略的武力妥协献媚，和它谈判卑劣的和议吗？

难道一个乳臭未干的小儿，一个娇养的纨绔少年，居然可以在我们的土地上耀武扬威，在这个久经战阵的国家里横行无忌！把他那招展的旌旗遮蔽我们的天空！而不遇到一点阻力吗？陛下，让我们武装起来；也许那主教无法斡旋你们的和平；即使他有这样的力量，至少也要让他们看看我们是有防御的决心的。

约翰王　那么就归你全权指挥一切吧。

庶　子　好，去吧，拿出勇气来！哪怕敌人比现在更猖狂，我敢说我们的力量也足以应付。（同下。）

第二场　圣爱德蒙兹伯雷附近平原。法军营地

路易、萨立斯伯雷、茂伦、彭勃洛克、俾高特各穿武装及兵士等同上。

路　易　茂伦伯爵，把这件文书另外抄录一份，留作存案；原件仍旧交还给这几位大人。我们的意旨已经写在它上面，凭着这一纸盟约，可以使他们和我们都明白为什么要立下这庄严的盟誓，并且保持双方坚定不变的忠诚。

萨立斯伯雷　它在我们这方面是永远不会破坏的。尊贵的王子，虽然我们宣誓对于您的行动竭诚赞助，自愿掬献我们的一片赤心，可是相信我，殿下，像这样创巨痛深的时代的疮痍，必须让叛逆的卑鄙的手替它敷上药膏，为了医治一处陈年的疡肿，造成了许多新的伤口，这却是我所十分痛心的。啊！我衷心悲伤，因为我必须拔出我腰间的利剑，使人间平添多少寡妇；我那被蹂躏的祖国，却在高呼着萨立斯伯雷的名字，要求我的援助和保卫！可是这时代已经染上了重大的沉疴，为了救护我们垂死的正义，只有以乱戡乱，用无情的暴力摧毁暴力。啊，我的悲哀的朋友们！我们都是这岛国的儿子，现在却会看到这样不幸的一天，追随在外族的

铁蹄之后,踏上它的温柔的胸膛,这不是一件可痛的事吗?当我一想到为了不得已的原因,我们必须反颜事仇,和祖国的敌人为伍,借着异邦的旌旗的掩护来到这里,我就恨不得为这番耻辱痛哭一场。什么!来到这里?啊,我的祖国!要是你能够迁移一个地方,要是那环抱你的海神的巨臂,在不知不觉中把你搬到了异教徒的海岸之上,那么这两支基督徒的军队也许可以消除敌意,携手合作,不再自相残杀了!

路　易　你这一番慷慨陈词,已经充分表现了你的忠义的精神!在你胸中交战的高贵的情绪,是可以惊天地而泣鬼神的。啊!你在不得已的情势和正义的顾虑之间,已经作过一次多么英勇的战争!让我替你拭去那晶莹地流在你颊上的高贵的露珠!我的心曾经在一个妇人的眼泪之前融化,那不过是一场普通的感情的横溢;可是像这样滔滔倾泻的男儿热泪,这样从灵魂里迸发出来的狂风暴雨,却震惊了我的眼睛,比看见穹窿的天宇上充满了吐火的流星更使我惊愕感叹。扬起你的眉来,声名卓著的萨立斯伯雷,用你伟大的心把这场暴风雨逐去;让那些从未见过一个被激怒的巨人世界的,除了酒食醉饱、嬉戏闲谈以外,不知尚有何事的婴儿的眼睛去流它们的眼泪吧。来,来;你将要伸手探取无穷的幸运,正像路易自己一样,你们各位出力帮助了我,也都要跟我同享富贵。

潘杜尔夫率侍从上。

路　易　我想是一个天使方才在说话。瞧,教皇的圣使来向我们传达上天的旨意,用神圣的诏语宣布我们的行动为正义了。

潘杜尔夫　祝福,法兰西的尊贵的王子!我来此非为别事,就是要告诉你约翰王已经和罗马复和了;他的灵魂已经返归正道,不再敌对神圣的教会,罗马的伟大的圣廷。所以现在你可以卷起你那耀武的旌旗,把横暴的战争的野性压服下去,让它像一头受人豢养的雄狮,温驯地伏在和平的足前,不再伤害生灵,只留着一副凶猛的外貌。

路　易　请阁下原谅,我不愿回去。我是堂堂大国的储君,不是可以给人利用、听人指挥的;世上无论哪一个政府都不能驱使我做它的忠仆和工具。您最初鼓唇弄舌,煽旺了这一个被讨伐的王国跟我自己之间的已冷的战灰,替它添薪加炭,燃起这一场燎原的烈火;现在火势已盛,再想凭着您嘴里这一口微弱的气息把它吹灭,是怎么也办不到的了。您指教我认识我的权利,让我明白我对于这国土可以提出些什么要求;我这一次冒险的雄心是被您激起的,现在您却来告诉我约翰已经和罗马缔结和平了吗?那样的和平跟我有什么相干?我凭着我的因婚姻而取得的资格,继亚瑟之后,要求这一个国土的主权;现在它已经被我征服了一半,我却必须撤兵回去,因为约翰已经和罗马缔结和平吗?我是罗马的奴隶吗?罗马花费过多少金钱,供给过多少人力,拿出过多少军械,支持这一场战役?不是我一个人独当全责吗?除了我以及隶属于我的统治的人们以外,谁在这次战争里流过一滴汗,出过一点力?这些岛国的居民,当我经过他们的城市的时候,不是都向我高呼"吾王万岁"吗?我在这一场争夺王冠的赌博之中,不是已经稳操胜券了吗?难道我现在必须自毁前功?不,不,凭着我的灵魂发誓,我决不干那样的事。

潘杜尔夫　你所看见的只是事实的表面。

路　易　表面也好,内面也好,我这次征集这一支精锐的雄师,遴选这些全世界最勇猛的战士,本来是要从危险和死亡的巨口之下,博取胜利的光荣,在我的目的没有达到以前,我决不愿空手而归。(喇叭声)什么喇叭这样高声地叫唤我们?

庶子率侍从上。

庶　子　按照正当的平等原则，请你们听我说几句话；我是奉命来此传言的。神圣的米兰主教阁下，敝国王上叫我来探问您替他干的事情进行得怎样。我听了您的答复就可以凭着我所受的权力，宣布我们王上的旨意。

潘杜尔夫　王子一味固执，不肯接受我的调停；他坚决表示不愿放下武器。

庶　子　凭着愤怒所吞吐的热血起誓，这孩子说得不错。现在听我们英国的国王说话吧，因为我是代表他发言的。他已经准备好了；这是他当然而应有的措置。对于你们这一次猴子学人的无礼的进兵，这一场全武行的化装舞蹈，这一出轻举妄动的把戏，这一种不懂事的放肆，这一支孩子气的军队，我们的王上唯有置之一笑；他已经充分准备好把这场儿戏的战争和这些侏儒的武力扫荡出他的国境以外。他的强力的巨掌曾经在你们的门前把你们打得不敢伸出头来，有的像吊桶一般跳下井里，有的蹲伏在马棚里的柴草上，有的把自己关在箱里橱里，有的钻在猪圈里，有的把地窖和牢狱作为他们安全的藏身之处，一听到你们国家的乌鸦叫，也以为是一个英国兵士的声音而吓得瑟瑟发抖；难道这一只曾经在你们的巢穴之内给你们重创的胜利的铁手，会在这儿减弱它的力量吗？不，告诉你们吧，那勇武的君王已经穿起武装，像一只盘旋高空的猛鹰，目光灼灼地注视着它巢中的雏鸟，随时准备翻身突下，打击那意图侵犯的敌人。你们这些堕落的、忘恩的叛徒，你们这些剖裂你们亲爱的英格兰母亲的肚腹的残酷的尼禄[1]，害羞吧；因为你们自己国中的妇人和面色苍白的少女，都像女战士一般踏着鼓声前进；她们已经脱下顶针，套上臂韝，放下针线，

① 尼禄（Nero），罗马暴君，曾弑亲母。

掮起长枪，她们温柔的心，都凝成铁血一般的意志了。

路　易　你的恐吓已经完毕，可以平安回去了；我承认你的骂人的本领比我高强。再会吧；我们的时间是宝贵的，不能浪费口舌，跟你这种人争吵。

潘杜尔夫　让我说一句话。

庶　子　不，我还有话说哩。

路　易　你们两人的话我都不要听。敲起鼓来；让战争的巨舌申说我的权利，报告我的到来吧。

庶　子　不错，你们的鼓被人一打，就会叫喊起来；正像你们被我们痛打以后，也会叫喊起来一样。只要用你的鼓激起一下回声，你就可以听见另一面鼓向它发出同样巨大的反响；把你的鼓再打一下，那一面鼓也会紧接着它的震惊天耳的鸣声，发出雷霆般的怒吼；因为勇武的约翰不相信这位朝三暮四的圣使。—— 他本来不需要他的协助，不过把他玩弄玩弄而已。—— 他已经带领大军来近了；他的额上高坐着白骨的死神，准备在今天饱餐千万个法兰西人的血肉。

路　易　敲起你们的鼓来，让我们领略领略你们的威风。

庶　子　你放心吧，王子，今天总要教你看看我们的颜色。（各下。）

第三场　同前。战场

号角声。约翰王及赫伯特上。

约翰王　今天我们胜负如何？啊！告诉我，赫伯特。

赫伯特　形势恐怕很不利。陛下御体觉得怎样？

约翰王　这一场缠绕了我很久的热病，使我痛苦异常。啊！我的心头怪难受的。

一使者上。

使　者　陛下，您那勇敢的亲人福康勃立琪请陛下急速离开战场，他还叫我回去告诉他您预备到哪一条路上去。

约翰王　对他说！我就到史温斯丹去，在那儿的寺院里暂时安息。使者请宽心吧，因为法国王子所盼望的大量援军，三天之前已经在古德温沙滩上触礁沉没。这消息是理查爵士刚刚得到的。法军士气消沉。已经在开始撤退了。唉！这一阵凶恶的热病焚烧着我的身体，不让我欢迎这一个大好的消息，向史温斯丹出发；赶快把我抬上舁床；衰弱占据我的全身，我要昏过去了。（同下。）

第四场　同前。战场的另一部分

萨立斯伯雷、彭勃洛克、俾高特及余人等上。

萨立斯伯雷　我想不到英王还会有这许多朋友。

彭勃洛克　重新振作起来吧；鼓励鼓励法军的士气；要是他们打了败仗，我们也就跟着完了。

萨立斯伯雷　那个鬼私生子福康勃立琪不顾死活，到处冲杀，是他一个人支撑了今天的战局。

彭勃洛克　人家说约翰王病得很厉害，已经离开战地了。

若干兵士扶茂伦负伤上。

茂　伦　搀着我到那些英国的叛徒跟前去。

萨立斯伯雷　我们得势的时候，人家可不这样称呼我们的。

彭勃洛克　这是茂伦伯爵。

萨立斯伯雷　他受了重伤，快要死了。

茂　伦　逃走吧，高贵的英国人；你们是像商品一样被人买卖的；从叛逆的错误的迷途上找寻一个出口，重新收回你们所抛掉的忠诚吧。访寻约翰王的下落,跪在他的足前;因为路易要是在这扰攘的一天得到胜利,他是会割下你们的头颅酬答你们的辛劳的!他已经在圣爱德蒙兹伯雷的圣坛之前发过这样的誓了,我和许多人都跟他在一起;就是在那个圣坛之前,我们向你们宣誓亲密的合作和永久的友好。

萨立斯伯雷　这样的事是可能的吗?这句话是真的吗?

茂　伦　丑恶的死亡不是已经近在我的眼前,我不是仅仅延续着一丝生命的残喘,在流血中逐渐淹灭,正像一个蜡像在火焰之旁逐渐融化一样吗?一切欺骗对于我都已毫无用处,这世上现在还有什么事情可以使我向人说欺骗的话?我必须死在这里,靠着真理而永生,这既然是一件千真万确的事实,为什么我还要以虚伪对人呢?我再说一遍,要是路易得到胜利,除非他毁弃了誓言,你们的眼睛是再也看不见一个新的白昼在东方透露它的光明了。就在这一个夜里,它的黑暗的有毒的气息早已吞吐在那衰老无力、厌倦于长昼的夕阳的赤热的脸上,就在这一个罪恶的夜里,你们将要终止你们的呼吸,用你们各人的生命偿付你们叛逆的代价;要是路易借着你们的助力得到胜利的话。为我向你们王上身边的一位赫伯特致意;我因为想到我对他的交情,同时因为我的祖父是个英国人,所以激动天良,向你们招认了这一切。我所要向你们要求的唯一的酬报,就是请你们搀扶我到一处僻静的所在,远离战场的喧嚣,让我在平和中思索我的残余的思想,使我的灵魂借着冥想和虔诚的祈愿的力量脱离我的躯壳。

萨立斯伯雷　我们相信你的话。我真心欢迎这一个大好的机会,可以让我们从罪恶的歧途上回过身去,重寻我们的旧辙;像一阵势力减弱的退潮一样,让我们离弃我们邪逆反常的故径,俯就为我们所蔑视的提防,驯顺而安静地归返我们的海洋、我们伟大的约翰王的足前。让我助你一臂之力，搀扶你离开这里，因为我看见死亡的残酷的苦痛已经显现在你的眼中。去，我的朋友们！让我们再作一次新的逃亡；这新的逃亡是幸运的，因为它趋向的目的是旧日的正义。（众扶茂伦同下。）

第五场　同前。法军营地

路易率扈从上。

路　易　太阳仿佛不愿沉没，继续停留在空中，使西天染满了一片羞红，当英国人拖着他们沉重无力的脚步从他们自己的阵地上退却的时候。啊！我们今天好不威风，在这样剧烈的血战以后，我们放射一阵示威的炮声，向光荣的白昼道别，卷起我们凌乱的旌旗，在空旷的战场上整队归来；这一片血染的平原，几乎已经为我们所控制了。

一使者上。

使　者　太子殿下在什么地方？

路　易　这儿。什么消息？

使　者　茂伦伯爵已经阵亡；英国的贵族们听从他的劝告，又向我们倒戈背叛；您长久盼望着的援军，在古德温沙滩上一起触礁沉没了。

路　易　啊，恶劣的消息！你真是罪该万死！我今晚满腔的高兴都被你一扫而空了。哪一个人对我说过在昏暗的夜色还没有分开我们疲乏的两军的时候，约翰王已经在一两小时以前逃走了？

使　者　不管谁说这句话，它倒是真确的事实，殿下。

路　易　好，今晚大家好生安息，加倍提防；我将要比白昼起身得更早，试一试明天的命运。（同下。）

第六场　史温斯丹庵院附近的广场

庶子及赫伯特自相对方向上。

赫伯特　那边是谁？喂，报出名来！快说，否则我要放箭了。

庶　子　一个朋友。你是什么人？

赫伯特　我是英格兰方面的。

庶　子　你到哪里去？

赫伯特　那干你什么事？你可以问我，为什么我不可以问你？

庶　子　你是赫伯特吧？

赫伯特　你猜得不错；我可以相信你是我的朋友，因为你这样熟识我的声音。你是谁？

庶　子　随你以为我是谁都行：要是你愿意抬举我的话，你也可以把我当作普兰塔琪纳特家的旁系子孙。

赫伯特　好坏的记性！再加上模糊的夜色，使我有眼无珠，多多失礼了。英勇的战士，我的耳朵居然会辨别不出它所熟悉的声音，真要请你原谅。

庶　子　算了，算了，不用客气。外边有什么消息？

赫伯特　我正在这黑夜之中东奔西走，寻找您哩。

庶　子　那么闲话少说，什么消息。

赫伯特　啊！我的好殿下，只有一些和这暮夜相称的黑暗、阴郁、惊人而可怖的消息。

庶　子　让我看看这恶消息所造成的伤口吧；我不是女人，不会见了它发晕的。

赫伯特　王上恐怕已经误服了一个寺僧的毒药；我离开他的时候，差不多已经不能言语。我因为怕你突然知道了这件事情，不免手忙脚乱，所以急忙出来报告你这个噩耗，让你对于这番意外的变故可以有个准备。

庶　子　他怎么服下去的？谁先替他尝过？

赫伯特　一个寺僧，我告诉你；一个蓄意弑君的奸徒；他尝了一口药，不一会儿，他的脏腑就突然爆裂了。王上还会说话，也许还可以救治。

庶　子　你离开王上的时候，有谁在旁边看护他？

赫伯特　呀，你不知道吗？那些贵族们都回来了，他们还把亨利亲王也带着同来。王上听从亨利亲王的请求，已经宽恕了他们；他们现在都在王上的左右。

庶　子　抑制你的愤怒，尊严的上天，不要叫我们忍受我们所不能忍受的打击！我告诉你，赫伯特，我的军队今晚经过林肯沼地的时候，被潮水卷去了一半；我自己骑在马上，总算逃脱了性命。你先走吧！带我见王上去；我怕他等不到见我一面，就已经死了。（同下。）

第七场　史温斯丹庵院的花园

亨利亲王、萨立斯伯雷及俾高特上。

亨利亲王　已经太迟了。他的血液完全中了毒；他那清明的头脑，那被某些人认为灵魂的脆弱的居室的，已经在发出毫无伦次的谵语，预示着生命的终结。

彭勃洛克上。

彭勃洛克　王上还在说话；他相信要是把他带到露天的地方去，可以减轻一些那在他身体内部燃烧着的毒药的热性。

亨利亲王　把他带到这儿花园里来吧。（俾高特下。）他还在说胡话吗？

彭勃洛克　他已经比您离开他的时候安静得多了；刚才他还唱过歌。

亨利亲王　啊，疾病中的幻觉！剧烈的痛苦在长时间的延续之中，可以使人失去痛苦的感觉。死亡已经侵袭过他的外部，那无形的毒手正在向心灵进攻，用无数诞妄的幻想把它刺击，它们在包围进占这一个最后据点的时候，挤成了混乱的一团。奇怪的是死亡也会歌唱。我是这一只惨白无力的天鹅的雏鸟，目送着他为自己唱着悲哀的挽歌而死去，从生命的脆弱的簧管里，奏出安魂的乐曲，使他的灵魂和肉体得到永久的安息。

萨立斯伯雷　宽心吧，亲王；因为您的天赋的使命，是整顿他所遗留下来的这一个混杂凌乱的局面。

俾高特率侍从等抬约翰的座椅中重上。

约翰王　哦，现在我的灵魂可以有一点儿回旋的余地了；它不愿从窗子里或是从门户里出去！在我的胸头是这样一个炎热的盛夏，把我的脏腑都一起炙成了灰；我是一张写在羊皮纸上的文书，受着这样烈火的烘焙，全身都皱缩而焦枯了。

亨利亲王　陛下御体觉得怎样？

约翰王　风侵骨髓，病入膏肓；死了，被舍弃，被遗忘了；你们也没有一个人肯去叫冬天来，把他冰冷的手指探进我的喉中，是让我的国内的江河流过我的火热的胸口，或是请求北方的寒风吻一吻我的焦躁的嘴唇，用寒冷给我一些安慰。我对你们并没有多大的要求；我只恳求一些寒冷的安慰；你们却这样吝啬无情，连这一点也拒绝了我。

亨利亲王　啊！但愿我的眼泪也有几分力量，能够解除您的痛苦。

约翰王　你眼泪中的盐质也是热的。在我的身体之内是一座地狱呐，毒药就是狱中的魔鬼，对那不可救赎的罪恶的血液横加凌虐。

庶子上。

庶　子　啊！我满心焦灼，恨不得插翅飞到陛下的跟前。

约翰王　啊，侄儿！你是来闭我的眼睛的。像一艘在生命海中航行的船只，我的心灵的缆索已经碎裂焚毁，只留着仅余的一线维系着这残破的船身；等你向我报告过你的消息以后，它就要漂荡到不可知的地方去了；你所看见的眼前的我，那时候将要变成一堆朽骨，毁灭尽了它的君主的庄严。

庶　子　法国太子正在准备向这儿进攻，天知道我们有些什么力量可以对付他；因为当我向有利的地形移动我的军队，在经过林肯沼地的时候，一夜之间一阵突然冲来的潮水把我大部分的人马都卷去了。（约翰王死。）

萨立斯伯雷　你把这些致命的消息送进了一只失去生命的耳中。我的陛下！我的主上！刚才还是一个堂堂的国王，现在已经变成这么一副模样。

亨利亲王　我也必须像他一样前进，像他一样停止我的行程。昔为君王，今为泥土；这世上还有什么保障，什么希望，什么凭借？

庶　子　您就这样去了吗？我还要留在世上，为您复仇雪恨，然后我的灵魂将要在天上侍候您，正像在地上我是您的仆人一样。现在，现在，你们这些复返正轨的星辰，你们的力量呢？现在你们可以表现你们悔悟的诚意了。立刻跟我回到战场上去，把毁灭和永久的耻辱推出我们衰弱的国土之外。让我们赶快去迎击敌人，否则敌人立刻就要找到我们头上来了；那法国太子正在我们的背后张牙舞爪呢。

萨立斯伯雷　这样看来，你所知道的还不及我们详细；潘杜尔夫主教正在里边休息，他在半小时以前从法国太子那儿来到这里，代表太子向我们提出求和的建议，宣布他们准备立刻撤兵停战的决意；我们认为那样的建议是并不损害我们的荣誉而不妨加以接受的。

庶　子　我们必须格外加强我们的防御，他才会知难而退。

萨立斯伯雷　不，他们可以说已经在开始撤退了；因为他已经把许多车辆遣发到海滨去，并且把他的争端委托主教代行处理。要是你同意的话，今天下午，你、我，还有其他的各位大人，就可以和这位主教举行谈判，商议出一个圆满的结果来。

庶　子　就这样吧。您，我的尊贵的亲王，还有别的各位不用出席会议的王子们，必须亲临主持您的王上的葬礼。

亨利亲王　他的遗体必须在华斯特安葬，因为这是他临终的遗命。

庶　子　那么就在那里安葬吧。愿殿下继承先王的遗统，肩负祖国的光荣，永享无穷的洪福！我用最卑躬的诚意跪在您的足前，向您掬献我的不变的忠勤和永远的臣服。

萨立斯伯雷　我们也敬向殿下呈献同样的忠忱，永远不让它沾上丝毫污点。

亨利亲王　我有一个仁爱的灵魂，要向你们表示它的感谢，可是除了流泪以外，不知道还有什么其他的方式。

庶　子　啊！让我们仅仅把应有的悲伤付给这时代吧，因为它早就收受过我们的哀痛了。我们的英格兰从来不曾，也永远不会屈服在一个征服者的骄傲的足前，除非它先用自己的手把自己伤害。现在它的这些儿子们已经回到祖国的怀抱里，尽管全世界都是我们的敌人，向我们三面进攻，我们也可以击退他们。只要英格兰对它自己尽忠，天大的灾祸都不能震撼我们的心胸。（同下。）

William Shakespeare
COMPLETE WORKS

理查二世

朱生豪　译

莎士比亚
全集

剧中人物

理查二世

约翰·刚特　兰开斯特公爵　}理查王之叔父
爱德蒙·兰格雷　约克公爵　}

亨利·波林勃洛克　海瑞福德公爵,约翰·刚特之子,
即位后称亨利四世

奥墨尔公爵　约克公爵之子

托马斯·毛勃雷　诺福克公爵

萨立公爵

萨立斯伯雷伯爵

勃克雷勋爵

布　希　}
巴各特　}理查王之近侍
格　林　}

诺森伯兰伯爵

亨利·潘西·霍茨波　诺森伯兰伯爵之子

洛斯勋爵

威罗比勋爵

费兹华特勋爵

卡莱尔主教

威司敏斯特长老

司礼官

皮厄斯·艾克斯顿爵士

史蒂芬·斯克鲁普爵士

威尔士军队长

王　后

葛罗斯特公爵夫人

约克公爵夫人

宫　女

群臣、传令官、军官、兵士、园丁、狱卒、使者、马夫及其他侍从等

地　点

英格兰及威尔士各地

第一幕

第一场 伦敦。宫中一室

理查王率侍从、约翰·刚特及其他贵族等上。

理查王 高龄的约翰·刚特,德高望重的兰开斯特,你有没有遵照你的誓约,把亨利·海瑞福德,你的勇敢的儿子带来,证实他上次对诺福克公爵托马斯·毛勃雷所提出的激烈的控诉?那时我因为政务忙碌,没有听他说下去。

刚 特 我把他带来了,陛下。

理查王 再请你告诉我,你有没有试探过他的口气,究竟他控诉这位公爵,是出于私人的宿怨呢,还是因为尽一个忠臣的本分,知道他确实有谋逆的行动?

刚 特 据我从他嘴里所能探听出来的,他的动机的确是因为看到公爵在进行不利于陛下的阴谋,而不是出于内心的私怨。

理查王 那么叫他们来见我吧;让他们当面对质,怒目相视,我要听一听原告和被告双方无拘束的争辩。(若干侍从下。)他们两个都是意气高傲、秉性刚强的人;在盛怒之中,他们就像大海一般聋聩,烈火一般急躁。

侍从等率波林勃洛克及毛勃雷重上。

波林勃洛克 愿无数幸福的岁月降临于我的宽仁慈爱的君王!

毛勃雷 愿陛下的幸福与日俱增,直到上天嫉妒地上的佳运,把一个不朽的荣名加在您的王冠之上！

理查王 我谢谢你们两位；可是俩人之中，有一个人不过向我假意谄媚，因为你们今天来此的目的，是要彼此互控各人以叛逆的重罪。海瑞福德贤弟，你对于诺福克公爵托马斯·毛勃雷有什么不满？

波林勃洛克 第一—— 愿上天记录我的言语！——我今天来到陛下的御座之前，提出这一控诉，完全是出于一个臣子关怀他主上安全的一片忠心，绝对没有什么恶意的仇恨。现在，托马斯·毛勃雷，我要和你面面相对，听着我的话吧；我的身体将要在这人世担保我所说的一切，否则我的灵魂将要在天上负责它的真实。你是一个叛徒和奸贼，辜负国恩，死有余辜；天色越是晴朗空明，越显得浮云的浑浊。让我再用奸恶的叛徒的名字塞在你的嘴里。请陛下允许我，在我离开这儿以前，我要用我正义的宝剑证明我的说话。

毛勃雷 不要因为我言辞的冷淡而责怪我情虚气馁；这不是一场妇人的战争，可以凭着舌剑唇枪解决我们俩人之间的争端；热血正在胸膛里沸腾，准备因此而溅洒。可是我并没有唾面自干的耐性，能够忍受这样的侮辱而不发一言。首先因为当着陛下的天威之前，不敢不抑制我的口舌，否则我早就把这些叛逆的名称加倍掷还给他了。要不是他的身体里流着高贵的王族的血液，要不是他是陛下的亲属，我就要向他公然挑战，把唾涎吐在他的身上，骂他是一个造谣诽谤的懦夫和恶汉；为了证实他是这样一个人，我愿意让他先占一点上风，然后再和他决一雌雄，即使我必须徒步走到阿尔卑斯山的冰天雪地之间，或是任何英国人所敢于涉足的辽远的地方和他相会，我也决不畏避。现在我要凭着决斗为我的忠心辩护，凭着我的一切希望发誓，他说的全然是虚伪的谎话。

波林勃洛克 脸色惨白的战栗的懦夫，这儿我掷下我的手套，声明放弃我的国王亲属的身份；你的恐惧，不是你的尊敬，使你提出我的血统的尊严作为借口。要是你的畏罪的灵魂里还残留着几分勇气，敢接受我的荣誉的信物，那么俯身下去，把它拾起来吧；凭着它和一切武士的礼仪，我要和你彼此用各人的武器决战，证实你的罪状，揭穿你的谎话。

毛勃雷　我把它拾起来了；凭着那轻按我的肩头、使我受到骑士荣封的御剑起誓，我愿意接受一切按照骑士规矩的正当的挑战；假如我是叛徒，或者我的应战是不义的，那么，但愿我一上了马，不再留着活命下来！

理查王　我的贤弟控诉毛勃雷的，究竟是一些什么罪名？像他那样为我们所倚畀的人，倘不是果然犯下昭彰的重罪，是绝不会引起我们丝毫恶意的猜疑的。

波林勃洛克　瞧吧，我所说的话，我的生命将要证明它的真实。毛勃雷曾经借着补助王军军饷的名义，领到八千金币；正像一个奸诈的叛徒、误国的恶贼一样，他把这一笔饷款全数填充了他私人的欲壑。除了这一项罪状以外，我还要说，并且准备在这儿或者在任何英国人眼光所及的最远的边界，用武力证明，这十八年来，我们国内一切叛逆的阴谋，追本穷源，都是出于毛勃雷的主动。不但如此，我还要凭着他的罪恶的生命，肯定地指出葛罗斯特公爵是被他设计谋害的，像一个卑怯的叛徒，他唆使那位公爵的轻信的敌人用暴力溅洒了他的无辜的血液；正像被害的亚伯一样，他的血正在从无言的墓穴里向我高声呼喊，要求我替他伸冤雪恨，痛惩奸凶；凭着我的光荣的家世起誓，我要手刃他的仇人，否则宁愿丧失我的生命。

理查王　他的决心多么大呀！托马斯·诺福克，你对于这番话有些什么辩白？

毛勃雷　啊！请陛下转过脸去，暂时塞住您的耳朵，让我告诉这侮辱他自己血统的人，上帝和善良的世人是多么痛恨像他这样一个说谎的恶徒。

理查王　毛勃雷，我的眼睛和耳朵是大公无私的；他不过是我的叔父的儿子，即使他是我的同胞兄弟，或者是我的王国的继承者，凭着我的御杖的威严起誓，这一种神圣的血统上的关连，也不能给他任何的特权，或者使我不可摇撼的正直的心灵对他略存偏袒。他是我的臣子，毛勃雷，你也是我的臣子；我允许你放胆说话。

毛勃雷　那么，波林勃洛克，我就说你这番诬蔑的狂言，完全是从你虚伪的心头经过你的奸诈的喉咙所发出的欺人的谎话。我所领到的那笔饷款，四分之三已经分发给驻在卡莱的陛下的军队；其余的四分之一是我奉命留下的，因为我上次到法国去迎接王后的时候，陛下还欠我一笔小小的旧债。现在把你那句谎话吞下去吧。讲到葛罗斯特，他并不是我杀死的；可是我很惭愧那时我没有尽我应尽的责任。对于您，高贵的兰开斯特公爵，我的敌人的可尊敬的父亲，我确曾一度企图陷害过您的生命，为了这一次过失，使我的灵魂感到极大的疚恨；可是在我最近一次领受圣餐以前，我已经坦白自认，要求您的恕宥，我希望您也已经不记旧恶了。这是我的错误。至于他所控诉我的其余的一切，全然出于一个卑劣的奸人，一个丧心的叛徒的恶意；我要勇敢地为我自己辩护，在这傲慢的叛徒的足前也要掷下我的挑战的信物，凭着他胸头最优良的血液，证明我的耿耿不贰的忠贞。我诚心请求陛下替我们指定一个决斗的日期，好让世人早一些判断我们的是非曲直。

理查王　你们这两个燃烧着怒火的骑士，听从我的旨意；让我们用不流血的方式，消除彼此的愤怒。我虽然不是医生，却可以下这样的诊断：深刻的仇恨会造成太深的伤痕。劝你们捐嫌忘怨，言归于好，我们的医生说这一个月内是不应该流血的。好叔父，让我们赶快结束这一场刚刚开始的争端；我来劝解诺福克公爵，你去劝解你的儿子吧。

刚　特　像我这样年纪的人，做一个和事佬是最合适不过的，我的儿，把诺福克公爵的手套掷下了吧。

理查王　诺福克，你也把他的手套掷下来。

刚　特　怎么，哈利[1]，你还不掷下来？做父亲的不应该向他的儿子发出第二次的命令。

理查王　诺福克，我吩咐你快掷下；争持下去是没有好处的。

毛勃雷　尊严的陛下，我愿意把自己投身在您的足前。您可以支配我的生命，可是不能强迫我容忍耻辱；为您尽忠效命是我的天职，可是即使死神高踞在我的坟墓之上，您也不能使我的美好的名誉横遭污毁。我现在在这儿受到这样的羞辱和诬蔑，谗言的有毒的枪尖刺透了我的灵魂，只有他那吐着毒瘴的心头的鲜血，才可以医治我的创伤。

理查王　一切的意气之争必须停止；把他的手套给我；雄狮的神威可以使豹子慑伏。

毛勃雷　是的，可是不能改变它身上的斑点。要您能够取去我的耻辱，我就可以献上我的手套。我的好陛下，无瑕的名誉是世间最纯粹的珍宝；失去了名誉，人类不过是一些镀金的粪土，染色的泥块。忠贞的胸膛里一颗勇敢的心灵，就像藏在十重键锁的箱中的珠玉。我的荣誉就是我的生命，二者互相结为一体；取去我的荣誉，我的生命也就不再存在。所以，我的好陛下！让我为我的荣誉而战吧；我借着荣誉而生，也愿为荣誉而死。

---

① 亨利的爱称。

理查王　贤弟，你先掷下你的手套吧。

波林勃洛克　啊！上帝保佑我的灵魂不要犯这样的重罪！难道我要在我父亲的面前垂头丧气，怀着卑劣的恐惧，向这理屈气弱的懦夫低头服罪吗？在我的舌头用这种卑怯的侮辱伤害我的荣誉、发出这样可耻的求和的声请以前，我的牙齿将要把这种自食前言的懦怯的畏惧嚼为粉碎，把它带血唾在那无耻的毛勃雷脸上。（刚特下。）

理查王　我是天生发号施令的人，不是惯于向人请求的。既然我不能使你们成为友人，那么准备着吧，圣兰勃特日[①]在科文特里，你们将要以生命为孤注，你们的短剑和长枪将要替你们解决你们势不两立的争端；你们既然不能听从我的劝告而和解，我只好信任冥冥中的公道，把胜利的光荣判归无罪的一方。司礼官，传令执掌比武仪式的官吏准备起来，导演这一场同室的交讧。（同下。）

第二场　同前。兰开斯特公爵府中一室

刚特及葛罗斯特公爵夫人上。

刚　特　唉！那在我血管里流着的伍德斯道克的血液，比你的呼吁更有力地要求我向那杀害他生命的屠夫复仇。可是矫正这一个我们所无能为力的错误的权力，既然操之于造成这错误的人的手里，我们只有把我们的不平委托于上天的意志，到了时机成熟的一天，它将会向作恶的人们降下严厉的惩罚。

葛罗斯特公爵夫人　难道兄弟之情不能给你一点更深的刺激吗？难道你衰老的血液里的爱火已经不再燃烧了吗？你是爱德华的七

---

① 圣兰勃特日（St.Lanbert，day），九月十七日，纪念圣兰勃特的节日。

个儿子中的一个，你们兄弟七人，就像盛着他的神圣的血液的七个宝瓶，又像同一树根上茁长的七条美好的树枝；七人之中，有的因短命而枯萎，有的被命运所摧残，可是托马斯，我的亲爱的夫主，我的生命，我的葛罗斯特，满盛着爱德华的神圣的血液的一个宝瓶，从他的最高贵的树根上茁长的一条繁茂的树枝，却被嫉妒的毒手击破，被凶徒的血斧斩断，倾尽了瓶中的宝液，凋落了枝头的茂叶。啊，刚特！他的血也就是你的血；你和他同胞共体，同一的模型铸下了你们；虽然你还留着一口气活在世上，可是你的一部分生命已经跟着他死去了。你眼看着人家杀死你那不幸的兄弟，等于默许凶徒们谋害你的父亲，因为他的身上存留着你父亲生前的遗范。不要说那是忍耐，刚特；那是绝望，你容忍你的兄弟被人这样屠戮，等于把你自己的生命开放一条道路，向凶恶的暴徒指示杀害你的门径。在卑贱的人们中间我们所称为忍耐的，在尊贵者的胸中就是冷血的懦怯。我应该怎么说呢？为了保卫你自己的生命，最好的方法就是为我的葛罗斯特复仇。

刚　特　这一场血案应该由上帝解决，因为促成他的死亡的祸首是上帝的代理人，一个受到圣恩膏沐的君主；要是他死非其罪，让上天平反他的冤屈吧，我是不能向上帝的使者举起愤怒的手臂来的。

葛罗斯特公爵夫人　那么，唉！什么地方可以让我声诉我的冤屈呢？

刚　特　向上帝声诉，他是寡妇的保卫者。

葛罗斯特公爵夫人　好，那么我要向上帝声诉。再会吧，年老的刚特。你到科文特里去，瞧我的侄儿海瑞福德和凶狠的毛勃雷决斗；啊！但愿我丈夫的冤魂依附在海瑞福德的枪尖上，让它穿进了屠夫毛勃雷的胸中；万一刺而不中，愿毛勃雷的罪恶压住他的全身，使他那流汗的坐骑因不胜重负而把他掀翻在地上，像一个卑怯的懦夫匍匐在我的侄儿海瑞福德的足下！再会吧，年老的刚特；你的已故的兄弟的妻子必须带着悲哀终结她的残生。

刚　特　弟妇，再会；我必须到科文特里去。愿同样的幸运陪伴着你，跟随着我！

葛罗斯特公爵夫人　可是还有一句话。悲哀落在地上，还会重新跳起，不是因为它的空虚，而是因为它的重量。我的谈话都还没有开始，已要向你告别，因为悲哀看去好像已经止住，其实却永远没有个完。替我向我的兄弟爱德蒙·约克致意。瞧！这就是我所要说的一切。不，你不要就这样走了；虽然我只有这一句话，不要走得这样匆忙；我还要想起一些别的话来。请他—— 啊，什么？——赶快到普拉希看我一次。唉！善良的老约克到了那里，除了空旷的房屋、萧条的四壁、无人的仆舍、苔封的石级以外，还看得到什么？除了我的悲苦呻吟以外，还听得到什么欢迎的声音？所以替我向他致意；叫他不要到那里去，找寻那到处充斥着的悲哀。孤独地、孤独地我要饮恨而死；我的流泪的眼睛向你作最后的诀别。（各下。）

第三场　科文特里附近旷地

设围场及御座。传令官等侍立场侧

司礼官及奥墨尔上。

司礼官　奥墨尔大人，哈利·海瑞福德武装好了没有？

奥墨尔　是的，他已经装束齐整，恨不得立刻进场。

司礼官　诺福克公爵精神抖擞，勇气百倍，专等原告方面的喇叭声召唤。

奥墨尔　那么决斗的双方都已经准备好了，只要王上一到，就可以开始啦。

喇叭奏花腔。理查王上就御座;刚特、布希、巴各特、格林及余人等随上,各自就座。喇叭高鸣,另一喇叭在内相应。被告毛勃雷穿甲胄上,一传令官前导。

理查王　司礼官,问一声那边的骑士他穿了甲胄到这儿来的原因;问他叫什么名字,按照法定的手续,叫他宣誓他的动机是正直的。

司礼官　凭着上帝的名义和国王的名义,说出你是什么人,为什么穿着骑士的装束到这儿来,你要跟什么人决斗,你们的争端是什么。凭着你的骑士的身份和你的誓言,从实说来;愿上天和你的勇气保卫你!

毛勃雷　我是诺福克公爵托马斯·毛勃雷。遵照我所立下的不可毁弃的骑士的誓言,到这儿来和控诉我的海瑞福德当面对质,向上帝、我的君王和他的后裔表白我的忠心和诚实;凭着上帝的恩惠和我这手臂的力量,我要一面洗刷我的荣誉,一面证明他是一个对上帝不敬、对君王不忠、对我不义的叛徒。我为正义而战斗,愿上天佑我!(就座。)

喇叭高鸣;原告波林勃洛克穿甲胄上,一传令官前导。

理查王　司礼官,问一声那边穿着甲胄的骑士,他是谁,为什么全副戎装到这儿来;按照我们法律上所规定的手续,叫他宣誓声明他的动机是正直的。

司礼官　你的名字叫什么?为什么你敢当着理查王的面前,到他这儿的校场里来?你要和什么人决斗?你们的争端是什么?像一个正直的骑士,你从实说来;愿上天保佑你!

波林勃洛克　我是兼领海瑞福德、兰开斯特和德比三处采邑的哈利;今天武装来此,准备在这围场之内,凭着上帝的恩惠和我身体的勇力,证明诺福克公爵托马斯·毛勃雷是一个对上帝不敬、对王上不忠、对我不信不义的奸诈险恶的叛徒。我为正义而战斗，愿上天佑我！

司礼官　除了司礼官和奉命监视这次比武仪典的官员以外，倘有大胆不逞之徒，擅敢触动围场界线，立处死刑，决不宽贷。

波林勃洛克　司礼官，让我吻一吻我的君王的手，在他的御座之前屈膝致敬；因为毛勃雷跟我就像两个朝圣的人立誓踏上漫长而艰苦的旅途，所以让我们按照正式的礼节，各自向我们的亲友们作一次温情的告别吧。

司礼官　原告恭顺地向陛下致敬，要求一吻御手，申达他告别的诚意。

理查王　（下座）我要亲下御座，把他拥抱在我的怀里。海瑞福德贤弟，你的动机既然是正直的，愿你在这次庄严的战斗里获得胜利！再会吧，我的亲人；要是你今天洒下你的血液，我可以为你悲恸，可是不能代你报复杀身之仇。

波林勃洛克　啊！要是我被毛勃雷的枪尖所刺中，不要让一只高贵的眼睛为我浪掷一滴泪珠。正像猛鹰追逐一只小鸟，我对毛勃雷抱着必胜的自信。我的亲爱的王上，我向您告别了；别了，我的奥墨尔贤弟；虽然我要去和死亡搏斗，可是我并没有病，我还年轻力壮，愉快地呼吸着空气。瞧！正像在英国的宴席上，最美味的佳肴总是放在最后，留给人们一个无限余甘的回忆；我最后才向你告别，啊，我的生命的人间的创造者！您的青春的精神复活在我的心中，用双重的巨力把我凌空举起，攀取那高不可及的胜利；愿您用祈祷加强我的甲胄的坚实，用祝福加强我的枪尖的锋锐，让它突入毛勃雷的蜡制的战袍之内，借着您儿子的勇壮的行为，使约翰·刚特的名字闪耀出新的光彩。

刚　特　上帝保佑你的正义行为得胜！愿你的动作像闪电一般敏捷，你的八倍威力的打击，像惊人的雷霆一般降在你的恶毒的敌人的盔上；振起你的青春的精力，勇敢地活着吧。

波林勃洛克　我的无罪的灵魂和圣乔治帮助我得胜！（就座。）

毛勃雷　（起立）不论上帝和造化给我安排下怎样的命运，或生或死，我都是尽忠于理查王陛下的一个赤心正直的臣子，从来不曾有一个囚人用这样奔放的热情脱下他的缚身的锁链，拥抱那无拘束的黄金的自由，像我的雀跃的灵魂一样接受这一场跟我的敌人互决生死的鏖战。最尊严的陛下和我的各位同僚，从我的嘴里接受我的虔诚的祝福。像参加一场游戏一般，我怀着轻快的心情挺身赴战；正直者的胸襟永远是安定的。

理查王　再会，公爵。我看见正义和勇敢在你的眼睛里闪耀。司礼官，传令开始比武。（理查王及群臣各就原座。）

司礼官　海瑞福德、兰开斯特和德比的哈利，过来领你的枪；上帝保佑正义的人！

波林勃洛克　（起立）抱着像一座高塔一般坚强的信心，我应着“阿门”。

司礼官　（向一官吏）把这枝枪送给诺福克公爵。

传令官甲　这儿是海瑞福德、兰开斯特和德比的哈利，站在上帝、他的君王和他自己的立场上，证明诺福克公爵托马斯·毛勃雷是一个对上帝不敬、对君王不忠、对他不义的叛徒；倘使所控不实，他愿意蒙上奸伪卑怯的恶名，永远受世人唾骂。他要求诺福克公爵出场，接受他的挑战。

传令官乙　这儿站着诺福克公爵托马斯·毛勃雷，准备表白他自己的无罪，同时证明海瑞福德、兰开斯特和德比的哈利是一个对上帝不敬、对君王不忠、对他不义的叛徒；倘使所言失实，他愿意蒙上奸伪卑怯的恶名，永远受世人唾骂。他勇敢地怀着满腔热望，等候着决斗开始的信号。

司礼官　吹起来，喇叭，上前去，比武的人们。（吹战斗号）且慢，且慢，王上把他的御杖掷下来了。

理查王　叫他们脱下战盔，放下长枪，各就原位。跟我退下去；在我向这两个公爵宣布我的判决之前，让喇叭高声吹响。（喇叭奏长花腔。向决斗者）过来，倾听我们会议的结果。因为我们的国土不应被它所滋养的宝贵的血液所玷污；因为我们的眼睛痛恨同室操戈所造成的内部的裂痕；因为你们各人怀着凌云的壮志，冲天的豪气，造成各不相下的敌视和憎恨，把我们那像婴儿一般熟睡着的和平从它的摇篮中惊醒；那战鼓的喧聒的雷鸣，那喇叭的刺耳的嗥叫，那刀枪的愤怒的击触，也许会把美好的和平吓退出我们安谧的疆界以外，使我们的街衢上横流着我们自己亲属的血；所以我宣布把你们放逐出境。你！海瑞福德贤弟，必须在异国踏着流亡的征途，在十个夏天给我们的田地带来丰收以前，不准归返我们美好的国土，倘有故违，立处死刑。

波林勃洛克　愿您的旨意实现。我必须用这样的思想安慰我自己，那在这儿给您温暖的太阳，将要同样照在我的身上；它的金色的光辉射耀着您的王冠，也会把光明的希望渲染我的流亡的岁月。

理查王　诺福克，你所得到的是一个更严重的处分，虽然我很不愿意向你宣布这样的判决；狡狯而迟缓的光阴不能决定你的无期放逐的终限；“永远不准回来，”这一句绝望的话，就是我对你所下的宣告；倘有故违，立处死刑。

毛勃雷　一个严重的判决，我的无上尊严的陛下；从陛下的嘴里发出这样的宣告，是全然出于意外的；陛下要是顾念我过去的微劳，不应该把这样的处分加在我的身上，使我远窜四荒，和野人顽民呼吸着同一的空气。现在我必须放弃我在这四十年来所学习的语言，我的本国的英语；现在我的舌头对我一无用处，正像一张无弦的古琴,或是一具被密封在匣子里的优美的乐器,或者匣子虽然开着,但是放在一个不谙音律者的手里。您已经把我的舌头幽禁在我的嘴里,让我的牙齿和嘴唇成为两道闸门,使冥顽不灵的愚昧作我的狱卒。我太大了,不能重新做一个牙牙学语的婴孩;我的学童的年龄早已被我蹉跎过去。您现在禁止我的舌头说它故国的语言,这样的判决岂不等于是绞杀语言的死刑吗?

理查王　悲伤对于你无济于事;判决已下,叫苦也太迟了。

毛勃雷　那么我就这样离开我的故国的光明,在无穷的黑夜的阴影里栖身吧。(欲退。)

理查王　回来,你们必须再宣一次誓。把你们被放逐的手按在我的御剑之上,虽然你们对我应尽的忠诚已经随着你们自己同时被放逐,可是你们必须凭着你们对上帝的信心,立誓遵守我所要向你们提出的誓约。愿真理和上帝保佑你们!你们永远不准在放逐期中,接受彼此的友谊;永远不准互相见面;永远不准暗通声气,或是蠲除你们在国内时的嫌怨,言归于好;永远不准同谋不轨,企图危害我、我的政权、我的臣民或是我的国土。

波林勃洛克　我宣誓遵守这一切。

毛勃雷　我也同样宣誓遵守。

波林勃洛克　诺福克,我认定你是我的敌人;要是王上允许我们,我们俩人中,一人的灵魂这时候早已飘荡于太虚之中,从我们这肉体的脆弱的坟墓里被放逐出来,正像现在我们的肉体被放逐出这国境之外一样了。趁着你还没有逃出祖国的领土,赶快承认你的奸谋吧;因为你将要走一段辽远的路程,不要让一颗罪恶的灵魂的重担沿途拖累着你。

毛勃雷　不,波林勃洛克,要是我曾经起过叛逆的贰心,愿我的名字从生命的册籍上注销;愿我从天上放逐,正像从我的本国放逐一样！可是上帝、你、我，都知道你是一个什么人；我怕转眼之间，王上就要自悔他的失着了。再会，我的陛下。现在我绝不会迷路；除了回到英国以外，全世界都是我的去处。（下。）

理查王　叔父，从你晶莹的眼珠里，我可以看到您的悲痛的心；您的愁惨的容颜，已经从他放逐的期限中减去四年的时间了。（向波林勃洛克）度过了六个寒冬，你再在祖国的欢迎声中回来吧。

波林勃洛克　一句短短的言语里，藏着一段多么悠长的时间！四个沉滞的冬天，四个轻狂的春天，都在一言之间化为乌有：这就是君王的纶音。

刚　特　感谢陛下的洪恩，为了我的缘故，缩短我的儿子四年放逐的期限；可是这种额外的宽典，并不能使我沾到什么利益，因为在他六年放逐的岁月尚未完毕之前，我这一盏油干焰冷的灯，早已在无边的黑夜里熄灭，我这径寸的残烛早已烧尽，盲目的死亡再也不让我看见我的儿子了。

理查王　啊，叔父，你还能活许多年哩。

刚　特　可是，王上，您不能赐给我一分钟的寿命。您可以假手阴沉的悲哀缩短我的昼夜，可是不能多借我一个清晨；您可以帮助时间刻画我额上的皱纹，可是不能中止它的行程，把我的青春留住；您的一言可以致我于死，可是一死之后，您的整个的王国买不回我的呼吸。

理查王　您的儿子是在郑重的考虑之下被判放逐的，你自己也曾表示同意；那时为什么你对我们的判决唯唯从命呢？

刚　特　美味的食物往往不宜于消化。您要求我站到法官的立场上发言，可是我宁愿您命令我用一个父亲的身份为他的儿子辩护。啊！假如他是一个不相识的人，不是我的孩子，我就可以用更温和的语调，设法减轻他的罪状；可是因为避免徇私偏袒的指责，我却宣判了我自己的死刑。唉！当时我希望你们中间有人会说，我把自己的儿子宣判放逐，未免太忍心了；可是你们却同意了我的违心之论，使我违反我的本意，给我自己这样重大的损害。

理查王　贤弟，再会吧；叔父，你也不必留恋了。我判决他六年的放逐，他必须立刻就走。（喇叭奏花腔。理查王及扈从等下。）奥墨尔哥哥，再会吧；虽然不能相见，请你常通书信，让我们知道你在何处安身。

司礼官　大人，我并不向您道别，因为我要和您并辔同行，一直送您到陆地的尽头。

刚　特　啊！你为什么缄口无言，不向你的亲友们说一句答谢的话？

波林勃洛克　我的舌头只能大量吐露我心头的悲哀，所以我没有话可以向你们表示我的离怀。

刚　特　你的悲哀不过是暂时的离别。

波林勃洛克　离别了欢乐，剩下的只有悲哀。

刚　特　六个冬天算得什么？它们很快就过去了。

波林勃洛克　对于欢乐中的人们，六年是一段短促的时间；可是悲哀使人度日如年。

刚　特　算它是一次陶情的游历吧。

波林勃洛克　要是我用这样谬误的名称欺骗自己，我的心将要因此而叹息，因为它知道这明明是一次强制的旅行。

刚　特　你的征途的忧郁将要衬托出你的还乡的快乐，正像箔片烘显出宝石的光辉一样。

波林勃洛克　不，每一个沉重的步伐，不过使我记起我已经多么迢遥地远离了我所珍爱的一切。难道我必须在异邦忍受学徒的辛苦，当我最后期满的时候，除了给悲哀做过短工之外，再没有什么别的可以向人夸耀？

刚　特　凡是日月所照临的所在，在一个智慧的人看来都是安身的乐土。你应该用这样的思想宽解你的厄运；什么都比不上厄运更能磨炼人的德性。不要以为国王放逐了你，你应该设想你自己放逐了国王。越是缺少担负悲哀的勇气，悲哀压在心头越是沉重。去吧，就算这一次是我叫你出去追寻荣誉，不是国王把你放逐；或者你可以假想噬人的疫疠弥漫在我们的空气之中，你是要逃到一个健康的国土里去。凡是你的灵魂所珍重宝爱的事物，你应该想象它们是在你的未来的前途，不是在你离开的本土；想象鸣鸟在为你奏着音乐，芳草为你铺起地毯，鲜花是向你巧笑的美人，你的行步都是愉快的舞蹈；谁要是能够把悲哀一笑置之，悲哀也会减弱它的咬人的力量。

波林勃洛克　啊！谁能把一团火握在手里，想象他是在寒冷的高加索群山之上？或者空想着一席美味的盛宴。满足他的久饿的枵腹？或者赤身在严冬的冰雪里打滚，想象盛暑的骄阳正在当空晒炙？啊，不！美满的想象不过使人格外感觉到命运的残酷。当悲哀的利齿只管咬人，却不能挖出病疮的时候，伤口的腐烂疼痛最难忍受。

刚　特　来，来，我的儿，让我送你上路。要是我也像你一样年轻，处在和你同样的地位，我是不愿留在这儿的。

波林勃洛克　那么英国的大地，再会吧；我的母亲，我的保姆，我现在还在您的怀抱之中，可是从此刻起，我要和你分别了！无论我在何处流浪，至少可以这样自夸；虽然被祖国所放逐，我还是一个纯正的英国人。（同下。）

第四场 伦敦。国王堡中一室

理查王、巴各特及格林自一门上；奥墨尔自另一门上。

理查王　我早就看明白了。奥墨尔贤弟，你把高傲的海瑞福德送到什么地方？

奥墨尔　我把高傲的海瑞福德——要是陛下喜欢这样叫他的话——送上了最近的一条大路，就和他分手了？

理查王　说，你们流了多少临别的眼泪？

奥墨尔　说老实话，我是流不出什么眼泪来的；只有向我们迎面狂吹的东北风，偶或刺激我们的眼膜，逼出一两滴无心之泪，点缀我们漠然的离别。

理查王　你跟我那位好兄弟分别的时候，他说些什么话？

奥墨尔　他向我说"再会。"我因为不愿让我的舌头亵渎了这两个字眼，故意装出悲不自胜，仿佛连话都说不出来的样子，回避了我的答复。嘿，要是"再会"这两个字有延长时间的魔力，可以增加他的短期放逐的年限，那么我一定不会吝惜向他说千百声的"再会"；可是既然它没有这样的力量，我也不愿为他浪费我的唇舌。

理查王　贤弟，他是我们同祖的兄弟，可是当他放逐的生涯终结的时候，我们这一位亲人究竟能不能回来重见他的朋友，还是一个大大的疑问，我自己和这儿的布希、巴各特、格林三人，都曾注意到他向平民怎样殷勤献媚，用谦卑而亲昵的礼貌竭力博取他们的欢心；他会向下贱的奴隶浪费他的敬礼，用诡诈的微笑和一副身处厄境毫无怨言的神气取悦穷苦的工匠，简直像要把他们思慕之情一起带走，他会向一个叫卖牡蛎的女郎脱帽；两个运酒的车夫向他说了一声上帝保佑他，他就向他们弯腰答礼，说：“谢谢，我的同胞，我的亲爱的朋友们”，好像我统治下的英国已经操在他的手里，他是我的臣民所仰望的未来的君王一样。

格　林　好，他已经去了，我们也不必再想起这种事情。现在我们必须设法平定爱尔兰的叛乱；迅速的措置是必要的，陛下，否则坐延时日，徒然给叛徒们发展势力的机会，对于陛下却是一个莫大的损失。

理查王　这一次我要御驾亲征。我们的金库因为维持这一个宫廷的浩大的支出和巨量的赏赉，已经不大充裕，所以不得不找人包收王家的租税，靠他们预交的款项补充这次出征的费用。要是再有不敷的话，我可以给我留在国内的摄政者几道空白的诏敕，只要知道什么人有钱，就可以命令他们捐献巨额的金钱，接济我的需要；因为我现在必须立刻动身到爱尔兰去。

布希上。

理查王　布希，什么消息？

布　希　陛下，年老的约翰·刚特突患重病，刚才差过急使来请求陛下去见他一面。

理查王　他现在在什么地方？

布　希　在伊里别邸。

理查王　上帝啊，但愿他的医生们把他早早送下坟墓。他的金库里收藏的货色足可以使我那些出征爱尔兰的兵士们一个个披上簇新的战袍。来，各位，让我们大家去瞧瞧他；求上帝使我们去得尽快，到得太迟。

众　人　阿门！（同下。）

第二幕

第一场　伦敦。伊里别邸中一室

刚特卧于榻上，约克公爵及余人等旁立。

刚　特　国王会不会来，好让我对他的少年浮薄的性情吐露我的最后的忠告？

约　克　不要烦扰你自己，省些说话的力气吧；他的耳朵是不听忠告的。

刚　特　啊！可是人家说，一个人的临死遗言，就像深沉的音乐一般，有一种自然吸引注意的力量；到了奄奄一息的时候，他的话绝不会白费，因为真理往往是在痛苦呻吟中说出来的。一个从此以后不再说话的人，他的意见总是比那些少年浮华之徒的甘言巧辩更能被人听取。正像垂暮的斜阳、曲终的余奏和最后一口啜下的美酒留给人们最温馨的回忆一样，一个人的结局也总是比他生前的一切格外受人注目。虽然理查对于我生前的谏劝充耳不闻，我的垂死的哀音也许可以惊醒他的聋聩。

约　克　不，他的耳朵已经被一片歌功颂德之声塞住了。他爱听的是淫靡的诗句和豪奢的意大利流行些什么时尚的消息，他们的一举一动，这落后的效颦的国家总是亦步亦趋地追随摹仿。世上哪一种浮华的习气，管它是多么恶劣，要是新近产生的，很快地就传进了他的耳中？当人性的顾虑全然为倔强的意志所蔑弃的时候，一切忠告都等于白说。要指导那一意孤行的人；您现在呼吸都感到乏力，何必苦苦地浪费你的唇舌。

刚　特　我觉得自己仿佛是一个新受到灵感激动的先知，在临死之际，这样预言出他的命运；他的轻躁狂暴的乱行绝不能持久，因为火势越是猛烈，越容易顷刻烧尽；绵绵的微雨可以落个不断，倾盆的阵雨一会儿就会停止；驰驱太速的人，很快就觉得精疲力竭；吃得太急了，难保食物不会哽住喉咙；轻浮的虚荣是一个不知餍足的饕餮者，它在吞噬一切之后，结果必然牺牲在自己的贪欲之下。这一个君王们的御座，这一个统于一尊的岛屿，这一片庄严的大地，这一个战神的别邸，这一个新的伊甸—— 地上的天堂，这一个造化女神为了防御毒害和战祸的侵入而为她自己造下的堡垒，这一个英雄豪杰的诞生之地，这一个小小的世界，这一个镶嵌在银色的海水之中的宝石（那海水就像是一堵围墙，或是一道沿屋的壕沟，杜绝了宵小的觊觎），这一个幸福的国土，这一个英格兰，这一个保姆，这一个繁育着明君贤主的母体（他们的诞生为世人所侧目，他们仗义卫道的功业远震寰宇），这一个像救世主的圣墓一样驰名、孕育着这许多伟大的灵魂的国土，这一个声誉传遍世界、亲爱又亲爱的国土，现在却像一幢房屋、一块田地一般出租了——我要在垂死之际，宣布这样的事实。英格兰，它的周遭是为汹涌的怒涛所包围着的，它的岩石的崖岸击退海神的进攻，现在却笼罩在耻辱，墨黑的污点和卑劣的契约之中；那一向征服别人的英格兰，现在已经可耻地征服了它自己。啊！要是这耻辱能够随着我的生命同时消失，我的死该是多么幸福！

理查王与王后、奥墨尔、布希、格林、巴各特、洛斯及威罗比同上。

约　克　国王来了；他是个年少气盛之人，你要对他温和一些，因为激怒了一匹血气方刚的小马，它的野性将要更加难于驯服。

王　后　我的叔父兰开斯特贵体怎样?

理查王　你好,汉子。衰老而憔悴的刚特怎么样啦?

刚　特　啊!那几个字加在我的身上多么合适;衰老而憔悴的刚特,真的,我是因为衰老而憔悴了。悲哀在我的心中守着长期的斋戒,断绝肉食的人怎么能不憔悴?为了酣睡的英格兰,我已经长久不眠,不眠是会使人消瘦而憔悴的。望着儿女们的容颜,是做父亲的人们最大的快慰,我却享不到这样的满足;你隔绝了我们父子的亲谊,所以我才会这样憔悴。我这憔悴的一身不久就要进入坟墓,让它的空空的洞穴收拾我的一堆枯骨。

理查王　病人也会这样大逞辞锋吗?

刚　特　不,一个人在困苦之中是会把自己揶揄的;因为我的名字似乎为你所嫉视,所以,伟大的君王,为了奉承你的缘故,我才作这样的自嘲。

理查王　临死的人应该奉承活着的人吗?

刚　特　不,不,活着的人奉承临死的人。

理查王　你现在快要死了,你说你奉承我。

刚　特　啊,不!虽然我比你病重,你才是将死的人。

理查王　我很健康,我在呼吸,我看见你病在垂危。

刚　特　那造下我来的上帝知道我看见你的病状多么险恶。我的眼力虽然因久病而衰弱,但我看得出你已走上邪途。你负着你的重创的名声躺在你的国土之上,你的国土就是你的毕命的卧床;像一个过分粗心的病人,你把你那仰蒙圣恩膏沐的身体交给那些最初伤害你的庸医诊治;在你那仅堪复顶的王冠之内,坐着一千个谄媚的佞人,凭借这小小的范围,侵蚀你的广大的国土。啊!要是你的祖父能够预先看到他的孙儿将要怎样摧残他的骨肉,他一定会早早把你废黜,免得耻辱降临到你的身上,可是现在耻辱已经占领了你，你的王冠将要丧失在你自己的手里。嘿，侄儿，即使你是全世界的统治者，出租这一块国土也是一件可羞的事；可是只有这一块国土是你所享有的世界，这样的行为不是羞上加羞吗？你现在是英格兰的地主，不是它的国王；你在法律上的地位是一个必须受法律拘束的奴隶，而且——

理查王　而且你是一个疯狂糊涂的呆子，依仗你疾病的特权，胆敢用你冷酷的讥讽骂得我面无人色。凭着我的王座的尊严起誓，倘不是因为你是伟大的爱德华的儿子的兄弟，你这一条不知忌惮的舌头将要使你的头颅从你那目无君上的肩头落下。

刚　特　啊！不要饶恕我，同我的哥哥爱德华的儿子；不要因为我是他父亲爱德华的儿子的缘故而饶恕我。像那啄饮母体血液的企鹅一般，你已经痛饮过爱德华的血。我的兄弟葛罗斯特是个忠厚诚实的好人——愿他在天上和那些有福的灵魂同享极乐！——他就是一个前例，证明你对于溅洒爱德华的血是毫无顾恤的。帮着我的疾病杀害我吧；愿你的残忍像无情的衰老一般，快快摘下这一朵久已凋萎的枯花。愿你在你的耻辱中生存，可是不要让耻辱和你同归于尽！愿我的言语永远使你的灵魂痛苦！把我搬到床上去，然后再把我送下坟墓；享受着爱和荣誉的人，才会感到生存的乐趣。（侍从等抬刚特下。）

理查王　让那些年老而满腹牢骚的人去死吧；你正是这样的人，这样的人是只配在坟墓里的。

约　克　请陛下原谅他的年迈有病，出言不检；凭着我的生命发誓，他爱您就像他的儿子海瑞福德公爵亨利一样，要是他在这儿的话。

理查王　不错，你说得对；海瑞福德爱我，他也爱我。他们怎样爱我，我也怎样爱他们。让一切就这样安排着吧。

诺森伯兰上。

诺森伯兰　陛下，年老的刚特向您致意。

理查王　他怎么说？

诺森伯兰　不，一句话都没有；他的话已经说完了。他的舌头现在是一具无弦的乐器；年老的兰开斯特已经消耗了他的言语、生命和一切。

约　克　愿约克也追随在他的后面同归毁灭！死虽然是苦事，却可以结束人生的惨痛。

理查王　最成熟的果子最先落地，他正是这样；他的寿命已尽，我们却还必须继续我们的旅程。别的话不必多说了。现在，让我们讨论讨论爱尔兰的战事。我们必须扫荡那些粗暴蓬发的爱尔兰步兵，他们像毒蛇猛兽一般，所到之处，除了他们自己以外，谁也没有生存的权利。因为这一次战事规模巨大，需要相当大的费用，为了补助我们的军需起见，我决定没收我的叔父刚特生前所有的一切金银、钱币、收益和动产。

约　克　我应该忍耐到什么时候呢？啊！恭顺的臣道将要使我容忍不义的乱行到什么限度呢？葛罗斯特的被杀，海瑞福德的放逐，刚特的受责，国内人心的怨愤，可怜的波林勃洛克在婚事上遭到的阻挠，我自己身受的耻辱，这些都从不曾使我镇静的脸上勃然变色，或者当着我的君王的面前皱过一回眉头。我是高贵的爱德华的最小的儿子，你的父亲威尔士亲王是我的长兄，在战场上他比雄狮还凶猛，在和平的时候他比羔羊还温柔。他的面貌遗传给了你，因为他在你这样的年纪，正和你一般模样；可是当他发怒的时候，他是向法国人而不是向自己人；他的高贵的手付出了代价，总是取回重大的收获，他却没有把他父亲手里挣下的产业供他自己的挥霍；他没有溅洒过自己人的血，他的手上只染着他的亲属的仇人的血迹。啊，理查！约克太伤心过度了，否则他绝不会作这样的比较的。

理查王　嗨，叔父，这是怎么一回事？

约　克　啊！陛下，您愿意原谅我就原谅我，否则我也不希望得到您的宽恕。您要把被放逐的海瑞福德的产业和权利抓在您自己的手里吗？刚特死了，海瑞福德不是还活着吗？刚特不是一个正直的父亲，哈利不是一个忠诚的儿子吗？那样一位父亲不应该有一个后嗣吗？他的后嗣不是一个克绍家声的令子吗？剥夺了海瑞福德的权利，就是破坏传统的正常的惯例；明天可以不必跟在今天的后面，你也不必是你自己，因为倘不是按着父子祖孙世世相传的合法的王统，您怎么会成为一个国王？当着上帝的面前，我要说这样的话——愿上帝使我的话不致成为事实！——要是您用非法的手段，攫夺了海瑞福德的权利，从他的法定代理人那儿取得他的产权证书，要求全部产业的移让，把他的善意的敬礼蔑弃不顾，您将要招引一千种危险到您的头上，失去一千颗爱戴的赤心，刺激我的温和的耐性，使我想起那些为一个忠心的臣子所不能想到的念头。

理查王　随你怎样想吧，我还是要没收他的金银财物和土地。

约　克　那么我只好暂时告退；陛下，再会吧。谁也不知道什么事情将会接着发生，可是我们可以预料到，不由正道，绝不会有好的结果。（下。）

理查王　去，布希，立刻去找威尔特郡伯爵，叫他到伊里别邸来见我，帮我处理这件事情。明天我们就要到爱尔兰去，再不能耽搁了。我把我的叔父约克封为英格兰总督，代我摄理国内政务！因为他为人公正，一向对我很忠心。来，我的王后，明天我们必须分别了；快乐些吧，因为我们留恋的时间已经十分短促。（喇叭奏花腔。理查王、王后、布希、奥墨尔、格林、巴各特等同下。）

诺森伯兰　各位大人，兰开斯特公爵就这样死了。

洛　斯　可是他还活着，因为现在他的儿子应该承袭爵位。

威罗比　他所承袭的不过是一个空洞的名号，毫无实际的收益。

诺森伯兰　要是世上还有公道，他应该名利兼收。

洛　斯　我的心快要胀破了；可是我宁愿让它在沉默中爆裂，也不让一条没遮拦的舌头泄漏它的秘密。

诺森伯兰　不，把你的心事说出来吧；谁要是把你的话转告别人，使你受到不利，愿他的舌头连根烂掉！

威罗比　你要说的话是和海瑞福德公爵有关系吗？如果是的话，放胆说吧，朋友；我的耳朵急于要听听对于他有利的消息呢。

洛　斯　除了因为他的世袭财产横遭侵占对他表示同情以外，我一点不能给他什么助力。

诺森伯兰　当着上帝的面前发誓，像他这样一位尊贵的王孙，必须忍受这样的屈辱，真是一件可叹的事；而且在这堕落的国土里，还有许多血统高贵的人都遭过类似的命运。国王已经不是他自己，完全被一群谄媚的小人所愚弄；要是他们对我们中间无论哪一个人有一些嫌怨，只要说几句坏话，国王就会对我们、我们的生命、我们的子女和继承者严加究办。

洛　斯　平民们因为他苛征暴敛，已经全然对他失去好感；贵族们因为他睚眦必报，也已经全然对他失去好感。

威罗比　每天都有新的苛税设计出来，什么空头券、德政税，我也说不清这许多；可是凭着上帝的名义，这样下去怎么得了呢？

诺森伯兰　战争并没有消耗他的资财，因为他并没有正式上过战场，却用卑劣的妥协手段，把他祖先一刀一枪换来的产业轻轻断送。他在和平时的消耗，比他祖先在战时的消耗更大。

洛　斯　威尔特郡伯爵已经奉命包收王家的租税了。

威罗比　国王已经破产了，像一个破落的平民一样。

诺森伯兰　他的行为已经造成了物议沸腾、人心瓦解的局面．

洛　斯　虽然捐税这样繁重，他这次出征爱尔兰还是缺少军费，一定要劫夺这位被放逐的公爵，拿来救他的燃眉之急。

诺森伯兰　他的同宗的兄弟；好一个下流的昏君！可是，各位大人，我们听见这一场可怕的暴风雨在空中歌唱，却不去找一个藏身的所在；我们看见逆风打着我们的帆篷，却不知道收帆转舵，只是袖手不动，坐待着覆舟的惨祸。

洛　斯　我们可以很清楚地看到我们必须遭受的覆亡的命运；因为我们容忍这一种祸根乱源而不加纠正，这样的危险现在已经是无可避免的了。

诺森伯兰　那倒未必；即使从死亡的空洞的眼穴里，我也可以望见生命的消息；可是我不敢说我们的好消息已经是多么接近了。

威罗比　啊，让我们分享你的思想，正像你分享着我们的思想一样。

洛　斯　放心说吧，诺森伯兰。我们三人就像你自己一样；你告诉了我们，等于把你自己的思想藏在你自己的心里；所以你尽管大胆说好了。

诺森伯兰　那么你们听着：我从勃朗港，布列塔尼的一个海湾那里得到消息，说是海瑞福德公爵哈利，最近和爱克塞特公爵决裂的雷诺德·考勃汉勋爵、他的兄弟前任坎特伯雷大主教、托马斯·欧平汉爵士、约翰·兰斯登爵士、约翰·诺勃雷爵士、罗伯特·华特登爵士、弗兰西斯·夸因特，他们率领着所部人众，由布列塔尼公爵供给巨船八艘，战士三千，向这儿迅速开进，准备在短时间内登上我们北方的海岸。他们有心等候国王到爱尔兰去了，然后伺隙进犯，否则也许这时候早已登陆了。要是我们决心摆脱奴隶的桎梏，用新的羽毛补葺我们祖国残破的肢翼，把受污的王冠从当铺里赎出，拭去那遮掩我们御杖上的金光的尘埃,使庄严的王座恢复它旧日的光荣,那么赶快跟我到雷文斯泊去吧;可是你们倘然缺少这样的勇气,那么还是留下来,保守着这一个秘密,让我一个人前去。

洛　斯　上马!上马!叫那些胆小怕事的人去反复考虑吧。

威罗比　把我的马牵出来,我要第一个到那里。(同下。)

第二场　同前。宫中一室

王后、布希及巴各特上。

布　希　娘娘,您太伤心过度了。您跟王上分别的时候,您不是答应他您一定高高兴兴的,不让沉重的忧郁摧残您的生命吗?

王　后　为了叫王上高兴,我才说这样的话;可是我实在没有法子叫我自己高兴起来。我不知道为什么我要欢迎像悲哀这样的一位客人,除了因为我已经跟我的亲爱的理查告别;可是我仿佛觉得有一种尚未产生的不幸,已经在命运的母胎里成熟,正在向我逼近,我的内在的灵魂因为一种并不存在的幻影而颤栗;不仅是为了跟我的君王离别,才勾起了我心底的悲哀。

布　希　每一个悲哀的本体都有二十个影子,它们的形状都和悲哀本身一样,但它们并没有实际的存在;因为镀着一层泪液的愁人之眼,往往会把一件整个的东西化成无数的形象,就像凹凸镜一般!从正面望去,只见一片模糊,从侧面观看,却可以辨别形状;娘娘因为把这次和王上分别的事情看偏了,所以才会感到超乎离别以上的悲哀,其实从正面看去,它只不过是一些并不存在的幻影。所以,大贤大德的娘娘,不要因为离别以外的事情而悲哀;您其实没看到什么,即使看到了,那也只是悲哀的眼中的虚伪的影子,它往往把想象误为真实而浪掷它的眼泪。

王　后　也许是这样，可是我的内在的灵魂使我相信它并不是这么一回事。无论如何，我不能不悲哀；我的悲哀是如此沉重，即使在我努力想一无所思的时候，空虚的重压也会使我透不过气来。

布　希　那不过是一种意念罢了，娘娘。

王　后　决不是什么意念，意念往往会从某种悲哀中产生；我的确不是这样，因为我的悲哀是凭空而来的，也许我空虚的悲哀有实际的根据，等时间到了就会传递给我；谁也不知道它的性质，我也不能给它一个名字；它是一种无名的悲哀。

格林上。

格　林　上帝保佑陛下！两位朋友，你们都好。我希望王上还没有上船到爱尔兰去。

王　后　你为什么这样希望？我们应该希望他快一点去，因为他这次远征的计划，必须迅速进行，才有胜利的希望；那么你为什么希望他还没有上船呢？

格　林　因为他是我们的希望，我们希望他撤回他的军队，打击一个敌人的希望，那敌人已经凭借强大的实力，踏上我们的国土；被放逐的波林勃洛克已经自动回国，带着大队人马，安然到达雷文斯泊了。

王　后　上帝不允许有这样的事！

格　林　啊！娘娘，这事情太真实了。更坏的是诺森伯兰伯爵和他的儿子，少年的亨利·潘西、还有洛斯、波蒙德、威罗比这一批勋爵们，带着他们势力强大的朋友，全都投奔到他的麾下去了。

王　后　你们为什么不宣布诺森伯兰和那些逆党们的叛国的罪名？

格　林　我们已经这样宣布了；华斯特伯爵听见这消息，就折断他的指挥杖，辞去内府总管的职位，所有内廷的仆役都跟着他一起投奔波林勃洛克去了。

王　后　格林，你是我的悲哀的助产妇，波林勃洛克却是我的忧郁的可怕的后嗣，现在我的灵魂已经产生了她的变态的胎儿，我，一个临盆不久的喘息的产妇，已经把悲哀和悲哀联结，忧愁和忧愁揉合了。

布　希　不要绝望，娘娘。

王　后　谁阻止得了我？我要绝望，我要和欺人的希望为敌；他是一个佞人，一个食客；当死神将要温柔地替人解除生命的羁绊的时候，虚伪的希望却拉住他的手，使人在困苦之中苟延残喘。

约克上。

格　林　约克公爵来了。

王　后　他的年老的颈上挂着战争的符号；啊！他满脸都是心事！叔父，为了上帝的缘故，说几句叫人听了安心的话吧。

约　克　要是我说那样的话，那就是言不由衷。安慰是在天上，我们都是地上的人，除了忧愁、困苦和悲哀以外，这世间再没有其他的事物存在。你的丈夫到远处去保全他的疆土，别人却走进他的家里来打劫他的财产，留下我这年迈衰弱、连自己都照顾不了的老头儿替他支撑门户。像一个过度醉饱的人，现在是他感到胸腹作呕的时候；现在他可以试试那些向他献媚的朋友们是不是真心对待他了。

一仆人上。

仆　人　爵爷，我还没有到家，公子已经去了。

约　克　他去了？哎哟，好！大家各奔前程吧！贵族们都出亡了。平民们都抱着冷淡的态度，我怕他们会帮着海瑞福德作乱。喂，你到普拉希去替我问候我的嫂子葛罗斯特夫人，请她立刻给我送来一千镑钱。这指环你拿去作为凭证。

仆　人　爵爷，我忘记告诉您，当我经过那里的时候，曾经进去探望过；可是说下去一定会叫您听了伤心。

约　克　什么事，小子？

仆　人　在我进去的一小时以前，这位公爵夫人已经死了。

约　克　慈悲的上帝！怎样一阵悲哀的狂潮，接连不断地向这不幸的国土冲来！我不知道应该做些什么事；我真希望上帝让国王把我的头跟我的哥哥的头同时砍去，只要他杀我不是因为我有什么不忠之心。什么！没有及时派到爱尔兰去吗？我们应该怎样处置这些战费？来，嫂子——恕我，我应该说侄妇。去，家伙，你到家里去，准备几辆车子，把那里所有的甲胄一起装来。（仆人下。）列位朋友，你们愿意不愿意去征集一些士兵？我实在不知道怎样料理这些像一堆乱麻一般丢在我手里的事务。两方面都是我的亲族：一个是我的君王，按照我的盟誓和我的天职，我都应该尽力保卫他；那一个也是我的同宗的侄儿，他被国王所亏待，按照我的天良和我的亲属之谊，我也应该替他主持公道。好，我们总要想个办法。来，侄妇，我要先把你安顿好了。列位朋友，你们去把兵士征集起来，立刻到勃克雷的城堡里跟我相会。我应该再到普拉希去一趟，可是时间不会允许我。一切全是一团糟，什么事情都弄得七颠八倒。（约克公爵及王后下。）

布　希　派到爱尔兰去探听消息的使者，一路上有顺风照顾他们，可是谁也不见回来。叫我们征募一支可以和敌人抗衡的军队是全然不可能的事。

格　林　而且我们对王上的关系这样密切，格外容易引起那些对王上不满的人的仇视。

巴各特　那就是这班反复成性的平民群众；他们的爱是在他们的钱袋里的，谁倒空了他们的钱袋，就等于把恶毒的仇恨注满在他们的胸膛里。

布　希　所以国王才受到一般人的指斥。

巴各特　要是他们有判罪的权力，那么我们也免不了同样的罪名，因为我们一向和王上十分亲密。

格　林　好，我要立刻到勃列斯托尔堡去躲避躲避；威尔特郡伯爵已经先到那里了。

布　希　我也跟你同去吧；因为怀恨的民众除了像恶狗一般把我们撕成碎块以外，是不会给我们什么好处的。你也愿意跟我们同去吗？

巴各特　不，我要到爱尔兰见王上去。再会吧；要是心灵的预感并非虚妄，那么我们三人在这儿分手以后，恐怕重见无期了。

布　希　这要看约克能不能打退波林勃洛克了。

格　林　唉，可怜的公爵！他所担负的工作简直是数沙饮海；一个人在他旁边作战，就有一千个人转身逃走。再会吧，我们从此永别了。

布　希　呃，也许我们还有相见的一天。

巴各特　我怕是不会的了。（各下。）

第三场　葛罗斯特郡的原野

波林勃洛克及诺森伯兰率军队上。

波林勃洛克　伯爵，到勃克雷还有多少路？

诺森伯兰　不瞒您说，殿下，我在这儿葛罗斯特郡全然是一个陌生人；这些高峻的荒山和崎岖不平的道路，使我们的途程显得格外悠长而累人；幸亏一路上饱聆着您的清言妙语，使我津津有味，乐而忘倦。我想到洛斯和威罗比俩人从雷文斯泊到考茨华德去，缺少了像殿下您这样一位同行的良伴，他们的路途该是多么令人厌倦；但是他们可以用这样的希望安慰自己，他们不久就可以享受到我现在所享受的幸福；希望中的快乐是不下于实际享受的快乐的，凭着这样的希望，这两位辛苦的贵人可以忘记他们道路的迢遥，正像我因为追随您的左右而不知疲劳一样。

波林勃克　你太会讲话，未免把我的价值过分抬高了。可是谁来啦？

亨利·潘西上。

诺森伯兰　是我的小儿哈利·潘西，我的兄弟华斯特叫他来的，虽然我不知道他现在在什么地方。哈利，你的叔父好吗？

亨利·潘西　父亲，我正要向您问讯他的安好呢？

诺森伯兰　怎么，他不在王后那儿吗？

亨利·潘西　不，父亲，他已经离开宫廷，折断他的指挥仗，把王室的仆人都遣散了。

诺森伯兰　他为什么这样做呢？我最近一次跟他谈话的时候，他并没有这样的决心。

亨利·潘西　他是因为听见他们宣布您是叛徒，所以才气愤离职的。可是，父亲，他已经到雷文斯泊，向海瑞福德公爵投诚去了，他叫我路过勃克雷，探听约克公爵在那边征集了多少军力，然后再到雷文斯泊去。

诺森伯兰　孩子，你忘记海瑞福德公爵了吗？

亨利·潘西　不，父亲；我的记忆中要是不曾有过他的印象，那就说不上忘记；我生平还没有见过他一面。

诺森伯兰　那么现在你可以认识认识他；这位就是公爵。

亨利·潘西　殿下，我向您掬献我的忠诚；现在我还只是一个少不更事的孩子，可是岁月的磨炼将会使我对您尽更大的劳力。

波林勃洛克　谢谢你，善良的潘西。相信我吧，我所唯一引为骄傲的事，就是我有一颗不忘友情的灵魂；要是我借着你们善意的协助而安享富贵，我绝不会辜负你们的盛情。我的心订下这样的盟约，我的手向你们作郑重的保证。

诺森伯兰　这儿到勃克雷还有多远？善良的老约克带领他的战士在那里做些什么活动？

亨利·潘西　那儿有一簇树木的所在就是城堡，照我所探听到的，堡中一共有三百兵士；约克、勃克雷和西摩这几位勋爵都在里边，此外就没有什么有名望的人了。

洛斯及威罗比上。

诺森伯兰　这儿来的是洛斯勋爵和威罗比勋爵，他们因为急着赶路，马不停蹄，跑得满脸通红，连脸上的血管都爆起来了。

波林勃洛克　欢迎，两位勋爵。我知道你们一片忠爱之心，追逐着一个亡命的叛徒。我现在所有的财富，不过是空言的感谢；等我囊橐充实以后，你们的好意和劳力将会得到它们的酬报。

洛　斯　能够看见殿下的尊颜，已经是我们莫大的幸运了。

威罗比　得亲謦欬，足以抵偿我们的劳苦而有余。

波林勃洛克　感谢是穷人唯一的资本，在我幼稚的命运成熟以前，我只能用感谢充当慷慨的赐赠。可是谁来啦？

勃克雷上。

诺森伯兰　我想这是勃克雷勋爵。

勃克雷　海瑞福德公爵，我是奉命来见您说话的。

波林勃洛克　大人，我的答复是，你应该找兰开斯特公爵说话。我来的目的，就是要向英国要求这一个名号；我必须从你嘴里听到这样的称呼，才可以回答你的问话。

勃克雷　不要误会，殿下，我并没有擅自取消您的尊号的意思。随便您是什么公爵都好，我是奉着这国土内最仁慈的摄政约克公爵之命，来问您究竟为了什么原因，趁着这国中无主的时候，您要用同室操戈的手段惊扰我们国内的和平？

约克率侍从上。

波林勃洛克　我不需要你转达我的话了；他老人家亲自来了。我的尊贵的叔父！（跪。）

约　克　让我看看你的谦卑的心；不必向我屈膝，那是欺人而虚伪的敬礼。

波林勃洛克　我的仁慈的叔父——

约　克　咄！咄！不要向我说什么仁慈，更不要叫我什么叔父；我不是叛徒的叔父；"仁慈"两字也不应该出之于一个残暴者的嘴里。为什么你敢让你这双被放逐摈斥的脚践踏英格兰的泥土？为什么你敢长驱直入，蹂躏它的和平的胸膛，用战争和可憎恶的武器的炫耀惊吓它的胆怯的乡村？你是因为受上天敕封的君王不在国中，所以想来窥伺神器吗？哼，傻孩子！王上并没有离开他的国土，他的权力都已经交托给了我。当年你的父亲，勇敢的刚特跟我俩人曾经从千万法军的重围之中，把那人间的少年战神黑太子[①]搭救出来；可惜现在我的手臂已经瘫痪无力，再也提不起少年时的勇气，否则它将要多么迅速地惩罚你的过失！

波林勃洛克　我的仁慈的叔父，让我知道我的过失！什么是我的罪名，在哪一点上我犯了错误？

约　克　你犯的是乱国和谋叛的极恶重罪，你是一个放逐的流徒，却敢在年限未满以前，举兵回国，反抗你的君上。

波林勃洛克　当我被放逐的时候，我是以海瑞福德的名义被放逐的；现在我回来，却是要求兰开斯特的爵号。尊贵的叔父，请您用公正的眼光看看我所受的屈辱吧；您是我的父亲，因为我仿佛看见年老的刚特活现在您的身上；啊！那么，我的父亲，您忍心让我做一个漂泊的流浪者，我的权利和财产被人用暴力劫夺，拿去给那些倖臣亲贵们挥霍吗？为什么我要生到这世上来？要是我那位王兄是英格兰的国王，我当然也是名正言顺的兰开斯特公爵。您

① 黑太子（The Black Prince，1330—1376），英王爱德华三世之子，以其甲胄为黑色，故名。

有一个儿子，我的奥墨尔贤弟；要是您先死了，他被人这样凌辱，他一定会从他的伯父刚特身上找到一个父亲，替他伸雪不平。虽然我有产权证明书，他们却不准我申请掌管我父亲的遗产。他生前所有的一切，都已被他们没收的没收，变卖的变卖，全部充作不正当的用途了。您说我应该怎么办？我是一个国家的臣子，要求法律的救援；可是没有一个辩护士替我仗义执言，所以我不得不亲自提出我的世袭继承权的要求。

诺森伯兰　这位尊贵的公爵的确是被欺太甚了。

洛　斯　殿下应该替他主持公道。

威罗比　卑贱的小人因为窃据他的财产，已经身价十倍。

约　克　各位英国的贵爵们，让我告诉你们这一句话：对于我这位侄儿所受的屈辱，我也是很抱同情的，我曾经尽我所有的能力保障他的权利；可是像这样声势汹汹地兴师动众而来，用暴力打开自己的路，凭不正义的手段来寻求正义，这种行为是万万不能容许的；你们帮助他做这种举动的人，也都是助逆的乱臣，国家的叛徒。

诺森伯兰　这位尊贵的公爵已经宣誓他这次回国的目的，不过是要求他所原有的应得的权利；为了帮助他达到这个目的，我们都已经郑重宣誓给他充分的援助；谁要是毁弃了那一个誓言，愿他永远得不到快乐。

约　克　好，好，我知道这一场干戈将会发生怎样的结果。我承认我已经无力挽回大局，因为我的军力是疲弱不振的；可是凭着那给我生命的造物主发誓，要是我有能力的话，我一定要把你们一起抓住，使你们在王上的御座之前匍匐乞命；可是我既然没有这样的力量，我只能向你们宣布，我继续站在中立者的地位。再会吧；要是你们愿意的话，我很欢迎你们到我们堡里来安度一宵。

波林勃洛克　叔父，我们很愿意接受您的邀请；可是我们必须先劝您陪我们到勃列斯托尔堡去一次；据说那一处城堡现在为布希、巴各特和他们的党徒所占领，这些都是祸国殃民的蠹虫，我已经宣誓要把他们歼灭。

约　克　也许我会陪你们同去；可是我不能不踟蹰，因为我不愿破坏我们国家的法律。我既不能把你们当作友人来迎接，也不能当作敌人。无可挽救的事，我只好置之度外了。（同下。）

第四场　威尔士。营地

萨立斯伯雷及一队长上。

队　长　萨立斯伯雷大人，我们已经等了十天之久，好容易把弟兄们笼络住了，没有让他们一哄而散；可是直到现在，还没有听见王上的消息，所以我们只好把队伍解散了。再会。

萨立斯伯雷　再等一天吧，老实的威尔士人；王上把他全部的信任寄托在你的身上哩。

队　长　人家都以为王上死了；我们不愿意再等下去。我们国里的月桂树已经一起枯萎；流星震撼着天空的星座；脸色苍白的月亮用一片血光照射大地；形容瘦瘠的预言家们交头接耳地传述着惊人的变化；富人们愁眉苦脸，害怕失去他们所享有的一切；无赖们鼓舞雀跃，因为他们可以享受到战争和劫掠的利益：这种种都是国王们死亡没落的预兆。再会吧，我们那些弟兄们因为相信他们的理查王已经不在人世，早已纷纷走散了。（下。）

萨立斯伯雷　啊，理查！凭着我的沉重的心灵之眼，我看见你的光荣像一颗流星，从天空中降落到卑贱的地上。你的太阳流着泪向西方沉没，看到即将到来的风暴、不幸和扰乱。你的朋友都投奔你的敌人去了，命运完全站在和你反对的地位。（下。）

第三幕

第一场　勃列斯托尔。波林勃洛克营地

波林勃洛克、约克、诺森伯兰、亨利·潘西、威罗比、洛斯同上；军官等押被俘之布希、格林随上。

波林勃洛克　把这俩人带上来。布希、格林，你们的灵魂不久就要和你们的身体分别了，我不愿过分揭露你们生平的罪恶，使你们的灵魂痛苦，因为这是不人道的。可是为了从我的手上洗去你们的血，证明我没有冤杀无辜起见，我要在这儿当众宣布把你们处死的几个理由。你们把一个堂堂正统的君王导入歧途，使他陷于不幸的境地，在众人心目中全然失去了君主的尊严；你们引诱他昼夜嬉游，流连忘返，隔绝了他的王后和他俩人之间的恩爱，使一个美貌的王后孤眠独宿，因为你们的罪恶而终日以泪洗面。我自己是国王近支的天潢贵胄，都是因为你们的离间中伤，挑拨是非，才使我失去他的眷宠，忍受着难堪的屈辱，在异邦的天空之下吐出我的英国人的叹息，咀嚼那流亡生活的苦味；同时你们却侵占我的领地，毁坏我的苑囿，砍伐我的树林，从我自己的窗户上扯下我的家族的纹章，刮掉我的图印，使我除了众人的公论和我的生存的血液以外，再也没有证据可以向世间表明我是一个贵族。这一切还有其他不止两倍于此的许多罪状，判定了你们的死刑。来，把他们带下去立刻处决。

布　希　我欢迎死亡的降临，甚于英国欢迎波林勃洛克。列位大人，再会了。

格　林　我所引为自慰的是上天将会接纳我们的灵魂，用地狱的酷刑谴责那些屈害忠良的罪人。

波林勃洛克　诺森伯兰伯爵，你去监视他们的处决。（诺森伯兰伯爵及余人等押布希、格林同下）叔父，您说王后现在暂住在您的家里；为了上帝的缘故，让她得到优厚的待遇；告诉她我问候她的安好，千万不要忘了替我向她致意。

约　克　我已经差一个人去给她送信，告诉她您的好意了。

波林勃洛克　谢谢，好叔父。来，各位勋爵，我们现在要去向葛兰道厄和他的党徒作战；暂时辛苦你们一下，过后就可以坐享安乐了。（同下。）

第二场　威尔士海岸。一城堡在望

喇叭奏花腔；鼓角齐鸣。理查王、卡莱尔主教、奥墨尔及兵士等上。

理查王　前面这一座城堡，就是他们所称为巴克洛利堡的吗？

奥墨尔　正是，陛下。陛下经过这一次海上的风波，觉得这儿的空气怎样？

理查王　我不能不喜欢它；我因为重新站在我的国土之上，快乐得流下泪来了。亲爱的大地，虽然叛徒们用他们的铁骑蹂躏你，我要向你举手致敬；像一个和她的儿子久别重逢的母亲，疼爱的眼泪里夹着微笑，我也是含着泪含着笑和你相会，我的大地，并且用我至尊的手抚爱着你。不要供养你的君王的敌人，我的温柔的大地，不要用你甘美的蔬果滋润他的饕餮的肠胃；可是让那吮吸你的毒液的蜘蛛和臃肿不灵的虾蟆挡住他的去路，螫刺那用僭逆的步伐践踏你的奸人的脚。为我的敌人们多生一些刺人的荆棘;当他们从你的胸前采下一朵鲜花的时候,请你让一条蜷伏的毒蛇守卫它,那毒蛇的双叉的舌头也许可以用致命的一触把你君王的敌人杀死。不要讥笑我的无意义的咒诅,各位贤卿;这大地将会激起它的义愤,这些石块都要成为武装的士兵,保卫它们祖国的君王,使他不至于屈服在万恶的叛徒的武力之下。

卡莱尔　不用担心,陛下;那使您成为国王的神明的力量,将会替您扫除一切障碍,维持您的王位。我们应该勇于接受而不该蔑弃上天所给与我们的机会,否则如果逆天行事,就等于拒绝了天赐给我们的转危为安的帮助。

奥墨尔　陛下,他的意思是说,我们太疏忽懈怠了;波林勃洛克趁着我们的不备,他的势力一天一天强大起来,响应他的人一天一天多起来了。

理查王　贤弟,你说话太丧气了!你不知道当那炯察一切的天眼隐藏在地球的背后照耀着下方的世界的时候,盗贼们是会在黑暗中到处横行,干他们杀人流血的恶事的;可是当太阳从地球的下面升起,把东山上的松林照得一片通红,它的光辉探照到每一处罪恶的巢窟的时候,暗杀、叛逆和种种可憎的罪恶,因为失去了黑夜的遮蔽,就会在光天化日之下无所遁形,向着自己的影子战栗吗?现在我正在地球的另一端漫游,放任这窃贼,这叛徒,波林勃洛克,在黑夜之中肆意猖狂,可是他不久将要看见我从东方的宝座上升起,他的奸谋因为经不起日光的逼射,就会羞形于色,因为他自己的罪恶而战栗了。汹涌的怒海中所有的水,都洗不掉涂在一个受命于天的君王顶上的圣油;世人的呼吸决不能吹倒上帝所简选的代表。每一个在波林勃洛克的威压之下,向我的黄金的宝冠举起利刃来的兵士,上帝为了他的理查的缘故,会派遣一个光荣的天使把他击退；当天使们参加作战的时候，弱小的凡人必归于失败，因为上天是永远保卫正义的。

萨立斯伯雷上。

理查王　欢迎，伯爵；你的军队驻在什么地方？

萨立斯伯雷　说近不近，说远不远，陛下，除了我这一双无力的空手以外，我已经没有一兵一卒了；烦恼控制着我的唇舌，使我只能说一些绝望的话。仅仅迟了一天的时间，陛下，我怕已经使您终身的幸福蒙上一层阴影了。啊！要是时间能够倒流，我们能够把昨天召唤回来，您就可以有一万二千个战士；今天，今天，太迟了的不幸的日子，却把您的欢乐、您的朋友、您的命运和您的尊荣一起摧毁了；因为所有的威尔士人听说您已经死去，有的投奔波林勃洛克，有的四散逃走，一个都不剩了。

奥墨尔　宽心点儿，陛下！您的脸色为什么这样惨白？

理查王　就在刚才，还有二万个战士的血充溢在我的脸上，现在它们都已经离我而去了；在同样多的血回到我脸上之前，我怎么会不惨白如死？爱惜生命的人，你们都离开我吧，因为时间已经在我的尊荣上留下一个不可洗刷的污点。

奥墨尔　宽心，陛下！记着您是什么人。

理查王　我已经忘记我自己了。我不是国王吗？醒来，你这懈惰的国王！不要再贪睡了。国王的名字不是可以抵得上二万个名字吗？武装起来，我的名字！一个微贱的小臣在打击你的伟大的光荣了。不要垂头丧气，你们这些被国王眷宠的人们；我们不是高出别人之上吗？让我们把志气振作起来。我知道我的叔父约克还有相当的军力。可以帮我们打退敌人。可是谁来啦？

史蒂芬·斯克鲁普爵士上。

斯克鲁普　愿健康和幸福降于陛下，忧虑锁住了我的舌头，使我说不出其他颂祷的话来。

理查王　我的耳朵张得大大的,我的心也有了准备;你所能向我宣布的最不幸的灾祸,不过是人世间的损失。说,我的王国灭亡了吗?它本来是我的烦恼的根源。从此解除烦恼,那又算得了什么损失?波林勃洛克想要和我争雄夺霸吗?他不会强过我;要是他敬奉上帝,我也敬奉上帝,在上帝之前,我们的地位是同等的。我的臣民叛变吗?那是我无能为力的事;他们不仅背叛了我,也同样背叛了上帝。高喊着灾祸、毁灭、丧亡和没落吧;死是最不幸的结局,它必须得到它的胜利。

斯克鲁普　我很高兴陛下能够用这样坚毅的精神,忍受这些灾祸的消息。像一阵违反天时的暴风雨,使浩浩的河水淹没了它们的堤岸,仿佛整个世界都融化为眼泪一般,波林勃洛克的盛大的声威已经超越它的限度,您的恐惧的国土已经为他的坚硬而明亮的刀剑和他那比刀剑更坚硬的军心所吞没了。白须的老翁在他们枯瘦而光秃的头上顶起了战盔反对您。喉音娇嫩的儿童拼命讲着夸大的话,在他们柔弱的身体上披起了坚硬而笨重的战甲反对您。即使受您恩施的贫民,也学会了弯起他们的杉木弓反对您。甚至于纺线的妇女们也挥舞着锈腐的戈矛反对您;年轻的年老的一起叛变,一切比我所能说出来的情形还坏许多。

理查王　你把一段恶劣的故事讲得太好,太好了。威尔特郡伯爵呢?巴各特呢?布希怎么样啦?格林到哪儿去了?为什么他们竟会让危险的敌人兵不血刃地踏进我们的国界?要是我得胜了,看他们保得住保不住他们的头颅。我敢说他们一定跟波林勃洛克讲和啦。

斯克鲁普　他们是跟他讲了和啦,陛下。

理查王　啊,奸贼,恶人,万劫不赦的东西!向任何人都会摇尾乞怜的狗!借着我的心头的血取暖,反而把我的心刺了一口的毒蛇!三个犹大,每一个都比犹大恶三倍!他们会讲和吗?为了这一件过失,愿可怕的地狱向他们有罪的灵魂宣战。

斯克鲁普　亲密的情爱一旦受到激动,是会变成最深切的怨恨的。撤销您对他们的灵魂所作的咒诅吧;他们是用头、不是用手讲和的;您所咒诅的这几个人,都已经领略到死亡的最大的惨痛,在地下瞑目长眠了。

奥墨尔　布希、格林和威尔特郡伯爵都死了吗?

斯克鲁普　是的,他们都在勃列斯托尔失去了他们的头颅。

奥墨尔　我的父亲约克公爵和他的军队呢?

理查王　不必问他在什么地方。谁也不准讲那些安慰的话儿,让我们谈谈坟墓、蛆虫和墓碑吧;让我们以泥土为纸,用我们淋雨的眼睛在大地的胸膛上写下我们的悲哀;让我们找几个遗产管理人,商议我们的遗嘱—— 可是这也不必,因为我们除了把一具尸骸还给大地以外,还有什么可以遗留给后人的?我们的土地、我们的生命,一切都是波林勃洛克的,只有死亡和掩埋我们骨骼的一抔黄土,才可以算是属于我们自己的。为了上帝的缘故,让我们坐在地上,讲些关于国王们的死亡的悲惨的故事;有些是被人废黜的,有些是在战场上阵亡的,有些是被他们所废黜的鬼魂们缠绕着的,有些是被他们的妻子所毒毙的,有些是在睡梦中被杀的,全都不得善终;因为在那围绕着一个凡世的国王头上的这顶空洞的王冠之内,正是死神驻节的宫廷,这妖魔高坐在里边,揶揄他的尊严,姗笑他的荣华,给他一段短短的呼吸的时间,让他在舞台上露一露脸,使他君临万民,受尽众人的敬畏,一眨眼就可以致人于死命,把妄自尊大的思想灌注他的心头,仿佛这包藏着我们生命的血肉的皮囊,是一堵不可摧毁的铜墙铁壁一样;当他这样志得意满的时候,却不知道他的末日已经临近眼前,一枚小小的针就可以刺破他的壁垒，于是再会吧，国王！戴上你们的帽子；不要把严肃的敬礼施在一个凡人的身上；丢开传统的礼貌，仪式的虚文，因为你们一向都把我认错了；像你们一样，我也靠着面包生活，我也有欲望，我也懂得悲哀，我也需要朋友；既然如此，你们怎么能对我说我是一个国王呢？

卡莱尔　陛下，聪明人决不袖手闲坐，嗟叹他们的不幸；他们总是立刻起来，防御当前的祸患。畏惧敌人徒然沮丧了自己的勇气，也就是削弱自己的力量，增加敌人的声势，等于让自己的愚蠢攻击自己。畏惧并不能免于一死，战争的结果大不了也不过一死。奋战而死，是以死亡摧毁死亡；畏怯而死，却做了死亡的奴隶。

奥墨尔　我的父亲还有一支军队；探听探听他的下落，也许我们还可以收拾残部，重整旗鼓。

理查王　你责备得很对。骄傲的波林勃洛克，我要来和你亲自交锋，一决我们的生死存亡。这一阵像疟疾发作一般的恐惧已经消失了；争回我们自己的权利，这并不是一件艰难的工作。说，斯克鲁普，我的叔父和他的军队驻扎在什么地方？说得好听一些，汉子，虽然你的脸色这样阴沉。

斯克鲁普　人们看着天色，就可以判断当日的气候；您也可以从我的黯淡而沉郁的眼光之中，知道我只能告诉您一些不幸的消息。我正像一个用苛刑拷问的酷吏，尽用支吾延宕的手段，把最恶的消息留在最后说出。您的叔父约克已经和波林勃洛克联合了，您的北部的城堡已经全部投降，您的南方的战士也已经全体归附他的麾下。

理查王　你已经说得够了。（向奥墨尔公爵）兄弟，我本来已经万虑皆空，你却又把我领到了绝望的路上！你现在怎么说？我们现在还有些什么安慰？苍天在上，谁要是再劝我安心宽慰，我要永远恨他。

到弗林特堡去；我要在那里忧思而死。我，一个国王，将要成为悲哀的奴隶；悲哀是我的君王，我必须服从他的号令。我手下所有的兵士，让他们一起解散了吧；让他们回去耕种自己的田地，那也许还有几分收获的希望，因为跟着我是再也没有什么希望的了。谁也不准说一句反对的话，一切劝告都是徒然的。

奥墨尔　陛下，听我说一句话。

理查王　谁要是用谄媚的话刺伤我的心，那就是给我双重的损害。解散我的随从人众；让他们赶快离开这儿，从理查的黑夜踏进波林勃洛克的光明的白昼。（同下。）

第三场　威尔士。弗林特堡前

旗鼓前导，波林勃洛克率军队上；约克、诺森伯兰及余人等随上。

波林勃洛克　从这一个情报中，我们知道威尔士军队已经解散，萨立斯伯雷和国王相会去了；据说国王带了少数的心腹，最近已经在这儿的海岸登陆。

诺森伯兰　这是一个大好的消息，殿下；理查一定躲在离此不远的地方。

约　克　诺森伯兰伯爵似乎应该说"理查王"才是；唉，想不到一位神圣的国王必须把他自己躲藏起来！

诺森伯兰　您误会我的意思了；只是因为说起来简便一些，我才略去了他的尊号。

约　克　要是在以往的时候，你敢对他这样简略无礼，他准会简单干脆地把你的头取了下来的。

波林勃洛克　叔父，您不要过分猜疑。

约　克　贤侄，你也不要过分肯定，不要忘了老天就在我们的头上。

波林勃洛克　我知道，叔父；我决不违抗上天的意旨。可是谁来啦？

亨利·潘西上。

波林勃洛克　欢迎,哈利！怎么,这一座城堡不愿投降吗?

亨利·潘西　殿下,一个最尊贵的人守卫着这座城堡,拒绝您的进入。

波林勃洛克　最尊贵的！啊,国王不在里边吗?

亨利·潘西　殿下,正是有一个国王在里边?理查王就在那边灰石的围墙之内,跟他在一起的是奥墨尔公爵,萨立斯伯雷伯爵,史蒂芬·斯克鲁普爵士,此外还有一个道貌岸然的教士,我不知道他是什么人。

诺森伯兰　啊！那多半是卡莱尔主教。

波林勃洛克　(向诺森伯兰伯爵)贵爵,请你到那座古堡的顽强的墙壁之前,用铜角把谈判的信号吹进它的残废的耳中,为我这样传言:亨利·波林勃洛克屈下他的双膝,敬吻理查王的御手,向他最尊贵的本人致献臣服的诚意和不贰的忠心;就在他的足前,我准备放下我的武器,遣散我的军队,只要他能答应撤销我的放逐的判决,归还我的应得的土地。不然的话,我要利用我的军力的优势,让那从被屠杀的英国人的伤口中流下的血雨浇溉夏天的泥土;可是我的谦卑的忠顺将会证明用这种腥红的雨点浸染理查王的美好的青绿的田野,决不是波林勃洛克的本意。去,这样对他说;我们就在这儿平坦的草原上整队前进。让我们进军的时候不要敲起惊人的鼓声,这样可以让他们从那城堡的摇摇欲倾的雉堞之上,看看我们雄壮的军容。我想理查王跟我上阵的时候,将要像水火的交攻一样骇人,那彼此接触时的雷鸣巨响,可以把天空震破。让他做火,我愿意做柔顺的水;雷霆之威是属于他的,我只向地上浇洒我的雨露。前进！注意理查王的脸色。

吹谈判信号,内吹喇叭相应。喇叭奏花腔,理查王、卡莱尔主教、奥墨尔、斯克鲁普及萨立斯伯雷登城。

亨利·潘西　瞧,瞧,理查王亲自出来了,正像那赧颜而含愠的太阳,因为看见嫉妒的浮云要来侵蚀他的荣耀,污毁他那到西天去的光明的道路,所以从东方的火门里探出脸来一般。

约　克　可是他的神气多么像一个国王!瞧,他的眼睛,像鹰眼一般明亮,射放出慑人的威光。唉,唉!这样庄严的仪表是不应该被任何的损害所污毁的。

理查王　(向诺森伯兰)你的无礼使我惊愕;我已经站了这一会儿工夫,等候你惶恐地屈下你的膝来,因为我想我是你的合法的君王;假如我是你的君王,你怎么敢当着我的面前,忘记你的君臣大礼?假如我不是你的君王,请给我看那解除我的君权的上帝的敕令;因为我知道,除了用偷窃和篡夺的手段以外,没有一只凡人的血肉之手可以攫夺我的神圣的御杖。虽然你们以为全国的人心正像你们一样,都已经离弃了我,我现在众叛亲离,孤立无助;可是告诉你吧,我的君侯,万能的上帝正在他的云霄之中为我召集降散瘟疫的天军;你们这些向我举起卑劣的手,威胁我的庄严的宝冕的叛徒们,可怕的天谴将要波及在你们尚未诞生的儿孙的身上。告诉波林勃洛克——我想在那边的就是他——他在我的国土上践踏着的每一个步伐都是重大的叛逆的行为;他要来展开一场腥红的血战,可是当那被他所追求的王冠安然套上他的头顶以前,一万颗血污的头颅将要毁损了英格兰的如花美颜,使她那处女一般苍白的和平的面容变成赤热的愤怒,把忠实的英国人的血液浇洒她的牧场上的青草。

诺森伯兰　上帝决不容许任何暴力侵犯我们的君主;您的高贵的兄弟哈利·波林勃洛克谦卑地吻您的手;凭着您的伟大的祖父的光荣的陵墓,凭着你们俩人系出同源的王族的血统,凭着他的先人刚特的勇武的英灵,凭着他自己的身价和荣誉,以及一切可发的约誓和可说的言语——他宣誓此来的目的！不过是希望您归还他的先人的遗产，并且向您长跪请求立刻撤销他的放逐的处分；王上要是能够答应他这两项条件，他愿意收起他的辉煌的武器，让它们生起锈来，把他的战马放归厩舍，他的一片忠心，愿意永远为陛下尽瘁效劳。这是他凭着一个王子的身份所发的正直的誓言，我相信他绝对没有虚伪。

理查王　诺森伯兰，你去说，国王的答复是这样的：他竭诚欢迎他的高贵的兄弟回来；他的一切正当的要求，都可以毫无异议地接受下来。请你运用你的美妙的口才，替我向他殷勤致意。（诺森伯兰伯爵退下至波林勃洛克处。向奥墨尔公爵）贤弟，我这样卑颜甘语，不是太自贬身份了吗？你说我要不要叫诺森伯兰回来，对他宣告我向那叛贼挑战的意思，让我们拼着一战而死？

奥墨尔　不，陛下，让我们暂时用温和的言语作战，等我们有了可以用实力帮助我们的朋友以后，再来雪洗今天的耻辱吧。

理查王　上帝啊！上帝啊！想不到我的舌头向那骄傲的汉子宣布了严厉的放逐的判决，今天却要用柔和的字句撤销我的前言。啊！我希望我是一个像我的悲哀一样庞大的巨人，或者是一个比我的名号远为渺小的平民；但愿我能够忘记我的以往的尊严，或者茫然于我的目前的处境。高傲的心灵啊，你是充满了怒气吗？我将让你放纵地跳跃，因为敌人正在对你和我耀武扬威。

奥墨尔　诺森伯兰从波林勃洛克那里回来了。

理查王　国王现在应该怎么办？他必须屈服吗？国王就屈服吧。他必须被人废黜吗？国王就逆来顺受吧。他必须失去国王的名义吗？凭着上帝的名义，让它去吧。我愿意把我的珍宝换一串祈祷的念珠，把我的豪华的宫殿换一所隐居的茅庵，把我的富丽的袍服换一件贫民的布衣，把我的雕刻的酒杯换一只粗劣的木盏，把我的王节换一根游方僧的手杖，把我的人民换一对圣徒的雕像，把我的广大的王国换一座小小的坟墓，一座小小的小小的坟墓，一座荒僻的坟墓；或者我愿意埋葬在国王的大道之中，商旅来往频繁的所在，让人民的脚每小时践踏在他们君王的头上，因为当我现在活着的时候，他们尚且在蹂躏着我的心，那么我一旦埋骨地下，为什么不可以践踏我的头呢？奥墨尔，你在流泪了，我的软心肠的兄弟。让我们用可憎的眼泪和叹息造成一场狂风暴雨，摧折那盛夏的谷物，使这叛变的国土之内到处饥荒。或者我们要不要玩弄我们的悲哀，把流泪作为我们的游戏？我们可以让我们的眼泪尽流在同一的地面之上，直到它们替我们冲成了一对墓穴，上面再刻着这样的文字："这儿长眠着两个亲人，他们用泪眼掘成他们的坟墓。"这不也是苦中求乐吗？好，好，我知道我不过在说些无聊的废话，你们都在笑我了。最尊严的君侯，我的诺森伯兰大人，波林勃洛克王怎么说？他允许让理查活命，直到理查寿命告终的一天吗？你只要弯一弯腿，波林勃洛克就会点头答应的。

诺森伯兰　陛下，他在阶下恭候着您，请您下来吧。

理查王　下来，下来，我来了；就像驾驭日轮的腓通，因为他的马儿不受羁勒，从云端翻身坠落一般。在阶下？阶下，那正在堕落了的国王奉着叛徒的呼召，颠倒向他致敬的所在。在阶下？下来？下来吧，国王！因为冲天的云雀的歌鸣，已经被夜枭的叫声所代替了。（自上方下。）

波林勃洛克　王上怎么说？

诺森伯兰　悲哀和忧伤使他言语痴迷，像一个疯子一般。可是他来了。

理查王及侍从等上。

波林勃洛克　大家站开些，向王上敬礼。（跪）我的仁慈的陛下——

理查王　贤弟，你这样未免有屈你的贵膝，使卑贱的泥土因为吻着它而自傲了；我宁愿我的心感到你的温情，我的眼睛却并不乐于看见你的敬礼。起来，兄弟，起来；虽然你低屈着你的膝，我知道你有一颗奋起的雄心，至少奋起到——这儿。（指头上王冠。）

波林勃洛克　陛下，我不过是来要求我自己的权利。

理查王　你自己的一切是属于你的，我也是属于你的，一切全都是属于你的。

波林勃洛克　我的最尊严的陛下，但愿我的微诚能够辱邀眷注，一切都是出于陛下的恩赐。

理查王　你尽可以受之无愧；谁要是知道用最有力而最可靠的手段取得他所需要的事物，他就有充分享受它的权利。叔父，把你的手给我；不，擦干你的眼睛；眼泪虽然可以表示善意的同情，却不能挽回已成的事实。兄弟，我太年轻了，不配做你的父亲！虽然按照年龄，你很有资格做我的后嗣。你要什么我都愿意心悦诚服地送给你，因为我们必须顺从环境压力的支配。现在我们要向伦敦进发，贤弟，是不是？

波林勃洛克　正是，陛下。

理查王　那么我就不能说一个不字。（喇叭奏花腔。同下。）

第四场　兰雷。约克公爵府中花园

王后及二宫女上。

王　后　我们在这儿园子里面，应该想出些什么游戏来排遣我们的忧思？

宫女甲　娘娘，我们来滚木球玩吧。

王　后　它会使我想起这是一个障碍重重的世界，我的命运已经逸出了它的正轨。

宫女甲　娘娘，我们来跳舞吧。

王　后　我的可怜的心头充满了无限的哀愁，我的脚下再也跳不出快乐的节奏；所以不要跳舞，姑娘，想些别的玩意儿吧。

宫女甲　娘娘，那么我们来讲故事好不好？

王　后　悲哀的还是快乐的？

宫女甲　娘娘，悲哀的也要讲，快乐的也要讲。

王　后　悲哀的我也不要听，快乐的我也不要听；因为假如是快乐的故事，我是一个全然没有快乐的人，它会格外引起我的悲哀；假如是悲哀的故事，我的悲哀已经太多了，它会使我在悲哀之上再加悲哀。我已经有的，我无须反复絮说；我所缺少的，抱怨也没有用处。

宫女甲　娘娘，让我唱支歌儿给您听听。

王　后　你要是有那样的兴致，那也很好；可是我倒宁愿你对我哭泣。

宫女甲　娘娘，要是哭泣可以给您安慰，我也会哭一下的。

王　后　要是哭泣可以给我安慰，我也早就会唱起歌来，用不着告借你的眼泪了。可是且慢，园丁们来了；让我们走进这些树木的阴影里去。我可以打赌，他们一定会谈到国家大事。因为每次政局发生变化的时候，谁都会对国事发一些议论，在值得慨叹的日子来到之前，先慨叹一番。（王后及宫女等退后。）

一园丁及二仆人上。

园　丁　去，你把那边垂下来的杏子扎起来，它们像顽劣的子女一般，使它们的老父因为不胜重负而弯腰屈背；那些弯曲的树枝你要把它们支撑住了，你去做一个刽子手，斩下那些长得太快的小枝的头，它们在咱们的共和国里太显得高傲了，咱们国里一切都应该平等的。你们去做各人的事，我要去割下那些有害的莠草，它们本身没有一点用处，却会吸收土壤中的肥料，阻碍鲜花的生长。

仆　甲　我们何必在这小小的围墙之内保持着法纪、秩序和有条不紊的布置，夸耀我们雏形的治绩；你看我们那座以大海为围墙的花园,我们整个的国土,不是莠草蔓生,她的最美的鲜花全都窒息而死,她的果树无人修剪,她的篱笆东倒西歪,她的花池凌乱无序,她的佳卉异草,被虫儿蛀得枝叶凋残吗?

园　丁　不要胡说。那容忍着这样一个凌乱无序的春天的人,自己已经遭到落叶飘零的命运;那些托庇于他的广布的枝叶之下,名为拥护他,实则在吮吸他的精液的莠草,全都被波林勃洛克连根拔起了;我的意思是说威尔特郡伯爵和布希、格林那些人们。

仆　甲　什么!他们死了吗?

园　丁　他们都死了;波林勃洛克已经捉住那个浪荡的国王。啊!可惜他不曾像我们治理这座花园一般治理他的国土!我们每年按着时季,总要略微割破我们果树的外皮,因为恐怕它们过于肥茂,反而结不出果子;要是他能够用同样的手段,对付那些威权日盛的人们,他们就可以自知戒饬,他也可以尝到他们忠心的果实。对于多余的旁枝,我们总是毫不吝惜地把它们剪去,让那结果的干枝繁荣滋长;要是他也能够采取这样的办法,他就可以保全他的王冠,不至于在嬉戏游乐之中把它轻轻断送了。

仆　甲　呀!那么你想国王将要被他们废黜吗?

园　丁　他现在已经被人压倒,说不定他们会把他废黜的。约克公爵的一位好朋友昨晚得到那边来信,信里提到的都是一些很坏的消息。

王　后　啊!我再不说话就要闷死了。(上前)你这地上的亚当,你是来治理这座花园的,怎么敢掉弄你的粗鲁放肆的舌头,说出这些不愉快的消息?哪一个夏娃,哪一条蛇,引诱着你,想造成被咒诅的人类第二次的堕落?为什么你要说理查王被人废黜?你这比无知的泥土略胜一筹的蠢物,你竟敢预言他的没落吗?说,你是在什么地方,什么时候,怎样听到这些恶劣的消息的?快说,你这贱奴。

园　丁　恕我,娘娘;说出这样的消息,对于我并不是一件快乐的事,可是我所说的都是事实。理查王已经在波林勃洛克的强力的挟持之下；他们俩人的命运已经称量过了；在您的主上这一方面，除了他自己本身以外一无所有，只有他那一些随身的虚骄的习气，使他显得格外轻浮；可是在伟大的波林勃洛克这一方面，除了他自己以外，有的是全英国的贵族；这样两相比较，就显得轻重悬殊，把理查王的声势压下去了。您赶快到伦敦去，就可以亲自看个明白；我所说的不过是每一个人都知道的事实。

王　后　捷足的灾祸啊，你的消息本应该以我作对象，但你却直到最后才让我知道吗？啊！你所以最后告诉我，一定是想使我把悲哀长留胸臆。来，姑娘们，我们到伦敦去，会一会伦敦的不幸的君王吧。唉！难道我活了这一辈子，现在必须用我的悲哀的脸色，欢迎伟大的波林勃洛克的凯旋吗？园丁，因为你告诉我这些不幸的消息，但愿上帝使你种下的草木永远不能生长。（王后及宫女等下。）

园　丁　可怜的王后！要是你能够保持你的尊严的地位，我也甘心受你的咒诅，牺牲我的毕生的技能。这儿她落下过一滴眼泪，就在这地方，我要种下一列苦味的芸香；这象征着忧愁的芳草不久将要发芽长叶，纪念一位哭泣的王后。（同下。）

第四幕

第一场　伦敦。威司敏斯特大厅

中设御座，诸显贵教士列坐右侧，贵族列坐左侧，平民立于阶下，波林勃洛克、奥墨尔、萨立、诺森伯兰、亨利·潘西、费兹华特、另一贵族、卡莱尔主教、威司敏斯特长老及侍从等上。警吏等押巴各特随上。

波林勃洛克　叫巴各特上来。巴各特，老实说吧，你知道尊贵的葛罗斯特是怎么死的？谁在国王面前挑拨是非，造成那次惨案；谁是动手干这件流血的暴行，使他死于非命的正凶主犯？

巴各特　那么请把奥墨尔公爵叫到我的面前来。

波林勃洛克　贤弟，站出来，瞧瞧那个人。

巴各特　奥墨尔公爵，我知道您的勇敢的舌头绝不会否认它过去所说的话。那次阴谋杀害葛罗斯特的时候，我曾经听见您说："我的手臂不是可以从这儿安静的英国宫廷里，一直伸到卡莱，取下我的叔父的首级来吗？"同时在其他许多谈话之中，我还听见您说，您宁愿拒绝十万克郎的厚赠，不让波林勃洛克回到英国来；您还说，要是您这位族兄死了，对于国家是一件多大的幸事。

奥墨尔　各位贵爵，各位大人，我应该怎样答复这个卑鄙的小人？我必须自贬身份，站在同等的地位上给他以严惩吗？我必须这样做，否则我的荣誉就要被他的谗口所污毁。这儿我掷下我的手套，它是一道催命的令牌，注定把你送下地狱里去。我说你说的都是谎话，我要用你心头的血证明你的言辞的虚伪，虽然像你这样下贱之人，杀了你也会污了我的骑士的宝剑。

波林勃洛克　巴各特，住手！不准把它拾起来。

奥墨尔　他激动了我满腔的怒气；除了一个人之外，我希望他是这儿在场众人之中地位最高的人。

费兹华特　要是你只肯向同等地位的人表现你的勇气，那么奥墨尔，这儿我向你掷下我的手套。凭着那照亮你的嘴脸的光明的太阳起誓，我曾经听见你大言不惭地说过，尊贵的葛罗斯特是死在你手里的。要是你二十次否认这一句话，也免不了谎言欺人的罪名，我要用我的剑锋把你的谎话送还到你那充满着奸诈的心头。

奥墨尔　懦夫，你没有那样的胆量。

费兹华特　凭着我的灵魂起誓，我希望现在就和你决一生死。

奥墨尔　费兹华特，你这样诬害忠良，你的灵魂要永坠地狱了。

亨利·潘西　奥墨尔，你说谎；他对你的指斥全然是他的忠心的流露，不像你一身都是奸伪。这儿我掷下我的手套，我要在殊死的决斗里证明你是怎样一个家伙；你有胆量就把它拾起来吧。

奥墨尔　要是我不把它拾起来，愿我的双手一起烂掉，永远不再向我的敌人的辉煌的战盔挥动复仇的血剑！

贵　族　我也向地上掷下我的手套，背信的奥墨尔；为要激恼你的缘故，我要从朝到晚，不断地向你奸诈的耳边高呼着说谎。这儿是我的荣誉的信物；要是有胆量的话，你就该接受我的挑战。

奥墨尔　还有谁要向我挑战？凭着上天起誓，我要向一切人掷下我的手套。在我的一身之内，藏着一千个勇敢的灵魂，二万个像你们这种家伙我都对付得了。

萨　立　费兹华特大人，我记得很清楚那一次奥墨尔跟您的谈话。

费兹华特　不错不错，那时候您也在场；您可以证明我的话是真的。

萨　立　苍天在上，你的话全然是假的。

费兹华特　萨立，你说谎！

萨　立　卑鄙无耻的孩子！我的宝剑将要重重地惩罚你，叫你像你父亲的尸骨一般，带着你的谎话长眠地下。为了证明你的虚伪，这儿是代表我的荣誉的手套；要是你有胆量，接受我的挑战吧。

费兹华特　一头奔马是用不着你的鞭策的。要是我有敢吃、敢喝、敢呼吸、敢生活的胆量，我就敢在旷野里和萨立相会，把唾沫吐在他的脸上，说他说谎，说谎，说谎。这儿是我的应战的信物，凭着它我要给你一顿切实的教训。我重视我的信誉，因为我希望在这新天地内扬名显达；我所指控的奥墨尔的罪状一点没有虚假。而且我还听见被放逐的诺福克说过，他说是你，奥墨尔，差遣你手下的两个人到卡莱去把那尊贵的公爵杀死的。

奥墨尔　哪一位正直的基督徒借我一只手套？这儿我向诺福克掷下我的信物，因为他说了谎话；要是他遇赦回来，我要和他作一次荣誉的决赛。

波林勃洛克　你们已经接受各人的挑战，可是你们的争执必须等诺福克回来以后再行决定。他将要被赦回国，虽然是我的敌人，他的土地产业都要归还给他。等他回来了，我们就可以叫他和奥墨尔进行决斗。

卡莱尔　那样的好日子是再也见不到的了。流亡国外的诺福克曾经好多次在光荣的基督徒的战场上，为了耶稣基督而奋战，向黑暗的异教徒、土耳其人、撒拉逊人招展着基督教的十字圣旗；后来他因为不堪鞍马之劳，在意大利退隐闲居，就在威尼斯他把他的身体奉献给那可爱的国土，把他纯洁的灵魂奉献给他的主帅基督，在基督的旗帜之下，他曾经作过这样长期的苦战。

波林勃洛克　怎么，主教，诺福克死了吗？

卡莱尔　正是，殿下。

波林勃洛克　愿温柔的和平把他善良的灵魂接引到亚伯拉罕老祖的胸前！各位互相控诉的贵爵们，你们且各自信守你们的誓约，等我替你们指定决斗的日期，再来解决你们的争执。

约克率侍从上。

约　克　伟大的兰开斯特公爵，我奉铩羽归来的理查之命，向你传达他的意旨；他已经全心乐意地把你立为他的嗣君，把他至尊的御杖交在你的庄严的手里。他现在已经退位让贤，升上他的宝座吧；亨利四世万岁！

波林勃洛克　凭着上帝的名义，我要升上御座。

卡莱尔　哎哟，上帝不允许这样的事！在这儿济济多才的诸位贵人之间，也许我的钝口拙舌，只会遭人嗔怪，可是我必须凭着我的良心说话。你们都是为众人所仰望的正人君子，可是我希望在你们中间能够找得出一个真有资格审判尊贵的理查的公平正直的法官！要是真有那样的人，他的高贵的精神一定不会使他犯下这样重大的错误。哪一个臣子可以判定他的国王的罪名？在座的众人，哪一个不是理查的臣子？窃贼们即使罪状确凿，审判的时候也必须让他亲自出场，难道一位代表上帝的威严，为天命所简选而治理万民、受圣恩的膏沐而顶戴王冠、已经秉持多年国政的赫赫君王，却可以由他的臣下们任意判断他的是非，而不让他自己有当场辩白的机会吗？上帝啊！这是一个基督教的国土，千万不要让这些文明优秀的人士干出这样一件无道、黑暗、卑劣的行为！我以一个臣子的身份向臣子们说话，受到上帝的鼓励，这样大胆地为他的君王辩护。这位被你们称为国王的海瑞福德公爵是一个欺君罔上的奸恶的叛徒；要是你们把王冠加在他的头上，让我预言英国人的血将要滋润英国的土壤，后世的子孙将要为这件罪行而痛苦呻吟;和平将要安睡在土耳其人和异教徒的国内,扰攘的战争将要破坏我们这和平的乐土,造成骨肉至亲自相残杀的局面;混乱、恐怖、惊慌和暴动将要在这里驻留,我们的国土将要被称为各各他[①],堆积骷髅的荒场。啊!要是你们帮助一个王族中人倾覆他的同族的君王,结果将会造成这被咒诅的世界上最不幸的分裂。阻止它,防免它,不要让它实现,免得你们的子孙和你们子孙的子孙向你们呼冤叫苦。

诺森伯兰　你说得很好,主教;为了报答你这一番唇舌之劳,我们现在要以叛国的罪名逮捕你。威司敏斯特长老,请你把他看押起来,等我们定期审判他。各位大人,你们愿不愿意接受平民的请愿?

波林勃洛克　把理查带来,让他当着众人之前俯首服罪,我们也可以免去擅权僭越的嫌疑。

约　克　我去领他来。(下。)

波林勃洛克　各位贵爵,你们中间凡是有犯罪嫌疑而应该受到逮捕处分的人,必须各自具保,静候裁判。(向卡莱尔主教)我们不能感佩你的好意,也不希望你给我们什么助力。

约克率理查王及众吏捧王冠等物重上。

理查王　唉!我还没有忘记我是一个国王,为什么就要叫我来参见新君呢?我简直还没有开始学习逢迎献媚、弯腰屈膝这一套本领;你们应该多给我一些时间,让悲哀教给我这些表示恭顺的方法。可是我很记得这些人的面貌,他们不都是我的臣子吗?他们不是曾经向我高呼“万福”吗?犹大也是这样对待基督;可是在基督的十二门徒之中,只有一个人不忠于他;我在一万二千个臣子中间,却找不到一个忠心的人。上帝保佑吾王!没有一个人说“阿

① 各各他(Golgotha),耶稣被钉于十字架之处,意为髑髅地。

门”吗？我必须又当祭司又当执事吗？那么好，阿门。上帝保佑吾王！虽然我不是他，可是我还是要说阿门，也许在上天的心目之中，还以为他就是我。你们叫我到这儿来，有些什么吩咐？

约　克　请你履行你的自动倦勤的诺言，把你的政权和王冠交卸给亨利·波林勃洛克。

理查王　把王冠给我。这儿，贤弟，把王冠拿住了；这边是我的手，那边是你的手。现在这一顶黄金的宝冠就像一口深井，两个吊桶一上一下地向这井中汲水；那空的一桶总是在空中跳跃，满的一桶却在底下不给人瞧见；我就是那下面的吊桶，充满着泪水，在那儿忍气吞声，你却在高空之中顾盼自雄。

波林勃洛克　我以为你是自愿让位的。

理查王　我愿意放弃我的王冠，可是我的悲哀仍然是我自己的。你可以解除我的荣誉和尊严，却不能夺去我的悲哀；我仍然是我的悲哀的君王。

波林勃洛克　你把王冠给了我，同时也把你的一部分的忧虑交卸给我了。

理查王　你的新添的忧虑并不能抹杀我的旧有的忧虑。我的忧虑是因为我失去了作为国王而操心的地位；你的忧虑是因为你作了国王要分外操心。虽然我把忧虑给了你，我仍然占有着它们；它们追随着王冠，可是永远不离开我的身边。

波林勃洛克　你愿意放弃你的王冠吗？

理查王　是，不；不，是；我是一个没用的废人，一切听从你的尊意。现在瞧我怎样毁灭我自己：从我的头上卸下这千斤的重压，从我的手里放下这粗笨的御杖，从我的心头丢弃了君主的威权；我用自己的泪洗去我的圣油，用自己的手送掉我的王冠，用自己的舌头否认我的神圣的地位，用自己的嘴唇免除一切臣下的敬礼；我摒绝一切荣华和尊严，放弃我的采地、租税和收入，撤销我的诏谕、命令和法律；愿上帝宽宥一切对我毁弃的誓言！愿上帝使一切对你所作的盟约永无更改！让我这一无所有的人为了一无所有而悲哀，让你这享有一切的人为了一切如愿而满足！愿你千秋万岁安坐在理查的宝位之上，愿理查早早长眠在黄土的垅中！上帝保佑亨利王！失去王冠的理查这样说；愿他享受无数阳光灿烂的岁月！还有什么别的事情没有？

诺森伯兰　（以一纸示理查王）没有，就是要请你读一读这些人家控诉你的宠任小人祸国殃民的重大的罪状；你亲口招认以后，世人就可以明白你的废黜是罪有应得的。

理查王　我必须这样做吗？我必须一丝一缕地剖析我的错综交织的谬误吗？善良的诺森伯兰，要是你的过失也被人家记录下来，叫你在这些贵人之前朗声宣读，你会自知羞愧吗？在你的罪状之中，你将会发现一条废君毁誓的极恶重罪，它是用黑点标出、揭载在上天降罚的册籍里的。嘿，你们这些站在一旁，瞧着我被困苦所窘迫的人们，虽然你们中间有些人和彼拉多[1]一同洗过手，表示你们表面上的慈悲，可是你们这些彼拉多们已经在这儿把我送上了苦痛的十字架，没有水可以洗去你们的罪恶。

诺森伯兰　我的王爷，快些，把这些条款读下去。

理查王　我的眼睛里满是泪，我瞧不清这纸上的文字；可是眼泪并没有使我完全盲目，我还看得见这儿一群叛徒们的面貌。嘅，要是我把我的眼睛转向着自己，我会发现自己也是叛徒的同党，因为我曾经亲自答应把一个君王的庄严供人凌辱，造成这种尊卑倒置、主奴易位、君臣失序、朝野混淆的现象。

① 彼拉多（Pilate），将耶稣钉死于十字架之罗马总督。

诺森伯兰　我的王爷——

理查王　我不是你的什么王爷，你这盛气凌人的家伙，我也不是任何人的主上；我是一个无名无号的人，连我在洗礼盘前领受的名字，也被人篡夺去了。唉，不幸的日子！想不到我枉度了这许多岁月，现在却不知道应该用什么名字称呼我自己。啊！但愿我是一尊用白雪堆成的国王塑像，站在波林勃洛克的阳光之前，全身化水而溶解！善良的国王，伟大的国王——虽然你不是一个盛德之君——要是我的话在英国还能发生效力，请吩咐他们立刻拿一面镜子到这儿来，让我看一看我在失去君主的威严以后，还有一张怎样的面孔。

波林勃洛克　哪一个人去拿一面镜子来。（一侍从下。）

诺森伯兰　镜子已经去拿了，你先把这纸上的文字念起来吧。

理查王　魔鬼！我还没有下地狱，你就这样折磨我。

波林勃洛克　不要逼迫他了，诺森伯兰伯爵。

诺森伯兰　那么平民们是不会满足的。

理查王　他们将会得到满足；当我看见那本记载着我的一切罪恶的书册，也就是当我看见我自己的时候，我将要从它上面读到许多事情。

侍从持镜重上。

理查王　把镜子给我，我要借着它阅读我自己。还不曾有深一些的皱纹吗？悲哀把这许多打击加在我的脸上，却没有留下深刻的伤痕吗？啊，谄媚的镜子！正像在我荣盛的时候跟随我的那些人们一样，你欺骗了我。这就是每天有一万个人托庇于他的广厦之下的那张脸吗？这就是像太阳一般使人不敢仰视的那张脸吗？这就是曾经"赏脸"给许多荒唐的愚行、最后却在波林勃洛克之前黯然失色的那张脸吗？一道脆弱的光辉闪耀在这脸上，这脸儿也正像不可恃的荣光一般脆弱，（以镜猛掷地上）瞧它经不起用力一掷，就碎成片片了。沉默的国王，注意这一场小小的游戏中所含的教训吧，瞧我的悲哀怎样在片刻之间毁灭了我的容颜。

波林勃洛克　你的悲哀的影子毁灭了你的面貌的影子。

理查王　把那句话再说一遍。我的悲哀的影子！哈！让我想一想。一点不错，我的悲哀都在我的心里；这些外表上的伤心恸哭，不过是那悄悄地充溢在受难的灵魂中的不可见的悲哀的影子，它的本体是在内心潜藏着的。国王，谢谢你的广大的恩典，你不但给我哀伤的原因，并且教给我怎样悲恸的方法。我还要请求一个恩典，然后我就向你告辞，再不烦扰你了。能不能答应我？

波林勃洛克　说吧，亲爱的王兄。

理查王　“亲爱的王兄！”我比一个国王更伟大，因为当我做国王的时候，向我谄媚的人不过是一群臣子；现在我自己做了臣子，却有一个国王向我谄媚。既然我是这样一个了不得的人，我也不必开口求人了。

波林勃洛克　可是说出你的要求来吧。

理查王　你会答应我的要求吗？

波林勃洛克　我会答应你的。

理查王　那么准许我去。

波林勃洛克　到哪儿去？

理查王　随便你叫我到哪儿去都好，只要让我不再看见你的脸。

波林勃洛克　来几个人把他送到塔里去。

理查王　啊，很好！你们都是送往迎来的人，靠着一个真命君王的没落捷足高升。（若干卫士押理查王下。）

波林勃洛克　下星期三我们将要郑重举行加冕的典礼；各位贤卿，你们就去准备起来吧。（除卡莱尔主教、威司敏斯特长老及奥墨尔外均下。）

长　老　我们已经在这儿看到了一幕伤心的惨剧。

卡莱尔　悲惨的事情还在后面；我们后世的子孙将会觉得这一天对于他们就像荆棘一般刺人。

奥墨尔　你们两位神圣的教士，难道没有计策可以从我们这国土之上除去这罪恶的污点吗？

长　老　大人，在我大胆地向您吐露我的衷曲以前，您必须郑重宣誓，不但为我保守秘密，并且还要尽力促成我的计划。我看见你们的眉宇之间充满了不平之气，你们的心头填塞着悲哀，你们的眼中洋溢着热泪。跟我回去晚餐；我要定下一个计策，它会使我们重见快乐的日子。（同下。）

第五幕

第一场 伦敦。直达塔狱之街道

王后及宫女等上。

王 后 王上将要到这一条路上来;这就是通到裘力斯·凯撒所造下的那座万恶的高塔去的路,我的主已经被骄傲的波林勃洛克判定在那高塔的顽石的胸中做一个囚人。让我们在这儿休息片刻,要是这叛逆的大地还有尺寸之土,可以容许它的真正的国君的元后歇足的话。

理查王及卫士上。

王 后 可是且慢,瞧;不,还是转过脸去,不要瞧我那美丽的蔷薇萎谢吧;可是抬起头来,看看他,也许怜悯会使你们融为甘露,用你们真情的眼泪重新润泽他的娇颜。啊!你这古代特洛伊的残墟,你这荣誉的草图,你是理查王的墓碑,不是理查王自己;你这富丽的旅舍,为什么你容留丑陋的悲哀寄住,却让胜利的欢乐去作下等酒肆中的顾客呢?

理查王 不要和悲哀携手,美人,不要加重我的悲哀,使我太早结束我的生命。记着,好人儿,你应该想我们过去的荣华不过是一场美妙的幻梦;现在从梦里醒来,才发现了我们真实的处境。我是冷酷的"无可奈何"的结盟兄弟,爱人,他跟我将要到死厮守在一起。你快到法国去,找一所庵院栖隐吧;我的尘世的王冠已经因为自己的荒唐而失去了,从今以后,我们圣洁的生涯将要为我们赢得一顶新世界的冠冕。

王　后　什么!我的理查在外形和心灵上都已经换了样子,变得这样孱弱了吗?难道波林勃洛克把你的理智也剥夺去了?他占据着你的心吗?狮子在临死的时候,要是找不到其他复仇的对象,也会伸出它的脚爪挖掘泥土,发泄它的战败的愤怒;你是一头狮子,万兽中的君王,却甘心像一个学童一般,俯首贴耳地受人鞭挞,奴颜婢膝地向人乞怜吗?

理查王　万兽之王!真的我不过做了一群畜类的首脑;要是它们稍有人心,我至今还是一个人类中的幸福的君王。我的旧日的王后,你快准备准备到法国去吧;你不妨以为我已经死了,就在这儿,你在我的临终的床前向我作了最后的诀别。在冗长寒冬的夜里,你和善良的老妇们围炉闲坐,让她们讲给你听一些古昔悲惨的故事;你在向她们道晚安以前,为了酬答她们的悲哀,就可以告诉她们我的一生的痛史,让她们听了一路流着眼泪回去睡觉;即使无知的火炬听了你的动人的怨诉,也会流下同情之泪,把它的火焰浇熄,有的将要在寒灰中哀悼,有的将要披上焦黑的丧服,追念一位被废黜的合法的君王。

诺森伯兰率侍从上。

诺森伯兰　王爷,波林勃洛克已经改变他的意旨;您必须到邦弗雷特,不用到塔里去了。娘娘,这儿还有对您所发的命令;您必须尽快动身到法国去。

理查王　诺森伯兰,你是野心的波林勃洛克升上我的御座的阶梯,你们的罪恶早已满盈,不久就要在你们中间造成分化的现象。你的心里将要这样想,虽然他把国土一分为二,把一半给了你,可是你有帮助他君临全国的大功,这样的报酬还嫌太轻;他的心里却是这样想,你既然知道怎样扶立非法的君王,当然也知道怎样从僭窃的御座上把他推倒。恶人的友谊一下子就会变成恐惧,恐惧会引起彼此的憎恨,憎恨的结果,总有一方或双方得到罪有应得的死亡或祸报。

诺森伯兰　我的罪恶由我自己承担,这就完了。你们互相道别吧;因为您,娘娘,必需马上动身。

理查王　二度的离婚!恶人,你破坏了一段双重的婚姻;你使我的王冠离开了我,又要使我离开我的结发的妻子。让我用一吻撤销你我之间的盟誓;可是不,因为那盟誓是用一吻缔结的。分开我们吧,诺森伯兰。我向北方去,凛冽的寒风和瘴疠在那里逞弄它们的淫威;我的妻子向法国去,她从那里初到这儿来的时候,艳妆华服,正像娇艳的五月,现在悄然归去,却像寂无生趣的寒冬。

王　后　那么我们必须分手吗?我们不能再在一起了吗?

理查王　是的,我的爱人,我们的手儿不再相触,我们的心儿不再相通。

王　后　把我们俩人一起放逐,让王上跟着我去吧。

诺森伯兰　那可以表示你们的恩爱,可是却不是最妥当的政策。

王　后　那么他到什么地方去,我也到什么地方去。

理查王　要是这样的话,我们俩人就要相对流泪,使彼此的悲哀合二为一了。还是你在法国为我流泪,我在这儿为你流泪吧;与其近而多愁,不如彼此远隔。去,用叹息计算你的路程,我将用痛苦的呻吟计算我的路程。

王　后　那么最长的路程将要听到最长的呻吟。

理查王　我的路是短的,每一步我将要呻吟两次,再用一颗沉重的心补充它的不足。来,来,当我们向悲哀求婚的时候,我们应该越快越好,因为和它结婚以后,我们将要忍受长期的痛苦。让一个吻堵住我们俩人的嘴,然后默默地分别;凭着这一个吻,我把我的心给了你，也把你的心取了来了。（二人相吻。）

王　后　把我的心还我；你不应该把你的心交给我保管，因为它将会在我的悲哀之中憔悴而死。（二人重吻）现在我已经得到我自己的心，去吧，我要竭力用一声惨叫把它杀死。

理查王　我们这样痴心的留恋，简直是在玩弄着痛苦。再会吧，让悲哀代替我们诉说一切不尽的余言。（各下。）

第二场　同前。约克公爵府中一室

约克及其夫人上。

约克公爵夫人　夫君，您刚才正要告诉我我们那两位侄子到伦敦来的情形，可是您讲了一半就哭了起来，没有把这段话说下去。

约　克　我讲到什么地方？

约克公爵夫人　您刚说到那些粗暴而无礼的手从窗口里把泥土和秽物丢到理查王的头上；说到这里，悲哀就使您停住了。

约　克　我已经说过，那时候那位公爵，伟大的波林勃洛克，骑着一匹勇猛的骏马，它似乎认识它的雄心勃勃的骑士，用缓慢而庄严的步伐徐徐前进，所有的人们都齐声高呼："上帝保佑你，波林勃洛克！"你会觉得窗子都在开口说话；那么多的青年和老人的贪婪的眼光，从窗口里向他的脸上投射他们热烈的瞥视；所有的墙壁都仿佛在异口同声地说："耶稣保佑你！欢迎，波林勃洛克！"他呢，一会儿向着这边，一会儿向着那边，对两旁的人们脱帽点首，他的头垂得比他那骄傲的马的颈项更低，他向他们这样说："谢谢你们，各位同胞。"这样一路上打着招呼过去。

约克公爵夫人　唉，可怜的理查！这时候他骑着马在什么地方呢？

约　克　正像在一座戏院里，当一个红角下场以后，观众用冷淡的眼光注视着后来的伶人，觉得他的饶舌十分可厌一般；人们的眼睛也正是这样，或者用更大的轻蔑向理查怒视。没有人高呼“上帝保佑他”；没有一个快乐的声音欢迎他回来。只有泥土掷在他的神圣的头上，他是那样柔和而凄婉地把它们轻轻挥去，他的眼睛里噙着泪，他的嘴角含着微笑，表示出他的悲哀和忍耐，倘不是上帝为了某种特殊的目的，使人们的心变得那样冷酷，谁见了他都不能不深深感动，最野蛮的人也会同情于他。可是这些事情都有上天作主，我们必须俯首顺从它的崇高的意旨。现在我们是向波林勃洛克宣誓尽忠的臣子了，他的尊严和荣誉将要永远被我所护拥。

约克公爵夫人　我的儿子奥墨尔来了。

约　克　他过去是奥墨尔，可是因为他是理查的党羽，已经失去他原来的爵号；夫人，你现在必须称他为鲁特兰了。我在议会里还替他担保过一定对新王矢忠效命呢。

奥墨尔上。

约克公爵夫人　欢迎，我儿；新的春天来到了，哪些人是现在当令的鲜花？

奥墨尔　母亲，我不知道，我也懒得关心；上帝知道我羞于和他们为伍。

约　克　呃，在这新的春天，你得格外注意你的行动，免得还没有到开花结实的时候，你就给人剪去了枝叶。牛津有什么消息？他们还在那里举行着各种比武和竞赛吗？

奥墨尔　照我所知道的，父亲，这些仍旧在照常举行。

约　克　我知道你要到那里去。

奥墨尔　要是上帝允许我，我是准备着去的。

约　克　那在你的胸前露出的是一封什么书信？哦，你的脸色变了吗？让我瞧瞧上面写着些什么话。

奥墨尔　父亲，那没有什么。

约　克　那么就让人家瞧瞧也不妨。我一定要知道它的内容；给我看写着些什么。

奥墨尔　求大人千万原谅我；那不过是一件无关重要的小事，为了种种理由，我不愿让人家瞧见。

约　克　为了种种理由，小子，我一定要瞧瞧。我怕，我怕——

约克公爵夫人　您怕些什么？那看来不过是因为他想要在比武的日子穿几件华丽的服装，欠下人家一些款项的借据罢了。

约　克　哼，借据！他借了人家的钱，会自己拿着借据吗？妻子，你是一个傻瓜。孩子，让我瞧瞧上面写着些什么话。

奥墨尔　请您原谅，我不能给您看。

约　克　我非看不可；来，给我。（夺盟书阅看）反了！反了！混蛋！奸贼！奴才！

约克公爵夫人　什么事，我的主？

约　克　喂！里边有人吗？

一仆人上。

约　克　替我备马。慈悲的上帝！这是什么叛逆的阴谋！

约克公爵夫人　哎哟，什么事，我的主！

约　克　喂，把我的靴子给我；替我备马。嘿，凭着我的荣誉、我的生命、我的良心起誓，我要告发这奸贼去。（仆人下。）

约克公爵夫人　究竟是怎么一回事呀？

约　克　闭嘴，愚蠢的妇人。

约克公爵夫人　我偏不闭嘴。什么事，奥墨尔？

奥墨尔　好妈妈，您安心吧！没有什么事，反正拼着我这一条命就是了。

约克公爵夫人　拼着你那一条命！

约　克　把我的靴子拿来；我要见国王去。

仆人持靴重上。

约克公爵夫人　打他，奥墨尔。可怜的孩子，你全然吓呆了。（向仆人）滚出去，狗才！再也不要走近我的面前。（仆人下。）

约　克　喂，把我的靴子给我。

约克公爵夫人　唉，约克，你要怎样呢？难道你自己的儿子犯了一点过失，你都不肯替他遮盖吗？我们还有别的儿子，或者还会生下一男半女吗？我的生育的时期不是早已过去了吗？我现在年纪老了，只有这一个好儿子，你却要生生把我们拆开，害我连一个快乐的母亲的头衔都不能保全吗？他不是很像你吗？他不是你自己的亲生骨肉吗？

约　克　你这痴心的疯狂的妇人，你想把这黑暗的阴谋隐匿起来吗？这儿写着他们有十来个同党已经互相结盟，要在牛津刺杀国王。

约克公爵夫人　他一定不去参加；我们叫他待在家里就是了，那不是和他不相干了吗？

约　克　走开，痴心的妇人！即使他跟我有二十重的父子关系，我也要告发他。

约克公爵夫人　要是你也像我一样曾经为他呻吟床席，你就会仁慈一些的。可是现在我明白你的意思了；你一定疑心我曾经对你不贞，以为他是一个私生的野种，不是你的儿子。亲爱的约克，我的好丈夫，不要那样想；他的面貌完全和你一个模样，不像我，也不像我的亲属，可是我爱他。

约　克　让开，放肆的妇人。（下。）

约克公爵夫人　追上去，奥墨尔！骑上他的马，加鞭疾驰，赶在他的前头去见国王，趁他没有控诉你以前，先向国王请求宽恕你的过失。我立刻就会来的；虽然老了，我相信我骑起马来，还可以像约克一样快。我要跪在地上不再起来，直到波林勃洛克宽恕了你。去吧！（各下。）

第三场　温莎。堡中一室

波林勃洛克冕服上，亨利·潘西及众臣随上。

波林勃洛克　谁也不知道我那放荡的儿子的下落吗？自从我上次看见他一面以后，现在足足三个月了。他是我的唯一的祸根。贤卿，巴不得把他找到才好。到伦敦各家酒店里访问访问。为人家说他每天都要带着一群胡作非为的下流朋友到那种地方去；所交往的那些人，至于会在狭巷之中殴辱巡丁，掠路人，荒唐而柔弱的孩子却会不顾自己的身份，支持这群浪人的行动。

亨利·潘西　陛下，大约在两天以前，我曾经见过王子，并且告诉他在牛津举行的这些盛大的赛会。

波林勃洛克　那哥儿怎么说？

亨利·潘西　他的回答是，他要到妓院里去，从一个最丑的娼妇手上拉下一只手套，戴着作为纪念；凭着那手套，他要把最勇猛的挑战者掀下马来。

波林勃洛克　这简直太胡闹了；可是从他的胡闹之中，我却可以看见一些希望的光芒，也许他年纪大了点儿，他的行为就会改善的。可是谁来啦？

奥墨尔上。

奥墨尔　王上在什么地方？

波林勃洛克　贤弟为什么这样神色慌张？

奥墨尔　上帝保佑陛下！请陛下允许我跟您独自说句话。

波林勃洛克　你们退下去吧，让我们俩人在这儿谈话。（亨利及众臣下。）贤弟有什么事情？

奥墨尔　（跪）愿我的双膝在地上生了根，我的舌头永远黏在颚上发不出声音来，要是您不先宽恕了我，我就一辈子不起来，一辈子不说话。

波林勃洛克　你的过失仅仅是一种企图呢，还是一件已经犯下的罪恶？假如它是图谋未遂的案件，无论案情怎样重大，为了取得你日后的好感，我都可以宽恕你。

奥墨尔　那么准许我把门锁了，在我的话没有说完以前，谁也不要让他进来。

波林勃洛克　随你的便吧。（奥墨尔锁门。）

约　克　（在内）陛下，留心！不要被人暗算；你有一个叛徒在你的面前呢。

波林勃洛克　（拔剑）奸贼，你动一动就没命。

奥墨尔　愿陛下息怒；我不会加害于您。

约　克　（在内）开门，你这粗心的不知利害的国王；难道我为了尽忠的缘故，必须向你说失敬的话吗？开门，否则我要打破它进来了。

（波林勃洛克开门。）

约克上。

波林勃洛克　（将门重行锁上）什么事，叔父？说吧。安静一会儿，让你的呼吸回复过来。告诉我危险离开我们还有多远，让我们好去准备抵御它。

约　克　读一读这儿写着的文字，你就可以知道他们在进行着怎样叛逆的阴谋。

奥墨尔　当你读着的时候，请记住你给我的允许。我已经忏悔我的错误，不要在那上面读出我的名字；我的手虽然签署盟约，我的心却并没有表示同意。

约　克　奸贼，你有了谋叛的祸心，才会亲手签下你的名字。这片纸是我从这叛徒的胸前抢下来的，国王；恐惧使他忏悔，并不是他真有悔悟的诚心。不要怜悯他，免得你的怜悯变成一条直刺你的心脏的毒蛇。

波林勃洛克　啊，万恶的大胆的阴谋！啊，一个叛逆的儿子的忠心的父亲！你是一道清净无垢的洁白的泉源，他这一条溪水就从你的源头流出，却从淤泥之中玷污了他自己！你的大量的美德在他身上都变成了奸恶，可是你的失足的儿子这一个罪该万死的过失，将要因为你的无限的善良而邀蒙宽宥。

约　克　那么我的德行将要成为他的作恶的护符，他的耻辱将要败坏我的荣誉，正像浪子们挥霍他们父亲辛苦积聚下来的金钱一样了。他的耻辱死了，我的荣誉才可以生存；否则我就要在他的耻辱之中度我的含羞蒙垢的生活。你让他活命，等于把我杀死；赦免了叛徒，却把忠臣处了死刑。

约克公爵夫人　（在内）喂，陛下！为了上帝的缘故，让我进来。

波林勃洛克　什么人尖声尖气地在外边嚷叫？

约克公爵夫人　（在内）一个妇人，您的婶娘，伟大的君王；是我。对我说话，可怜我，开开门吧；一个从来不曾向人请求过的乞丐在请求您。

波林勃洛克　我们这一出庄严的戏剧，现在却变成“乞丐与国王”了。我的包藏祸心的兄弟，让你的母亲进来；我知道她要来为你的罪恶求恕。（奥墨尔开门。）

约　克　要是您听从了无论什么人的求告把他宽恕，更多的罪恶将要因此而横行无忌。割去腐烂的关节，才可以保全身体上其余各部分的完好；要是听其自然，它的脓毒就要四散蔓延，使全身陷于不可救治的地步。

约克公爵夫人上。

约克公爵夫人　啊，国王！不要相信这个狠心的人；不爱自己，怎么能爱别人呢?

约　克　你这疯狂的妇人,你到这儿来干么?难道你的衰老的乳头还要喂哺一个叛徒吗?

约克公爵夫人　亲爱的约克,不要生气。(跪)听我说,仁慈的陛下。

波林勃洛克　起来,好婶娘。

约克公爵夫人　不,我还不能起来。我要永远跪在地上匍匐膝行,永远不看见幸福的人们所见的白昼,直到您把快乐给了我,那就是宽恕了鲁特兰,我的一时失足的孩子。

奥墨尔　求陛下俯从我母亲的祷请,我也在这儿跪下了。(跪。)

约　克　我也屈下我的忠诚的膝骨,求陛下不要听从他们。(跪)要是您宽恕了他,您将要招致无穷的后患!

约克公爵夫人　他的请求是真心的吗?瞧他的脸吧;他的眼睛里没有流出一滴泪,他的祈祷是没有诚意的。他的话从他的嘴里出来,我们的话却发自我们的衷心;他的请求不过是虚应故事,心里但愿您把它拒绝,我们却用整个的心灵和一切向您祈求;我知道他的疲劳的双膝巴不得早些立起,我们却甘心长跪不起,直到我们的膝盖在地上生了根。我们真诚热烈的祈求胜过他的假惺惺的作态,所以让我们得到虔诚的祈祷者所应该得到的慈悲吧。

波林勃洛克　好婶娘,起来吧。

约克公爵　夫人不,不要叫我起来;你应该先说"宽恕",然后再说"起来"。假如我是你的保姆,我在教你说话的时候,一定先教你说"宽恕"两字。我从来不曾像现在这样渴想着听见这两个字;说"宽恕"吧,国王,让怜悯教您怎样把它们说出口来。这不过是两个短短的字眼,听上去却是那么可爱;没有别的字比"宽恕"更适合于君王之口了。

约　克　你用法文说吧，国王；说“Pardonnez moi”[①]。

约克公爵夫人　你要教宽恕毁灭宽恕吗？啊，我的冷酷的丈夫。我的狠心的主！按照我们国内通用的语言，说出“宽恕”这两个字来吧；我们不懂得那种扭扭捏捏的法文。您的眼睛在开始说话了，把您的舌头装在您的眼眶里吧；或者把您的耳朵插在您的怜悯的心头，让它听见我们的哀诉和祈祷怎样刺透您的心灵，也许怜悯会感动您把“宽恕”两字吐露出来。

波林勃洛克　好婶娘，站起来。

约克公爵夫人　我并不要求您叫我立起；宽恕是我唯一的请愿。

波林勃洛克　我宽恕他，正像上帝将要宽恕我一样。

约克公爵夫人　啊，屈膝的幸福的收获！可是我还是满腔忧惧；再说一遍吧，把“宽恕”说了两次，并不是把宽恕分而为二，而只会格外加强宽恕的力量。

波林勃洛克　我用全心宽恕他。

约克公爵夫人　您是一个地上的天神。

波林勃洛克　可是对于我们那位忠实的姻兄和那位长老，以及一切他们的同党，灭亡的命运将要立刻追踪在他们的背后。好叔父，帮助我调遣几支军队到牛津或者凡是这些叛徒们所寄足的无论什么地方去；我发誓决不让他们活在世上，只要知道他们的下落，一定要叫他们落在我的手里。叔父，再会吧。兄弟，再会；你的母亲太会求告了，愿你从此以后做一个忠心的人。

约克公爵夫人　来，我儿；求上帝让你改过自新。（各下。）

---

① 表示婉言谢绝的习用语，意即：“对不起，不行。”

第四场　堡中另一室

艾克斯顿及一仆人上。

艾克斯顿　你没有注意到王上说些什么话吗？“难道我没有一个朋友，愿意替我解除这一段活生生的忧虑吗？”他不是这样说吗？

仆　人　他正是这样说的。

艾克斯顿　他说：“难道我没有一个朋友吗？”他把这句话接连说了两次，不是吗？

仆　人　正是。

艾克斯顿　当他说这句话的时候，他留心瞧着我，仿佛在说：“我希望你是愿意为我解除我的心头的恐怖的人；”他的意思当然是指那幽居在邦弗雷特的废王而说的。来，我们去吧；我是王上的朋友，我要替他除去他的敌人。（同下。）

第五场　邦弗雷特。堡中监狱

理查王上。

理查王　我正在研究怎样可以把我所栖身的这座牢狱和整个的世界两相比较；可是因为这世上充满了人类，这儿除了我一身之外，没有其他的生物，所以它们是比较不起来的；虽然这样说，我还要仔细思考一下。我要证明我的头脑是我的心灵的妻子，我的心灵是我的思想的父亲；它们两个产下了一代生生不息的思想，这些思想充斥在这小小的世界之上，正像世上的人们一般互相倾轧，因为没有一个思想是满足的。比较好的那些思想，例如关于宗教方面的思想，却和怀疑互相间杂，往往援用经文的本身攻击经文；譬如说，“来吧，小孩子们；”可是接着又这么说，“到天国去是像骆驼穿过针孔一般艰难的。”野心勃勃的思想总在计划不可能的奇迹；凭着这些脆弱无力的指爪，怎样从这冷酷的世界的坚硬的肋骨，我的凹凸不平的囚墙上，抓破一条出路；可是因为它们没有这样的能力，所以只能在它们自己的盛气之中死去。安分自足的思想却用这样的话安慰自己：它们并不是命运的最初的奴隶，不会是它的最后的奴隶；正像愚蠢的乞丐套上了枷，自以为许多人都在他以前套过枷，在他以后，也还有别的人要站在他现在所站的地方，用这样的思想掩饰他们的羞辱一样，凭着这一种念头，它们获得了精神上的宽裕，假借过去的人们同样的遭际来背负它们不幸的灾祸，这样我一个人扮演着许多不同的角色；没有一个能够满足他自己的命运：有时我是国王；叛逆的奸谋使我希望我是一个乞丐，于是我就变成了乞丐；可是压人的穷困劝诱我还不如做一个国王，于是我又变成了国王；一会儿忽然想到我的王位已经被波林勃洛克所推翻，那时候我就立刻化为乌有；可是无论我是什么人，无论是我还是别人，只要是一个人，在他没有彻底化为乌有以前，是什么也不能使他感到满足的。我听见的是音乐吗？（乐声）嘿，嘿！不要错了拍子。美妙的音乐失去了合度的节奏，听上去是多么可厌！人们生命中的音乐也正是这样。我的耳朵能够辨别一根琴弦上的错乱的节奏，却听不出我的地位和时间已经整个失去了谐和，我曾经消耗时间，现在时间却在消耗着我；时间已经使我成为他的计时的钟；我的每一个思想代表着每一分钟，它的叹息代替了嘀嗒的声音，一声声打进我的眼里；那不断地揩拭着眼泪的我的手指，正像钟面上的时针，指示着时间的进展；那叩击我的心铃的沉重的叹息，便是报告时辰的钟声。这样我用叹息、眼泪和呻吟代表一分钟一点钟的时间；可是我的时间在波林勃洛克的得意的欢娱中飞驰过去，我却像一个钟里的机器人一样站在这儿，替他无聊地看守着时间。这音乐使我发疯；不要再奏下去吧，因为虽然它可以帮助疯人恢复理智，对于我却似乎能够使头脑清醒的人变得疯狂。可是祝福那为我奏乐的人！因为这总是好意的表示，在这充满着敌意的世上，好意对于理查是一件珍奇的宝物。

马夫上。

马　夫　祝福，庄严的君王！

理查王　谢谢，尊贵的卿士；我们中间最微贱的人，也会高抬他自己的身价。你是什么人，这儿除了给我送食物来、延长我的不幸的生命的那个可恶的家伙以外，从来不曾有人来过；你是怎么来的，汉子？

马　夫　王爷，从前您还是一个国王的时候，我是你的御厩里的一个卑微的马夫；这次我因为到约克去，路过这里，好容易向他们千求万告，总算见到我的旧日的王爷一面。啊！那天波林勃洛克加冕的日子，我在伦敦街道上看见他骑着那匹斑色的巴巴里马，我想起您从前常常骑着它，我替它梳刷的时候，也总是特别用心，现在马儿已经换了主人，看着它我的心就痛了。

理查王　他骑着巴巴里马吗？告诉我，好朋友，它载着波林勃洛克怎么走？

马　夫　高视阔步，就像它瞧不起脚下的土地一般。

理查王　它是因为波林勃洛克在它的背上而这样骄傲的！那畜生曾经从我的尊贵的手里吃过面包，它曾经享受过御手抚拍的光荣。它不会颠踬吗？骄傲必然会遭到倾覆，它不会失足倒地，跌断那霸占着它的身体的骄傲的家伙的头颈吗？恕我，马儿！你是造下来受制于人，天生供人坐骑的东西，为什么我要把你责骂我呢？

并不是一匹马，却像驴子一般背负着重担，被波林勃洛克鞭策得遍体鳞伤。

狱卒持食物一盆上。

狱　卒　（向马夫）汉子，走开；你不能再留在这儿了。

理查王　要是你爱我，现在你可以去了。

马　夫　我的舌头所不敢说的话，我的心将要代替它诉说。（下。）

狱　卒　王爷，请用餐吧。

理查王　按照平日的规矩，你应该先尝一口再给我。

狱　卒　王爷，我不敢；艾克斯顿的皮厄斯爵士新近从王上那里来，吩咐我不准尝食。

理查王　魔鬼把亨利·兰开斯特和你一起抓了去！我再也忍耐不住了。（打狱卒。）

狱　卒　救命！救命！救命！

艾克斯顿及从仆等武装上。

理查王　呀！这一场杀气腾腾的进攻是什么意思？恶人，让你自己手里的武器结果你自己的生命。（自一仆人手中夺下兵器，将其杀死。）你也到地狱去吧！（杀死另一仆人；艾克斯顿击理查王倒地。）那击倒我的手将要在永远不熄的烈火中焚烧。艾克斯顿，你的凶暴的手已经用国王的血玷污了国王自己的土地。升上去，升上去，我的灵魂！你的位置是在高高的天上，我的污浊的肉体却在这儿死去，它将要向地下沉埋。（死。）

艾克斯顿　他满身都是勇气，正像他满身都是高贵的血液一样。我已经溅洒他的血液，毁灭他的勇气；啊！但愿这是一件好事，因为那夸奖我干得不错的魔鬼，现在却对我说这件行为已经记载在地狱的黑册之中。我要把这死了的国王带到活着的国王那里去。把其余的尸体搬去，就在这儿找一处地方埋了。（同下。）

第六场　温莎。堡中一室

喇叭奏花腔。波林勃洛克、约克及群臣侍从等上。

波林勃洛克　好约克叔父，我们最近听到的消息，是叛徒们已经纵火焚烧我们葛罗斯特郡的西斯特镇；可是他们有没有被擒被杀，却还没有听到下文。

诺森伯兰上。

波林勃洛克　欢迎，贤卿。有什么消息没有？

诺森伯兰　第一，我要向陛下恭祝万福。第二，我要报告我已经把萨立斯伯雷、斯宾塞、勃伦特和肯特这些人的首级送到伦敦去了。他们怎样被捕的情形，这一封书信上写得很详细。

波林勃洛克　谢谢你的勤劳，善良的潘西，我一定要重重奖赏你的大功。

费兹华特上。

费兹华特　陛下，我已经把勃洛卡斯和班纳特·西利爵士的首级从牛津送到伦敦去了，他们俩人也是企图在牛津向您行弑的同谋逆犯。

波林勃洛克　费兹华特，你的辛劳是不会被我忘却的；我知道你这次立功不小。

亨利·潘西率卡莱尔主教上。

亨利·潘西　那谋逆的主犯威司敏斯特长老因为忧愧交集，已经得病身亡；可是这儿还有活着的卡莱尔，等候你的纶音宣判，惩戒他不法的狂妄。

波林勃洛克　卡莱尔，这是我给你的判决：找一处僻静的所在，打扫一间清净庄严的精舍，在那儿度你的逍遥自在的生涯；平平安安地活着,无牵无挂地死去。因为虽然你一向是我的敌人,我却可以从你身上看到忠义正直的光辉。

艾克斯顿率仆从抬棺上。

艾克斯顿 伟大的君王,在这一棺之内,我向您呈献您的埋葬了的恐惧;这儿气息全无地躺着您的最大的敌人,波尔多的理查,他已经被我带来了。

波林勃洛克 艾克斯顿,我不能感谢你的好意,因为你已经用你的毒手干下一件毁坏我的荣誉、玷辱我们整个国土的恶事了。

艾克斯顿 陛下,我是因为听了您亲口所说的话,才去干这件事的。

波林勃洛克 需要毒药的人,并不喜爱毒药,我对你也是这样,虽然我希望他死,乐意看到他被杀,我却痛恨杀死他的凶手。你把一颗负罪的良心拿去作为你的辛劳的报酬吧,可是你不能得到我的嘉许和眷宠;愿你跟着该隐在暮夜的黑影中徘徊,再不要在光天化日之下显露你的容颜。各位贤卿,我郑重声明,凭着鲜血浇溉成我今日的地位,这一件事是使我的灵魂抱恨无穷的。来,赶快披上阴郁的黑衣,陪着我举哀吧,因为我是真心悲恸。我还要参诣圣地,洗去我这罪恶的手上的血迹。现在让我们用沉痛的悲泣,肃穆地护送这死于非命的遗骸。(同下。)